U0137697

古詩海

顾问：马茂元　王运熙　程千帆　程俊英　霍松林
编委：王镇远　杨明　李梦生　赵昌平　黄宝华　蒋见元

先秦汉魏六朝诗鉴赏

本社编

2

执行编委

杨明　蒋见元

孔雀东南飞并序

汉末建安中，庐江府小吏焦仲卿妻刘氏，为仲卿母所遣，自誓不嫁。其家逼之，乃投水而死。仲卿闻之，亦自缢于庭树。时人伤之，为诗云尔。

孔雀东南飞，五里一徘徊。
"十三能织素，十四学裁衣，
十五弹箜篌，十六诵诗书。
十七为君妇，心中常苦悲。
君既为府吏，守节情不移。
贱妾留空房，相见常日稀。
鸡鸣入机织，夜夜不得息。
三日断五匹，大人故嫌迟。
非为织作迟，君家妇难为！
妾不堪驱使，徒留无所施。
便可白公姥，及时相遣归。"
府吏得闻之，堂上启阿母：
"儿已薄禄相，幸复得此妇。
结发同枕席，黄泉共为友。

共事二三年，始尔未为久。
女行无偏斜，何意致不厚?"
阿母谓府吏:"何乃太区区!
此妇无礼节，举动自专由。
吾意久怀忿，汝岂得自由!
东家有贤女，自名秦罗敷。
可怜体无比，阿母为汝求。
便可速遣之，遣去慎莫留!"
府吏长跪告:"伏惟启阿母:
今若遣此妇，终老不复取!"
阿母得闻之，捶床便大怒:
"小子无所畏，何敢助妇语?
吾已失恩义，会不相从许!"
府吏默无声，再拜还入户。
举言谓新妇，哽咽不能语:
"我自不驱卿，逼迫有阿母。
卿但暂还家，吾今且报府，
不久当归还，还必相迎取。
以此下心意，慎勿违吾语。"
新妇谓府吏:"勿复重纷纭!
往昔初阳岁，谢家来贵门。

奉事循公姥，进止敢自专？
昼夜勤作息，伶俜萦苦辛。
谓言无罪过，供养卒大恩；
仍更被驱遣，何言复来还！
妾有绣腰襦，葳蕤自生光；
红罗复斗帐，四角垂香囊；
箱帘六七十，绿碧青丝绳，
物物各自异，种种在其中。
人贱物亦鄙，不足迎后人，
留待作遗施，于今无会因。
时时为安慰，久久莫相忘！"
鸡鸣外欲曙，新妇起严妆。
著我绣夹裙，事事四五通：
足下蹑丝履，头上玳瑁光。
腰若流纨素，耳著明月珰。
指如削葱根，口如含朱丹。
纤纤作细步，精妙世无双。
上堂拜阿母，母听去不止。
"昔作女儿时，生小出野里，
本自无教训，兼愧贵家子。
受母钱帛多，不堪母驱使。

今日还家去，念母劳家里。"
却与小姑别，泪落连珠子。
"新妇初来时，小姑始扶床；
今日被驱遣，小姑如我长，
勤心养公姥，好自相扶将。
初七及下九，嬉戏莫相忘。"
出门登车去，涕落百余行。
府吏马在前，新妇车在后，
隐隐何甸甸，俱会大道口。
下马入车中，低头共耳语：
"誓不相隔卿，且暂还家去；
吾今且赴府，不久当还归，
誓天不相负！"
新妇谓府吏："感君区区怀！
君既若见录，不久望君来。
君当作磐石，妾当作蒲苇。
蒲苇纫如丝，磐石无转移。
我有亲父兄，性行暴如雷，
恐不任我意，逆以煎我怀。"
举手长劳劳，二情同依依。
入门上家堂，进退无颜仪。

阿母大拊掌:"不图子自归!
十三教汝织,十四能裁衣,
十五弹箜篌,十六知礼仪,
十七遣汝嫁,谓言无誓违。
汝今无罪过,不迎而自归?"
兰芝惭阿母:"儿实无罪过。"
阿母大悲摧。

还家十余日,县令遣媒来。
云"有第三郎,窈窕世无双,
年始十八九,便言多令才"。
阿母谓阿女:"汝可去应之。"
阿女含泪答:"兰芝初还时,
府吏见丁宁,结誓不别离。
今日违情义,恐此事非奇。
自可断来信,徐徐更谓之。"
阿母白媒人:

"贫贱有此女,始适还家门;
不堪吏人妇,岂合令郎君?
幸可广问讯,不得便相许。"
媒人去数日,寻遣丞请还,
说"有兰家女,承籍有宦官"。

云"有第五郎，娇逸未有婚，
遣丞为媒人，主簿通语言"。
直说"太守家，有此令郎君，
既欲结大义，故遣来贵门"。
阿母谢媒人："女子先有誓，
老姥岂敢言？"阿兄得闻之，
怅然心中烦，举言谓阿妹：
"作计何不量！
先嫁得府吏，后嫁得郎君，
否泰如天地，足以荣汝身。
不嫁义郎体，其往欲何云？"
兰芝仰头答："理实如兄言。
谢家事夫婿，中道还兄门，
处分适兄意，那得自任专？
虽与府吏要，渠会永无缘。
登即相许和，便可作婚姻。"
媒人下床去，诺诺复尔尔。
还部白府君：
"下官奉使命，言谈大有缘。"
府君得闻之，心中大欢喜。
视历复开书："便利此月内，

无名氏

六合正相应。良吉三十日，
今已二十七，卿可去成婚。"
交语速装束，络绎如浮云。
青雀白鹄舫，四角龙子幡，
婀娜随风转。金车玉作轮，
踯躅青骢马，流苏金镂鞍。
赍钱三百万，皆用青丝穿。
杂彩三百匹，交广市鲑珍。
从人四五百，郁郁登郡门。
阿母谓阿女："适得府君书，
明日来迎汝。何不作衣裳？
莫令事不举！"阿女默无声，
手巾掩口啼，泪落便如泻。
移我琉璃榻，出置前窗下。
左手持刀尺，右手执绫罗，
朝成绣夹裙，晚成单罗衫。
晻晻日欲暝，愁思出门啼。
府吏闻此变，因求假暂归。
未至二三里，摧藏马悲哀。
新妇识马声，蹑履相逢迎，
怅然遥相望，知是故人来。

举手拍马鞍，嗟叹使心伤。
"自君别我后，人事不可量，
果不如先愿，又非君所详。
我有亲父母，逼迫兼弟兄，
以我应他人，君还何所望！"
府吏谓新妇："贺卿得高迁！
磐石方且厚，可以卒千年；
蒲苇一时纫，便作旦夕间。
卿当日胜贵，吾独向黄泉！"
新妇谓府吏："何意出此言！
同是被逼迫，君尔妾亦然。
黄泉下相见，勿违今日言！"
执手分道去，各各还家门。
生人作死别，恨恨那可论？
念与世间辞，千万不复全！
府吏还家去，上堂拜阿母：
"今日大风寒，寒风摧树木，
严霜结庭兰。
儿今日冥冥，令母在后单。
故作不良计，勿复怨鬼神！
命如南山石，四体康且直！"

阿母得闻之，零泪应声落。
"汝是大家子，仕宦于台阁。
慎勿为妇死，贵贱情何薄？
东家有贤女，窈窕艳城郭。
阿母为汝求，便复在旦夕。"
府吏再拜还，长叹空房中，
作计乃尔立。
转头向户里，渐见愁煎迫。
其日牛马嘶，新妇入青庐。
奄奄黄昏后，寂寂人定初。
"我命绝今日，魂去尸长留！"
揽裙脱丝履，举身赴清池。
府吏闻此事，心知长别离。
徘徊庭树下，自挂东南枝。
两家求合葬，合葬华山傍。
东西植松柏，左右种梧桐。
枝枝相覆盖，叶叶相交通。
中有双飞鸟，自名为鸳鸯，
仰头相向鸣，夜夜达五更。
行人驻足听，寡妇起彷徨。
多谢后世人，戒之慎勿忘！

这首诗的篇名，在梁徐陵编的《玉台新咏》中是《古诗为焦仲卿妻作》，宋郭茂倩编的《乐府诗集》中，名《焦仲卿妻》，现代人则常取此诗首句，题为《孔雀东南飞》。

这首诗的写作时代，序文明言东汉末年。但自宋代以来，常有人以为作于六朝。由于没有证据说明序文非作者所加，因此一般人仍然相信诗序的说法。

《孔雀东南飞》是我国古代汉族叙事诗中最长的一首，全文三百五十七句，一千七百八十五字。（一本少二句，又一本少四句），清沈德潜《古诗源》称此为"古今第一首长诗"。全诗描叙焦仲卿和刘兰芝这一对夫妇的爱情悲剧，由四大部分组成。第一部分写兰芝遭遣归家，共一百五十一句，分四段。第一段"孔雀东南飞"至"及时相遣归"二十二句。开头两句借禽鸟双飞、中遭不测而生离死别的故事起兴，预示这对夫妻的不幸遭遇。接着借兰芝自述，赞扬她贤惠聪颖。但是"三日断五匹，大人故嫌迟"，速度虽已惊人，焦母还不满足。一个"故"字，点出了焦母的蛮横。兰芝不甘忍受凌虐而请求遣归的叙述，反映她敢于反抗压迫的性格。第二段"府吏得闻之"至"会不相从许"共三十二句，前十句为第一层，写仲卿询母不喜新妇之由；中间十二句为第二层，焦母软硬兼施，命子遣妇；第三层四句，仲卿求母停遣；最后六句为第四层，焦母训子，声色俱厉。这一段通过府吏母子的对话，刻画了封建家长的淫威和仲卿绵里藏针的性格。第三段"府吏默无声"至"久久莫相忘"共三十八句。前十二句写仲卿劝妻暂还待迎，意在委曲求全；后二十六句通过兰芝的回忆和赠物留言，描写她性格温柔而又有远见。她从切身经历中预感到仲卿的委曲求全难以实现。第四段"鸡鸣外欲曙"至"二情同依依"五十九句。前十二句为第一层,临别严妆,极写兰芝之美;其次十句为第二层,辞别阿母,突出兰芝的礼仪;第三层辞别小姑十句,以深厚的姑嫂之情,衬托兰芝的贤惠;第四层二十七句,细写夫妇话别过程。仲卿临别自明心迹,指天立誓;兰芝预见环境险恶,嘱托早迎,争取实现美好理想。这一层从登程入车细诉衷肠,到挥手告别依依不舍,把夫妻深情描绘得生动如画,历历在目。第二部分写兰芝被逼许嫁,共一百十六句,分五段。"入门上家堂"至"阿母大悲摧"为第一段,写兰芝初入家门时的心态及刘母对女儿被休由愧恨责备到同情的过程。"还家十余日"至"不得便相许"为第二段,兰芝之母尊重女儿与仲卿的结誓而对县令的求婚婉言拒绝。"媒人去数日"至"便可作婚姻"为第三段,太守遣媒说亲,母女再次拒绝,然而兰芝之兄逼妹再嫁,兰芝被迫相许。"媒人下床去"至"郁郁登郡门"为第四段,极写太守家筹办婚事的奢靡。"阿母谓阿女"至"愁思出门啼"为第五段,写刘母不解兰芝真情,兰芝孤独无依而心曲难诉的痛苦。第三部分写夫妻殉情,共七十六句,分三段。第一段"府吏闻此变"至"千万不复全"共三十八句,府吏闻变归来,兰芝倾诉苦衷,仲卿误解相讥,夫妇相约殉情。第二段"府吏还家去"至"渐见愁煎迫"共二十六句,仲卿以自裁之计告母,而焦母再次劝子另娶,终不解仲卿之心。第三段"其日牛马嘶"至"自挂东南枝"共十二句,兰芝投水,仲卿上吊,同日殉情。第四部分尾声,共十四句,交代结局,点明宗旨,以象征手法歌颂争取婚姻自由的胜利。

作者特意加了一个理想化的结尾，使他们化为双飞鸳鸯，夜夜和鸣，以示他们的爱情不可遏止，虽然生前被拆散，死后也要结合在一起。这不仅在艺术上以奇特的想象为这首诗增加了浪漫主义色彩，而且在思想上大胆否定了当时流行的"子甚宜其妻，父母不悦，出"（《礼记·内则》）的封建法规，使主题进一步得到了深化。那种指责这首诗旨在维护"合理的旧礼教"的说法，显然是错误的。

《孔雀东南飞》在艺术上标志着我国古代叙事诗已臻成熟，其主要表现有三：一、成功地塑造了刘兰芝、焦仲卿等艺术形象。刘兰芝不仅敢爱敢恨，敢说敢为，具有强烈的反抗性格，而且在别小姑、别仲卿时，赠物留言、订立蒲石之盟，于悲怆之中充满了温厚的深情。她感情丰富，形象饱满，不同于一般叙事诗中人物性格的单一简略。与兰芝相较，仲卿形象更为复杂。他忍让求母，委曲求全，显得软弱，但这是当时一般人所无法超越的时代局限，何况他身为府吏，更不能不受封建法规的制约。然而他的求，在当时是对母命的公开顶撞，实在是对封建礼教的大不敬。进而又对母命阳奉阴违，表面上驱遣兰芝，私下却密约重娶，表明他倔强不驯，只是绵里藏针、刚强不露而已。至于他告母自裁，幻想以此促使其母同意他与兰芝重新结合，这是他认识上的不足。但论其态度，实已由一般的顶撞发展到了威胁的地步。然而愚昧无知的焦母，虽然爱子，却仍坚持另娶。仲卿则在幻想破灭之后，并不因此屈从其母，最终以死殉情，充分显示了焦仲卿的反叛性格。这是一个既想当孝子，但在与切身利害冲突下又不甘于愚孝的典型。黑暗的环境和现实的矛盾造就了仲卿这种思想性格。作者不仅写出了人物性格中的个性，而且写出了他们性格中所特有的复杂性，有血有肉兼有神，可歌可泣又可信，这绝非短小的抒情诗和一般的叙事诗所能达到的境界。

诗中的主要人物是如此，对于次要人物，作者同样注意性格描写，因而能写出同类人物的不同特点。如刘母和焦母，同为老寡妇，刘母家境清寒，性格懦弱，虽同情女儿而又不能不听从儿子的安排，反映了封建礼教"夫死从子"的黑暗；焦母则富有高傲，为人凶悍，不仅不从子，而且要儿子从她，表现出封建家长的淫威。她们同为妇女，在同一社会中，却因境遇所造就的性格不同而扮演了不同的角色。这种艺术造诣是当时其他叙事诗中所看不到的。

二、故事情节完整，矛盾冲突不断。《孔雀东南飞》以人物为中心铺叙故事，情节曲折，首尾完整。故事带有传奇的色彩：一个被休弃的妇女，竟然受到县令、太守相继登门为子求婚的奇遇，显然这是极其偶然而富有戏剧性的情节。但作者并不单纯地追求离奇的故事，而是借助于情节，描写人与人之间的关系。作者写此奇遇，不仅衬托出兰芝之美，歌颂了兰芝忠贞专一、不为利诱的品格，而且在比较中刻画出她与刘兄、刘母截然不同的性格。再则，叙事长诗易致平直，此诗却写得曲折有致，扣人心弦，因此令人读来不觉其长，真不愧为"长篇之圣"（明王世贞《艺苑卮言》）。尤其是通过刘兰芝和焦母、焦仲卿和母亲、兰芝与刘兄这三对连续不断的矛盾，描叙人物性格之间的冲突，把普遍存在于当时社会中的矛盾现象集中概括，驱遣笔端，从而通过一个家庭，反映一个社会，使这首诗成为复杂社会的写真。这又是当时其他叙事诗所无法企及的。

三、语言通俗化、个性化，明白如话而又神情毕肖。这首诗描摹情态，铺叙事物，全都通俗易懂。尤其是人物的对话，真实而又贴切地反映出人物的性格与心理活动。刘兰芝与焦仲卿之间的对话，显现了他们之间的恩爱和为了共同的理想而进行抗争的性格；仲卿母子的对话，既写出了焦母对儿子的爱，又写出了她对新妇的恨；兰芝母女、兄妹的对话，令人看到了母亲对女儿所特有的感情和刘兄的刻薄势利。清陈祚明曰：此诗"佳处在历述十许人口中语，各各肖其声情，神化之笔也"（《采菽堂古诗选》），这的确说出了《孔雀东南飞》的语言艺术所达到的高水平。

（颜应伯）

行行重行行

行行重行行，与君生别离。

相去万余里，各在天一涯。

道路阻且长，会面安可知？

胡马依北风，越鸟巢南枝。

相去日已远，衣带日已缓。

浮云蔽白日，游子不顾反。

思君令人老，岁月忽已晚。

弃捐勿复道，努力加餐饭。

这是《古诗十九首》的第一首。全诗像是一封独守空闺的思妇写给远行他方的丈夫的家书。

在这封家书的开头，思妇先追述了当初分别时的情景："行行重行行，与君生别离。""行行"是去而又去、越去越远的意思，两个"行行"重叠，更强调了所行之远。"生别离"出自《楚辞·九歌·少司命》的"悲莫悲兮生别离"，暗示自己与丈夫的分别乃是人生最悲哀的事。"相去万余里，各在天一涯。"承上远行而来，"万余里"当然不可能是实际距离，而只是思妇的心理感觉。

"道路阻且长，会面安可知?"前一句出于《诗经·秦风·蒹葭》的"道阻且长"，说两人之间尽管不是没有道路联结，但这道路却艰难而又遥远；后一句说对今后能否和何时会面，显得毫无把握。她又以己心推人心，设想丈夫应有同样的愿望："胡马依北风，越鸟巢南枝。""胡马"是指北方的马，越鸟是指南方的鸟。这两句是说，连鸟兽尚且依恋故土，何况是有乡土之情的人呢! 这两句除了思妇设想丈夫会有思乡之情、因而替丈夫感到难过之外，同时也隐含有以思乡之情打动丈夫、促使他早日归来之意，甚至有埋怨丈夫的久别不归、还不如鸟兽之意。

"相去日已远，衣带日已缓"是自况。这里的"日已远"指分离时间的久远；衣带日缓是写思妇的日见消瘦，衣服显得越来越宽松。思妇这样表达自己的相思之苦，未必没有想要以此取怜丈夫、打动他早日归来之意。"浮云蔽白日，游子不顾反"，委婉地表达了思妇在久别后的一种担心。浮云蔽日在当时是一种贤君为奸臣所蒙蔽、或好人为坏人所蒙蔽的比喻；思妇之意，自然是在猜疑丈夫久不归来的原因，是否受到了其他女人的诱惑。这种猜疑也许并没有什么根据，但对久守空闺的思妇来说，却是很容易产生的。由于猜疑，思妇不觉又转而自怜自艾起来："思君令人老，岁月忽已晚。"其中既有对在相思等待中自己的青春人生白白流逝的痛惜，又有对造成这种结果的别离的怨恨。

最后，这位明白事理的思妇故作宽语，结束了这封家书："弃捐勿复道，努力加餐饭。"语意平淡，感情却弥见深厚。这里有对久别现状的无可奈何、继续忍耐之意，但更多的是对于丈夫的怀恋和爱惜，对于未来渺茫隐约的希望。

全诗以思妇口吻、家常语气，将离别的相思、相念、相盼之情娓娓道来，曲折深挚，堪称平实有味、语意真挚的佳作。（邵毅平）

青青河畔草

青青河畔草，郁郁园中柳。

盈盈楼上女，皎皎当窗牖。

娥娥红粉妆，纤纤出素手。

昔为倡家女，今为荡子妇。

荡子行不归，空床难独守。

　　《青青河畔草》是《古诗十九首》中的第二首，显然系思妇之诗。

　　这首诗一韵到底。如果从"昔为倡家女，今为荡子妇"二句入手，于理解全诗似较为便捷。这两句交代诗中女主人公的身世，同时揭示此诗产生的背景。她原是"倡家女"，即古时为人演出、供人观赏的歌乐妓；现又嫁给"荡子"，成为"荡子妇"了。"荡子"即游子，《列子》："有人去乡土游于四方而不归者，世谓之为狂荡之人也。"做倡家女时，自然是热闹场面不断，虽属供人消遣取乐，毕竟少有寂寞冷落；而成了荡子妇后，纵有安身之所，无奈游子不归，不免有青春难耐之感。全诗由此而发，其意境，其气氛，一点尽出。

　　首二句"青青河畔草，郁郁园中柳"，画出一幅春景：河畔碧草，随岸延伸，直连天际；园中之柳，郁郁勃发，惹人春思。古时有"折柳赠别"的风俗，荡子往日出发折枝之处，如今又发新芽，与其他枝条浑成一片，已无复区别了，而人却迟迟不归。

面对园中的春景，这位容貌姣好、身段优美的少妇临窗闲倚，露出红妆素手，使人感受到洋溢在她身上的青春活力，同时又给人以一种深受压抑的哀伤。她依窗而立，前此必有登楼、开窗之举，然而，因失望而登楼，又因登楼而失望，在诗中被描绘得十分真切，其幽怨哀伤之情也因此被渲染得格外浓郁。

诗开头六句连用"青青""郁郁""盈盈""皎皎""娥娥""纤纤"等叠字，由色及形，由形及神，由神及情，难中见能，能中见工，上述春景惆怅，美人幽怨的出色描写，即得力于此。

因之，介绍身世之后，"荡子行不归，空床难独守"便是自然而必然的哀叹。有人以为"空床难独守"涉思淫之嫌，其实诗中并无思淫内容，而是真情的表达。王国维就在《人间词话》中指出，对这首诗的后四句"无视为淫词……者，以其真也"。　　　（李祚唐）

青青陵上柏

青青陵上柏，磊磊硐中石。

人生天地间，忽如远行客。

斗酒相娱乐，聊厚不为薄。

驱车策驽马，游戏宛与洛。

洛中何郁郁，冠带自相索。

长衢罗夹巷，王侯多第宅。

两宫遥相望，双阙百余尺。

极宴娱心意，戚戚何所迫。

  这是《古诗十九首》的第三首，表现人生短促的感慨。诗先以有关自然景色起兴：“青青陵上柏，磊磊硐中石。”柏树和盘石都具有历久不衰的永恒性，与其相反，“人生天地间，忽如远行客”，人生于天地之间，却像匆匆赶路的过客，暂住便去。四句以自然景物的永恒不变与人生的短促易逝作鲜明对比，把人生短促的意识表现得异常强烈，具有一种“当头棒喝”的气势与效果。在人生短促易逝的忧患面前，诗人的答案是及时行乐。“斗酒相娱乐，聊厚不为薄。”斗酒虽少，但正可娱乐，而无论其厚薄。言下之意是不必等到富贵以后才去行乐，否则就来不及了。这种思想与西汉杨恽《报孙会宗书》"人生行乐耳，须富贵何时"的看法是一致的，因而是汉代不少人所共有的。"驱车策驽马，游戏宛与洛"，也是此意的延伸。"驽马"是劣马，和"斗酒"一样，表示即使条件不富有，也不妨驾车出游。"宛"是东汉南阳郡宛县（今河南省南阳），汉时有"南都"之称；"洛"是洛阳（今河南省洛阳），东汉的京城。"宛与洛"代表了当时最繁华的都市。"洛中何郁郁"以下六句是出游都城所见。"郁郁"，繁华热闹的景象，"冠带"，指达官贵人，"索"，访问；"长衢"，大街，"夹巷"，小巷；第宅，门第住宅；"两宫"，指当时洛阳城里南北相望的两座宫殿，"双阙"，指每座宫殿前左右相对的两座望楼。京城市容繁华，建筑雄伟，诗人以所见写所乐，并引发感想。最后，诗人叹道："极宴娱心意，戚戚何所迫。"明确表示要尽情宴乐，以娱心意，而不能终日戚戚，若有所迫。这是全诗的点题之笔，既回映了发端，又揭出了主旨。人生的短促易逝，是《古诗十九首》最重要的主题之一，也是构成其悲观基调的主要成分。当时的诗人们曾尝试从各个角度去探求解脱之道，而此诗所吟咏的及时行乐是其中的一种。诗在表现这一主旨时，将人生的短促易逝与自然的永恒不变作了对比，这对后来同类诗文作品都产生了很大的影响。另外，此诗引人注目地表现了东汉时都市的繁荣，以及人们对此的欣赏，这一方面反映了当时的现实，另一方面也体现了随之而出现的新的审美意识与鉴赏趣味。而这一点在东汉的辞赋如班固《两都赋》、张衡《二京赋》等作品中都有充分的表现，而诗歌中却较少见，此诗则是一个例外。

（邵毅平）

今日良宴会

今日良宴会，欢乐难具陈。

弹筝奋逸响，新声妙入神。

令德唱高言，识曲听其真。

齐心同所愿，含意俱未申。

人生寄一世，奄忽若飙尘。

何不策高足，先据要路津？

无为守穷贱，轗轲长苦辛。

这是《古诗十九首》的第四首，主旨与前首相类。不同的是此诗在表现人生短促这一主题时，不是通过与自然景物的对比，而是通过一次宴会上的音乐欣赏来实现的。诗人先总述宴会非常精彩美满，给人的欢乐难以一一陈说。然后又以美妙动听的音乐为例，描绘了它带给人的欢快："弹筝奋逸响，新声妙入神。""筝"，一种弹奏的古乐器，"奋逸响"，形容音响奔放飘逸；"新声"，指时行乐曲，两句概写音乐美妙动听。"令德唱高言，识曲听其真"，从弹者与听者双方，分写乐曲的寓意高妙。"令德"，指贤德的奏曲者；"识曲"指能听声会意的知音。"齐心同所愿，含意俱未申"，两句承上而来，写出弹者与听者之间通过音乐的交流，彼此间获得了一种潜心的同感，引起了一种难言的共鸣。这就是以下六句所表露的，"人生寄一世，奄忽若飙尘"的深沉感慨。"寄"，寄居，亦即《青青陵上柏》中的"远行客"之意；"奄忽"，形容极其迅速短促，"飙尘"，由狂风卷起的一阵尘土。这种人生短促易逝的意识与《青青陵上柏》一致，不过诗人所追寻的解脱之道却不是及时行乐，而是及时谋取富贵。"策"，鞭打，"高足"，指快马；"要路津"本指交通要道，此喻指高官厚禄。"无为守穷贱，轗轲长苦辛"二句更从反面补足此意。"轗轲"，本指车行不利，此借指人生失意。与宴者认为，人生不应该甘守穷贱，一辈子辛辛苦苦，郁悒不得志，而应该急功近利，以谋取高位而享尽人间荣华。这就是宴会同人的"齐心同所愿"。及时谋取富贵作为人生众多的欲求之一，本来也是很正常的，不过和及时行乐等愿望相比，它更能显出人对物质享受的不懈追求的本性，更显得自私自利，这也是与会者"齐心同所愿"而"含意俱未申"的原因。而诗人则以坦率真诚的态度将它展示在人们面前，这就使古往今来的许多注家纷纷为其开脱，认为这种愿望只是其他人的想法，而诗人对此是持讽刺态度的。然而这么一解释，不仅使诗开头对这次宴会所作的肯定难以解释，而且也不符合整个《古诗十九首》肯定现世享乐的基调。

（邵毅平）

西北有高楼

西北有高楼，上与浮云齐。

交疏结绮窗，阿阁三重阶。

上有弦歌声，音响一何悲！

谁能为此曲？无乃杞梁妻？

清商随风发，中曲正徘徊。

一弹再三叹，慷慨有余哀。

不惜歌者苦，但伤知音稀。

愿为双鸣鹤，奋翅起高飞。

　　这是《古诗十九首》的第五首，表现的是身处高楼者的孤独感。全诗的结构，宛如一个戏剧性场景，背景是一座高楼，楼上传出弦歌之声，一过路人为音乐声所打动，驻足谛听，不禁触动愁绪，浮想联翩。开头四句，先写歌者所在之地。"西北"是虚指，"上与浮云齐"夸张楼之高。"交疏"，窗格交错刻镂之状，"结绮"，窗格结构精细之状；"阿阁"，指四面有檐的亭阁，"三重阶"，三重阶梯，指阁高。以下八句，写从楼上飘出的弦歌声。"音响一何悲"，总写装饰华美的高楼上传出一阵阵悲切哀怨弦歌，这使偶尔过此的诗人不禁驻足聆听，情不自已地悬想起演奏者的身分来："谁能为此曲？无乃杞梁妻？""杞梁妻"，指春秋战国时期齐国大夫杞梁的妻子，杞梁为齐伐莒，死于莒国城下，杞梁妻赶到那儿，大哭十天，然后自尽。琴曲中有一首名为《杞梁妻叹》的悲哀乐曲，《琴操》认为是杞梁妻临终前演奏的。诗人猜想能够弹奏这种悲切乐曲的人，一定也像杞梁妻那样，有着深深的不幸吧？"清商随风发，中曲正徘徊。""清商"是清商曲，适于表现凄绝悲哀的感情，它随风飘扬，低迴往复，如泣如诉。"中曲"，乐曲的中间部分，"徘徊"，指乐声回环往复。"一弹再三叹，慷慨有余哀。""叹"为和声，此曲和声繁复，慷慨激越，似含无限哀情。以下四句，直写诗人的感受。诗人猜测：像这样悲切的乐曲，蕴含着歌者深沉的痛苦，大概没有人能够领会其中的含意，因而感慨万分："不惜歌者苦，但伤知音稀。"言下之意，只有自己才是唯一的知音。因此，他想和歌者结识交好，一起走向未来："愿为双鸣鹤，奋翅起高飞。"

这首诗的最大特色，在于表面处处写歌者，而实际处处不离听者；表面是抒写歌者的孤独，而实际以此映托听者的孤独。因为听者自己孤独，所以在他听来，这乐曲声中流露了孤独，从而想象演奏者是一个孤独的人，进而生出想与演奏者结识交好的强烈愿望；而演奏者是否果为孤独之人，其演奏的乐曲是否果属孤独之曲，其实都无关紧要。所以，此诗在反映孤独感的移情作用方面，是十分典型的。

（邵毅平）

涉江采芙蓉

涉江采芙蓉，兰泽多芳草。

采之欲遗谁？所思在远道。

还顾望旧乡，长路漫浩浩。

同心而离居，忧伤以终老。

这首诗是《古诗十九首》中的第六首，描写的是游子思乡、怀念妻子的伤感情绪。作者大约是东汉末年仕途失意的中下层知识分子。诗写得优美隽永，哀婉动人。其手法多借鉴《诗经》《楚辞》，借物咏怀，以物寄情；遣词造句能化旧出新，构成独特的意境；节奏回环复沓，具有民歌风格。

"涉江采芙蓉，兰泽多芳草。"诗一开头就勾勒出一幅清淡优雅的景色：莲花出淤泥而不染，兰草居泽畔而溢香。诗人款步而来，涉水采莲，临泽揽草……多么令人神往。用香花兰草比喻起兴是《楚辞》的传统，所谓"善鸟香草以配忠贞，恶禽臭物以比谗佞"（王逸《楚辞章句》）。"涉江"一词，更直接取诸《楚辞》篇名。朱自清说："本诗是借用这个成辞，一面也多少暗示着诗中主人的流离转徙——《涉江》篇所叙的正是屈原流离转徙的情形。"那么，诗人这两句诗的用意，就不单纯是以莲花兰草来象征自己的心灵情操，而且还隐隐透露出诗人为现实所不容而远走他乡的孤独境遇和哀怨之情。花草流水，文人游子；两相衬映而了然无痕，这正是"古诗十九首"在表现艺术上圆熟含蓄之处。

"采之欲遗谁?"遗（wèi），赠送。赠香草以结恩情，是古已有之的风俗。《诗经》里就有"赠之以芍药"（《郑风·溱洧》）的诗句，《楚辞》"折芳馨兮遗所思"（《九歌·山鬼》）也是。诗人如此一往情深地采莲摘兰，又是想送给谁呢？回答是："所思在远道。"原来诗人心中思念的人在遥远的地方。然而这又似乎并不是正面问答，"谁"字就留下了一串悬念，而一声"远道"，又于茫然中飘落了一片惆怅。采芳送远而不能达，现实是无情的。朱自清认为，采芳赠人的风俗"汉代似乎已经没有。作诗人也许看见一些芳草，即景生情"，"虚拟出采莲采兰的事实来"。从全诗来看，这个说法是可信的。然而不管是虚是实，正是这种别具匠心的构思，造成了意境的明晦变化、情致的起伏跌宕，使读者与诗人一同欢快，一同憧憬，一同犹豫，又一同惆怅。

因有了"所思在远道"的不了之情，便生出"还顾望旧乡"的自然之心，诗意于此又作一曲折。"还顾"，回环顾盼。古乐府《悲歌》云："远望可以当归"，诗人于是回首远望。但"旧乡"未见，"长路"横前，于是又平添了一段难遣的新愁。"漫浩浩"是"漫漫浩浩"的省略，无边无尽之意。真是望不尽的烟雨苍茫，剪不断的幽恨悲凉！香花兰草，寄托着诗人无形的情怀衷肠；而长路远道，又使诗人望眼欲穿，梦断魂销。这种虚念和现实的重叠，希望与失望的交织，使得全诗充溢着一种回环往复、绵长悠远的韵味。

最后两句："同心而离居，忧伤以终老"，是全诗的总括，也是诗人发自内心的悲戚。"同心"谓夫妻，诗前"采之欲遗谁"留下的悬念，至此方点明。原来诗人的"所思"，是远居旧乡的爱妻。夫妻恩爱，同心永结，本是人生最充实的欢愉；同心而离居，长作相思之苦，却又是人间最悲哀的伤痛。然而何以会"离居"，诗人为什么要浪迹天涯，久不能归？一个"而"字，回波荡漾，曲衷悠长，耐人咀嚼。社会的不平、人生的不幸，尽在不言之中。诗人的高妙也只点到为止，来去无踪。末了一声"忧伤以终老"的长叹，仍将诗意翻回相思怨情，沉郁压抑，无可奈何之极。用朱自清的话说："一面是怨语，一面也重申'同心'的意思——是说尽管忧伤，决无两意。"采芳不能送远，还顾不得相见，唯余一段相思牵挂，飘忽在云际长天。"各在天一涯"，"会面安可知"（《古诗十九首》之一），水也无边，风也无边，连梦也无边了。　　　　　（施中宪）

明月皎夜光

明月皎夜光，促织鸣东壁。

玉衡指孟冬，众星何历历。

白露沾野草，时节忽复易。

秋蝉鸣树间，玄鸟逝安适？

昔我同门友，高举振六翮。

不念携手好，弃我如遗迹。

南箕北有斗，牵牛不负轭。

良无盘石固，虚名复何益？

这是《古诗十九首》的第七首，抒写友情难久的惆怅。诗歌的前半部分，写季节的变换。"明月皎夜光，促织鸣东壁"二句，视听并用，意境幽静，不明言节候而节候特征显著。"促织"，即蟋蟀。"东壁"，因其向阳背风，比较暖和，所以为趋暖避寒的蟋蟀所息。虽未径出"秋"字，但读此已觉深秋的清寒之气侵人肌肤。"玉衡"二句继写天象。"玉衡"指北斗七星的斗柄三星。地球围绕太阳旋转，从地球上看恒星方位，每月移动三十度，古人因在固定的时间观察斗柄所指的方位，以确定季节和月份。此时诗人所看到的斗柄（玉衡），已指向"孟冬"，也就是夏历十月的方位，说明秋季已近结束，冬天即将来临。因此以下四句进一步呈示自然界因时节变化而出现的种种征候：白露沾草，树间蝉鸣，玄鸟迁徙。诗人身处此境，目睹此景，深切地感到了季节的急剧变化。"玄鸟"，指燕子，作为候鸟，它们已纷纷从北方飞向南方。从季节的这种变化中，诗人不禁联想到了人事的变化，以下八句即由此而来。"同门友"是指曾在同一先生门下一起学习的朋友；"振六翮"本指大鸟高飞，此借喻人的发迹、飞黄腾达。朋友们纷纷飞黄腾达以后，"不念携手好，弃我如遗迹"。他们全然不顾当时携手抵足的旧谊，就像行人抛弃脚迹一样抛弃了自己。这样的朋友，不是徒有虚名吗？诗人感叹之余，想起了《诗经·小雅·大东》中的诗句："维南有箕，不可以簸扬。维北有斗，不可挹酒浆。""睆彼牵牛，不以服箱。""箕""斗""牵牛"都是星名，《诗经》的原意是说这些星徒有其名，却不能真的用来簸米、舀酒和驾车。诗人在此用来喻示这些人徒有作为朋友的虚名。诗人最后的结论是："良无盘石固，虚名复何益！"友情既然不像盘石那样坚固，那末朋友也不过是徒有虚名罢了。

　　这首诗通篇是对朋友背弃友情的怨愤，显示了诗人所处时代的人际关系的一个侧面。它是《古诗十九首》所反映的人生众相中的一种，也是构成其悲观基调的诸种失意中的一种。在具体表现的时候，诗人是用季节的变化来兴起和映衬人事变化的，而他所描写的典型的秋天景色，浸透着失意者浓重的感伤情绪，这在当时悲秋诗的系列中，也是比较典型和杰出的。

（邵毅平）

冉冉孤生竹

冉冉孤生竹，结根泰山阿。

与君为新婚，菟丝附女萝。

菟丝生有时，夫妇会有宜。

千里远结婚，悠悠隔山陂。

思君令人老，轩车来何迟。

伤彼蕙兰花，含英扬光辉，

过时而不采，将随秋草萎。

君亮执高节，贱妾亦何为？

《古诗十九首》多思妇之诗，主要描写游子不归、思妇向往忠贞爱情、渴望夫妻团聚、怨恨青春易逝、红颜难驻之情，从一侧面反映东汉末年的社会状况。历来评价甚高，此诗亦是。

全诗共十六句，可作两节读。前八句为第一节，写女子与夫结婚，不久男子远别。"冉冉"，柔弱下垂貌，"孤生竹"，孤独无倚的竹子；"泰山"同"太山"，此犹言大山、高山。女子生而无依无靠，一如孤竹无倚，一旦结根于高山，便不再他移。这是一位忠贞的女子。"菟丝"，本是一种旋花科蔓生植物，需攀附其他植物而长，此乃女子自况；"女萝"即松萝，亦蔓生植物，通体呈无数细枝，这里比喻女子之夫。这几句话说女子既嫁以后，两情缠绵，难分难舍，有如菟丝附于女萝。李白《古意》："君为女萝草，妾作菟丝花。"即用此意。"菟丝生有时"两句言菟丝开花会有一定时候，而夫妇相聚也应有恰当的时间。然而，千里来归的丈夫，忽而又要远行。以上为第一节。第九句至末为第二节，写思妇之景况：君徂东山，慆慆不归，从此后三五皎月闺中独看，女子因久盼伊人而日见消瘦、苍老，故云"令人老"。这一"老"字，还含有憔悴、心力交瘁之意。"轩车"，有屏障的车，古时大夫以上官才能乘坐。这位女子遥想自己的丈夫当了大官，恐怕他有新欢而不归；所以常常登上高山跂足而望，谁知总是空手而归。回身忽见那美丽的蕙兰香草即将盛开，光辉夺目却长在山野中无人采撷，秋风一起恐怕也将同野草一起枯萎。伤彼蕙兰，实为自伤，桃花无情，人面易老，"惟草木之零落兮，恐美人之迟暮"（《楚辞》）。百无聊赖，她只得自我安慰："算了吧，谅（亮）他必会守志不移，准时而归，我又何必自伤呢！"

全诗妙在文字朴素，直而不野；比兴妥帖，怊怅切情。它以易见的事物、平淡的语言，从苒苒孤竹写到菟丝、女萝，以两者互相攀附不可分割比喻夫妻间深厚之情；再由夫妇团聚写到悠悠别离，以蕙兰比喻女子的美貌和易逝的青春；继由青春蹉跎的愁伤写到勉强解脱的自慰，层层推进，絮絮道来，比喻形象生动，构思精巧别致，用叙事的手法寄托深情，类似汉乐府民歌，又比民歌细致工巧。诗人成功地刻画了一个思妇的形象，表达了她内心的痛苦，曲尽衷肠，委婉动人。

钟嵘称《古诗十九首》"文温以丽，意悲而远，惊心动魄，可谓几乎一字千金"（《诗品》），由这一首诗也可略见端倪。　（赵志伟）

庭中有奇树

庭中有奇树,绿叶发华滋。

攀条折其荣,将以遗所思。

馨香盈怀袖,路远莫致之。

此物何足贡,但感别经时。

这首诗写思妇怀远之情,是古诗和古乐府中最常见的题材,但语短情长,委婉曲折,却又不同平常。

前四句用朴素的语言描绘出一幅日常图景:春日庭院,嘉树发花(华同"花"),日见繁盛,女主人折其一枝,想要送给在外的丈夫。但隐含的内容,却很丰富:春本是令人动情的时节,春花又是女子青春年华的象征;然而春光易逝,春花易谢,女子一生中可珍贵的岁月也并无多少。所以奇树之花,是合写实与比兴为一的;女主人对于花的珍惜,亦是对自己青春生命的珍惜。《古诗十九首》中《冉冉孤生竹》有云:"伤彼兰蕙花,含英扬光辉。过时而不采,将随秋草萎。"本篇同样有这一层意思,只是不曾明说罢了。由此再看"庭中"这一特定地点,"发华滋"(滋,繁盛)所表示的特定时间,都不是率意之笔。庭中之树,不同野外花木,每日可见。从翠叶渐生,到繁花满树,已不知经过多少时光,女主人的忧苦与日俱增，一分分堆积得深厚。花事盛极，预告着凋零之日不远，则女子的思念之情与自伤之情，都已到了不可遏制的地步。所以折花欲以赠远的举动，并非兴之所至，而是积蕴了深沉的感情。

"馨香盈怀袖"，字面的承接平稳而自然，但诗意已在暗中巧妙地发生转折。怎么会香气满身？自然是那女子手执花枝站立了很久。从这一句，可以想象她痴痴立于树下，陷入沉思冥想的神态。何以如此？下一句再加以说明："路远莫致之。"原来，那女子折花，只是情不可遏；折下之后，才想起这易凋的花枝是无法送到远方亲人手中的。本想借花寄托相思，使苦恼有所解脱，结果反而平白增添一层相思的苦恼。她不由地在心中对丈夫发出叹息：这花又有什么珍贵、非要送给你不可？只是别离得实在太久！两句一抑一扬，托起主题，诗意再进一层，达到高潮。

全篇文字浅近，笔调安详自然，只就"奇树"一路写来，人物的情绪深含不露。诗意的推进、转折也略无痕迹，似乎一读就懂，却是越读越有味。这便是文人的修养与民歌的素质相结合的结果。古人称《古诗十九首》"一字千金"，殆非过誉。

（骆玉明）

迢迢牵牛星

迢迢牵牛星，皎皎河汉女。

纤纤擢素手，札札弄机杼。

终日不成章，泣涕零如雨。

河汉清且浅，相去复几许？

盈盈一水间，脉脉不得语。

　　牵牛、织女的神话，在漫长的封建时代有着普遍的意义。这首秋夜即景抒情之作，就是借天上牵牛、织女的隔绝，抒写人间夫妇离居的悲哀。诗的构思巧妙，写法别致，"写天上无情之星，如人间好合绸缪。语语认真，语语神化"（《汉诗音注》），充满了浪漫的气息。

　　诗一开头就把我们带入了寥阔明净的碧海夜空。迢迢，远也；皎皎，明也。两句分举而文义互见。河汉女，即织女；称之"河汉女"，不仅拟人的味道更浓，更令人想见双星为银河所隔的情景。接着四句写织女终日织布，却始终未能织出成品。牵牛、织女的形象，本来就同男耕女织密切相关。此处对她的描写仍紧扣了这一点。但这段描写的用意不在表现她的勤劳能干，你看，尽管她"纤纤擢素手，札札弄机杼"，却"终日不成章，泣涕零如雨"。不成章，言不能织成经纬纹理。零，犹落。零如雨，泪水纵横貌，极写织女的悲伤。这一转折，形象地揭示出她内心深沉的痛苦。诗最后四句正面回答织女痛苦的原因是因为夫妻不得相聚。"牵牛织女遥相望，尔独何辜限河梁"（曹丕《燕歌行》），在一般诗人笔下，都仅仅把牛、女不得相见归之于为银河所隔。这里却强调"河汉清且浅，相见复几许"，几许，犹言多少，谓距离之近。清浅的银河并不辽阔，当然不能真正将双星隔开，那末究竟是谁使得他们"盈盈一水间，脉脉不得语"呢？诗提出问题，却不作回答，留给读者自己去想象，有悠悠不尽之妙。

牵牛、织女的神话，经过长期蕴酝发展，至东汉末年已基本定型。但本篇不是简单的复述故事，而是思妇驰骋想象，用以渲染相思而不得相聚的哀怨。故而情节更集中，形象更动人。诗从牛、女双星落笔，点明织女所思的对象；中间单就织女而言，而处处又似有一牛郎在；结尾处则又反缩开头，"脉脉"一语，点出两情缠绵。既是咏牵牛、织女，也是思妇咏叹自己的遭际。"就事微挑，追情妙绘，绝不费思一点"，就将深闺独居的思妇的心事和盘托出，表情达言，婉曲深微，堪称化工之笔。

这首诗的语言也很有特色。既自然，又精炼。十句诗用了六个叠字，"迢迢""皎皎""纤纤""札札""盈盈""脉脉"，状物贴切，形容准确，无一不紧紧抓住了事物的特征。诗的语境优美、情意绵长，与此很有关系。张庚说："《青青河畔草》章双叠字六目句，连用在前；此章双叠字亦六句，却有二句连用在后，遂彼此各成一奇局。"（《古诗十九首解》）良是。

（王国安）

回车驾言迈

回车驾言迈，悠悠涉长道。
四顾何茫茫，东风摇百草。
所遇无故物，焉得不速老？
盛衰各有时，立身苦不早。
人生非金石，岂能长寿考？
奄忽随物化，荣名以为宝。

这是《古诗十九首》的第十一首，表现的也是对人生短促的思考。诗人先写自己驾车出游："回车驾言迈，悠悠涉长道。""回车"指回途之车，一说是漫无目的之车。"驾言迈"犹"驾而行"。诗人驾车出游，行进在悠悠的长道上。他四面环顾，看到的是茫茫田原，百草在春风中摇曳。然而诗人感到的却并不是春天来临的那种欣喜和欢快，而是时光流逝的悲哀："所遇无故物，焉得不速老。"春天万象更新，所以入目"无故物"；自然界的这种新陈代谢现象，不禁触发了诗人对自己也无法逃脱这一规律的联想，他深深地感到自己也正在迅速地衰老。"盛衰各有时，立身苦不早。"这是在表达要及早立身的强烈愿望呢，还是在陈述对于没有及早立身的深深后悔？也许两者兼而有之。所以诗人由此进一步哀叹，人生短促，不

能像金石那样坚固，长生不老。"考"，寿考，长寿。"淹忽随物
化"，指人生倏忽，转眼间是会随着自然演变而死去的。这种对于
人生短促易逝的感叹，在《青青陵上柏》《今日良宴会》中也存在，
不过此诗对此所持的态度是"荣名以为宝"，即应该看重名誉，把
它作为超越死亡的精神支柱。这种以"立身""荣名"来对待人生
的想法，是此诗不同于以上二诗的特色之一。它的第二个特色是尽
管与《青青陵上柏》一样，诗人也是由自然景物来触发人生短促易
逝之感的，但是，自然在这里不是作为人生的对比物而出现的，而
是作为人生的映衬物而出现的。也就是说，在《青青陵上柏》中，
诗人认为自然与人生各自遵循着不同的规律，前者是永久不变的，
后者是短促易逝的；而在此诗中，诗人则认为自然与人生都遵循着
相同的新陈代谢的规律，这在后来的许多诗作中也是比较常见的。
此诗的第三个特色，是十分罕见地把春天作为悲哀的季节来表现，
是一首悲春诗，这是很有意思的。在《古诗十九首》中，一般的诗
人大都在一年将尽的"岁暮"感到时光流逝的悲哀，而诗人却在一
年开始的岁首即感到时光流逝，故物难遇。一般诗人皆为众芳摇落
而悲哀，这位诗人却为万物更新而悲哀，似乎也表现出一种不同于
往常和时俗的独特的审美意识和心理感受。

（邵毅平）

东城高且长

东城高且长，逶迤自相属。

回风动地起，秋草萋已绿。

四时更变化，岁暮一何速。

《晨风》怀苦心，《蟋蟀》伤局促。

荡涤放情志，何为自结束？

燕赵多佳人，美者颜如玉。

被服罗裳衣，当户理清曲。

音响一何悲，弦急知柱促。

驰情整中带，沉吟聊踯躅。

思为双飞燕，衔泥巢君屋。

　　这是《古诗十九首》的第十二首，主题与上首相类。和《回车驾言迈》一样，诗人是由自然景物的触发而引起人生短促易逝之感的；不过触发诗人感慨的自然景物，不是春景而是秋景。而且，诗人并非驾车出游，而是登城远眺。

　　"东城"，东面城墙，高而且长，所以诗人登之远眺。他看到的是一片秋色："回风动地起，秋草萋已绿。""回风"，秋天常见的旋风，"动地起"，卷地而起；"萋"，萋萋，草茂盛貌。秋天的来临，预示着一年的行将结束，它使诗人深感时光的流逝之快："四时更变化，岁暮一何速!"在飞逝的时光面前，他想起了《诗经》中表述的两种生活态度："《晨风》怀苦辛，《蟋蟀》伤局促。"《晨风》是《诗经·秦风》中的篇名，其中写离人苦于相思而整日忧心忡忡；《蟋蟀》是《诗经·唐风》中的篇名，其中写诗人因岁暮来临而感到时光易逝，于是生出及时行乐的愿望，但又告诫自己要有节制。诗人对此均不赞成，他认为《晨风》徒然自寻苦恼，《蟋蟀》又自为拘束。他所要采取的，是一种更为开放的态度："荡涤放情志，何为自结束。""结束"即拘束。也就是说，他要扫除烦恼，放开怀抱，摆脱拘束，尽情享乐。

"燕赵多佳人，美者颜如玉。"燕、赵均是古代国名，在今河北、山西一带，"佳人"指女乐，赵地女子多习歌舞为女乐，赵、燕相邻，连类及之。这些"佳人"不仅相貌美丽，而且擅长音乐："被服罗裳衣，当户理清曲。""被"同"披"。她们穿着华丽的衣裳，临门温习清商曲。"音响一何悲，弦急知柱促。""柱"是筝瑟等乐器上架弦的木柱，"促"是移近之意，柱移近则弦紧音高，所以从弦紧音高便也能知道柱移之近。清商曲原本是悲切的，更何况又将弦调紧了。"驰情整中带，沉吟聊踯躅。""中带"，古代妇女衣服的一种；"沉吟"，若有所思的样子。这是写"佳人"演奏完毕，人尚沉醉于音乐之中，下意识地离座整理衣服，而又沉吟不语、徘徊踯躅。以上均写佳人的美丽与多才，而这些佳人正是诗人所要追求的对象，因而他最后表示："思为双飞燕，衔泥巢君屋。"以燕喻人，表示要与佳人亲近，比翼双飞。

在感慨人生短促易逝时，此诗主张追求声乐之娱，可以说是同类诗中的一个特色；而它对佳人和音乐的描绘，对后代也颇有影响。

（邵毅平）

燕赵多佳人

燕赵多佳人，美者颜如玉。

被服罗裳衣，当户理清曲。

音响一何悲，弦急知柱促。

驰情整中带，沉吟聊踯躅。

思为双飞燕，衔泥巢君屋。

这首诗《文选》和《玉台新咏》均录作《东城高且长》的后半部分。明张凤翼《文选纂注》提出，"燕赵多佳人"以下十句应别为一首。今按，《东城》诗头十句主旨是伤悼岁月易逝，鼓吹纵情享乐，与后十句"文意不联贯，情调不一致"（余冠英《汉魏六朝诗选》），应依《纂注》分为两首。

这首诗借写佳人情思，寄寓作者愿跻身仕进、勤劳王室之意。

开头四句集中刻画佳人的容貌，同时点出她的心事。战国时北方燕、赵产美女，有"燕姬赵女"之称，故后世称美女多冠以燕赵。诗这样称它的主人公，有高度赞誉之意。用"玉"形容美貌，始于《诗经·魏风·汾沮洳》："彼其之子，美如玉。"当时还没有"沉鱼落雁""闭月羞花"一类形容词，所以"玉"就算到家的字眼。佳人不但貌美，穿着（"罗裳衣"）也十分高雅。佳人外貌如此之美，内心又如何呢？"当户理清曲"一句，轻轻拈出她的心事。"理"是温习，"清曲"是清商曲，"其音多哀怨"（《词谱》）。音乐表现人的心声，佳人既具美质，却不为心上人所知，蓄怨甚多，故发而为清商之音。诗开头极写佳人品貌之美，寓意颇深。

接着四句，通过音乐和举止动作表现佳人的情志。"音响一何悲，弦急知柱促"，曲调为何这么悲伤？原来是架弦木柱移得很近（柱促），使弦绷紧的缘故。写乐调的繁急，正是为了衬出主人公幽怨之深。正因女主人公对心上人怨慕良深，才引起下两句"驰情整中带，沉吟聊踯躅"的举动。幽怨使佳人"理曲"，音乐更使佳人情驰，于是乃整理单衫做好往就所慕的准备。但复又沉吟犹豫，终于踟蹰止步。这里通过将行未行的细节，刻画了佳人细微的心理活动。读者不难想象，古代女子是不许主动向男人求爱的，"女当需媒，士必待介"的古训在束缚着她。这就是她犹豫不前的心理态势。"中带"是古时妇女穿的一种衣服，《礼记·既夕》："妇人则设中带。"郑玄注："中带若今禅襂。"禅襂即单衫。

诗最后两句，用一个比喻点明女子"情思"的秘密：愿做飞燕，筑巢于心上人（"君"）之屋。"双飞燕"泛指飞燕，不一定指成双成对，古诗多有此例。如《步出东门行》"愿为双黄鹄"，即泛指黄鹄；《西北有高楼》"愿为双鸣鹤"，即泛指鸣鹤。当然，于本诗理解为兼指对方，亦未为不可。

这首诗表面是写女子思偶，实则作者以"佳人"自况，而所慕之"君"则显然是隐喻当朝执政，即古人以夫妇喻君臣之义。刘履《诗选补注》说"此乃不得志而思仕进者之诗"，不是没有道理的。（王锡荣）

驱车上东门

驱车上东门，遥望郭北墓。

白杨何萧萧，松柏夹广路。

下有陈死人，杳杳即长暮。

潜寐黄泉下，千载永不寤。

浩浩阴阳移，年命如朝露。

人生忽如寄，寿无金石固。

万岁更相送，圣贤莫能度。

服食求神仙，多为药所误。

不如饮美酒，被服纨与素。

　　这是一首感慨人生短促、主张及时行乐的诗。东汉末年社会动乱，人们生活在流离颠沛之中，生命朝不虑夕，给产生这种消极思想提供了最适宜的土壤。

　　诗可分三个层次。第一层（开头至"千载永不寤"）首四句写即望中墓地的萧森景象，为全诗制造气氛。"上东门"是洛阳东城三门中最靠北的城门（见李善《文选》注引《河南郡图经》）；"郭北墓"指洛阳城北的邙山墓地，这里是东汉以来王公贵人死后的葬所，成为有名的公墓。白杨和松柏是墓地最习见的树木。诗以洛阳北邙作为背景来写，具有较高的典型意义。接着四句，由墓地联想到墓中年久的死人（"陈死人"），想到他们沉睡在幽暗地下永远不会苏醒的可哀。"杳杳"，幽暗貌。"长暮"，指墓中长暗如夜。诗写坟墓、写死人，为下文人生短促的慨叹预先铺垫。"潜寐""不寤"，表面为死人悲，实则为活人孜孜名利而不知享乐悲。

第二层（"浩浩阴阳移"至"多为药所误"），由死人不能复苏，想到日月流逝，人寿瞬息即尽，迎生送死无人能逃此规律，神仙永生之说更属渺茫难信，所以活人要爱惜短促生命。这层分两步来写；第一步用四句写生命之短，"如朝露"瞬息即干，如过客匆匆而过；第二步用四句写任何人也无逃死之方。"圣贤""服食"云云，纯为涉世语，是从痛苦经验中得来。"王乔虚假辞，赤松垂空言"（曹丕《折杨柳行》），"虚无求列仙，松子久吾欺"（曹植《赠白马王彪》），老聃、孔丘没有一个能不死的。

最后一层："不如饮美酒，被服纨与素。"生命既短，又不能不死，为要对得起短促生命，便生出及时享乐的思想。消极享乐思想自古以来就在诗歌当中有所反映。"今我不乐，日月其除"（《诗经·唐风·蟋蟀》）；"子有酒食，何不日鼓瑟？且以喜乐，且以永日。宛其死矣，他人入室"（《诗经·唐风·山有枢》）；"昼短苦夜长，何不秉烛游？为乐当及时，何能待来兹"（《古诗·生年不满百》）……人们在积极追求生活的同时，总伴有强求生存欲望与现实生命短暂的矛盾。每当一个人生活道路坎坷或将近衰老时，更容易为这一矛盾所困忧，这就是古诗中这类消极思想产生的根源。

这首诗的特点是见景生情，以景带情。前八句是景，后十句是情。在前八句的景中，头四句是现实之景，次四句是想象之景；在后十句的情中，前六句从观察历史生出，后四句由现实体验得来。诗看来虽然未事增华，也没有什么惊人之语，但由于作者能够从切身体验出发，抓住社会、人生中带有普遍性的问题，而且感情充沛真切，因而能够深深地吸引读者，并引起共鸣。

（王锡荣）

去者日以疏

去者日以疏，来者日以亲。

出郭门直视，但见丘与坟。

古墓犁为田，松柏摧为薪。

白杨多悲风，萧萧愁杀人。

思还故里闾，欲归道无因。

　　这首诗是客中经过墟墓有感，因而思归之作，反映了汉末因社会动荡而久寓他乡之人的思想苦闷。

　　诗开头两句，是主人公面对某些社会人生现象所发的感慨，概括性很强。"去者"与"来者"的具体含义殊难确指，然总览全诗，"去者"似指逝去的光阴，可理解为少壮之岁；"来者"似指将来的岁月，可理解为垂暮之年。两句诗的意思是，少壮时代越去越远，老年一天天逼近。"亲"有"近"义。主人公久客他乡，衰老渐至，因而产生对年华流逝的感伤，为全诗定下基调。

　　三、四两句由抽象议论转向对现实环境的描写。正是由于主人公对人生抱着悲观的态度，所以他的注意力极易被一出城郭就能看到的大小坟丘（《方言》："冢大者为丘。"）所吸引，而这无疑就是世人（当然包括诗人自己）的最终归宿。只此，就足以令人触目惊心的了。然而诗人进一步观察，在零零落落的丘墓中间，那些年代更久远的坟茔竟被犁为田地，连墓旁松柏也被当烧柴而砍伐殆尽。睡在这些无主孤坟里边的，或许就是那些与作者同属天涯沦落之人吧，死后靠朋友故旧营一角茔地，而今却落得如此下场！诗人想到这里，真有点不寒而栗，于是又燃起了更强烈的乡思。"白杨多悲风，萧萧愁杀人"，坟场中的白杨树也似有意嘲弄主人公的忧愁，以它那巨大的树叶发出阵阵鸣啸，给离乡游子平添几许悲哀。以上六句写坟地的凄惨景象，一方面表现主人公此时此地的悲凉心绪，另一方面为结尾引出乡愁蓄势。

诗最后两句，把前面无边的忧情愁绪收拢到一点：客旅思乡。这点，诗人在前面似乎已向读者作了暗示：既然丘墓为人生的终点，那么故乡则是活人的归宿。但游子的愁苦终于没有解开，"欲归道无因"，原来连还归故里的条件也不具备。什么原因？诗虽没有明说，却肯定是由于现实处境有许多艰难。朱筠说："此二句不说出所以不得归之故，但曰无因，凡羁旅苦，欲归不得者，尽括其中，所以为妙。"（《古诗十九首说》）但还要补充一句：主人公日后无尽无休的悲哀与愁苦，也都包含在这两句诗里面了，真所谓言有尽而意无穷。

（王锡荣）

生年不满百

生年不满百，常怀千岁忧。

昼短苦夜长，何不秉烛游？

为乐当及时，何能待来兹？

愚者爱惜费，但为后世嗤。

仙人王子乔，难可与等期。

本篇出自汉乐府《西门行》，除字数稍不同外，内容大致相同。诗旨在揭示人生短暂，主张及时行乐，并讥讽富贵贪愚之人不能达观地享受人生。

东汉桓、灵之世，宦官外戚互相勾结擅权，政治黑暗，上层官僚垄断仕路，结党营私，"窃选举，盗荣宠者不可胜数"（徐幹《中论·谴交》）。社会表面上歌舞欢娱，骨子里已危机四伏，处于将乱未乱的边缘。寒族士子奔走交游，矢志无成，恓恓遑遑，一腔热血只换得满腹牢骚，转而产生人生苦闷的厌世情绪；或者玩世不恭，颓唐享乐，这些反映在文人笔下，便有了《古诗十九首》中的这部分内容。

全诗共十句。余冠英先生认为"诗的首尾都是讽世破惑的话"（《汉魏六朝诗选》），第二至第六句写及时行乐和惜时，后两句讽刺所谓"愚者"。除"王子乔"一典外，余则浅显。王子乔，据《列仙传》载，原是周灵王的太子，名晋。好吹笙，后来道人浮丘公把他接引到嵩山上去成了仙人。

诗的佳处在用简洁的笔触勾勒了两种不同的人：一为愚者，一为达者。词语警策简洁，含义隽永有味，发人深省。所谓愚者，人生短暂却"常怀千岁忧"，汲汲于富贵，戚戚于贫贱，虽居高位不得一刻安宁；或如秦始皇一样，知其不可而为之，位登九天之尊还想传给子孙万代，自己又想长生不老，求不死之药；或如某些达官，贪恋高位，不肯让贤，"可怜八九十，齿堕双眸昏。朝露贪名利，夕阳忧子孙"（白居易《不致仕》）；或如某些守财奴各啬贪鄙，聚敛财富。所谓达者，则懂得"浮云若梦，为欢几何"，因而"开琼筵以坐花，飞羽觞而醉月"（李白《春夜宴从弟桃李园序》）。既然荣华富贵、功业名誉无所留恋，乃至"谷神不死""长生久视"一类都不可靠，那么，"不如饮美酒，被服纨与素"，岂不快哉！一愚一达，泾渭分明；孰取孰弃，自可选择。

需要指出的是，这首诗宣扬的颓废享乐思想给后世以某些消极影响，历代诗人如曹操、陶渊明、李白等大家无不以饮酒及时取乐。梁启超先生曾指出这种颓废思想"给后人以极大的印象。千余年来中国文学，都带有悲观消极的气象，十九首的作者怕不能不负点责任哩"（《中国之美文及其历史》）。这样的分析，还是比较客观的。

（赵志伟）

凛凛岁云暮

凛凛岁云暮，蝼蛄夕鸣悲。

凉风率已厉，游子寒无衣。

锦衾遗洛浦，同袍与我违。

独宿累长夜，梦想见容辉。

良人惟古欢，枉驾惠前绥。

愿得常巧笑，携手同车归。

既来不须臾，又不处重闱。

亮无晨风翼，焉能凌风飞。

眄睐以适意，引领遥相睎。

徙倚怀感伤，垂涕沾双扉。

　　东汉末社会动荡不安，产生不少反映朋友离愁别恨的诗歌。这首诗即是其中的一篇佳作。然而从《文选》六臣注以迄于今，它一直被误解为妇人思夫之辞，这是在鉴赏时所首先应当明确的。

　　诗用梦境来表现主人公思友之情，写法颇新颖别致。全诗二十句，前六句写时间背景，并点明所思对象的处境及与主人公的关系。岁暮之时，蝼蛄悲鸣，凉风嗖嗖，游子正急需寒衣。率，皆，普遍。"寒无衣"三字囊括一切游子，是序时节，不是专指主人公所思之人。吴淇《古诗十九首定论》云:"首四句俱叙时。'凛凛'句直叙,'蟋蟀'句物,'凉风'句景,'游子'句事。总以序时。勿认'游子'句作实赋也。""锦衾"句始点出所思之人的行止。锦衾,即锦被;洛浦,即洛水,这里指洛阳。锦被留在洛阳,是说所思由于某种原因在洛阳耽搁了。下句"同袍"二字交待所思与作者关系,其源出《诗经·秦风·无衣》,本指战友同仇敌忾,后多用以指极有交情的朋友。故曹植《朔风》诗、许浑《晓发天井关并寄李师晦》诗,都以"同袍"指代友人。古人用词极严,像"同袍"这一有出典的词绝不允许乱用。所以,这句诗无非是说,所思不能与己共叙友谊之情。句尾着一"违"字,粘出后面一大段相思文字。

中间八句写梦境,实写相思。累长夜,谓非一夜。正因主人公夜夜相思,所以才产生梦想。于是乃出现"良人"以下四句所描写的梦幻场景:只见友人犹念旧日欢好之情,屈驾来访,并进前授(惠)己以登车揽索(绥),与之携手同车而归,以遂常相欢娱之愿。这里,"良人"乃是主人公誉美友人之词,不可理解为妻子对丈夫的称呼。这在古诗中多有先例,如王粲《赠士孙文始》、谢灵运《南楼中望所迟客》,都用"良人"称呼朋友。惟,思念。古欢,即故欢、旧欢,此处当是主人公对朋友的自称。"枉驾"与"携手",表示朋友间既相恭维又很亲切的关系,用得极有分寸。《明月皎夜光》:"昔我同门友,高举振六翮。不念携手好,弃我如遗迹。"可知,"携手"二字亦专用于形容朋友关系。然而梦中朋友"既来不须臾,又不处重闱",未能尽慰己对彼的思念之情。这两句是主人公醒来后对梦境乍见又别的苦涩的回味与咀嚼，表现出怅惘失意的心绪，为下文进一步抒写思情做了铺垫。

最后六句写梦觉之后的相思。主人公一觉醒来，梦境成空，颇恨自己不像晨风鸟那样长有双翼，不能凌风飞翔，去与友人相会。于是乃以"盱睐""引领相睎"等动作传递自己的情感。盱睐，旁瞧斜视；睎，眺望。陈祚明云："'盱睐以适意'，犹言远望可以当归，无聊之极思也。"(《采菽堂古诗选》)顾望而不见，只能徙倚低徊，倚门而立，以至泪落沾湿门扇。

这首诗写思友之情，把梦境与醒时结合起来，梦前之景与梦后之情，都是梦境的陪衬，所以情思曲折缠绵。写梦明明是己思友，却不写己如何去寻，反说友人驾车来邀；写友亦强调其来之速，去之迅，无非不能尽情之意。这样便显出相思总是无穷无尽，无端无绪。而这些又恰恰是汉魏六朝思友怀人作品的典型风格。　　（王锡荣）

孟冬寒气至

孟冬寒气至，北风何惨慄？

愁多知夜长，仰观众星列。

三五明月满，四五詹兔缺。

客从远方来，遗我一书札。

上言长相思，下言久离别。

置书怀袖中，三岁字不灭；

一心抱区区，惧君不识察。

《古诗十九首》有好几篇表现游子思妇的作品，每一篇都有独特之处。

这首诗可分成两大段。上段（前六句）主要通过季节和时间的推移，写妇人愁思的缠绵不断。诗开头两句写节候的变迁，为愁思涂抹背景。用"惨慄"一词，不仅形容寒风栗烈刺骨，也兼指心理上的感受，加重渲染了离愁别绪的气氛；同时写孟冬来临，又暗示一年眼看过去，还不见游子归来。诗人遣词造句用心良苦，读者需细细玩味，方能予以体会。接着一句，点出一个"愁"字。由愁而不能入睡，因而更觉冬夜之长，乃逼出"仰视"一句。诗人愁思不寐，起步庭中，四顾无人，百无聊赖，于是仰视碧空，也许点点繁星能够为己分忧。诗从开头至此四句为实叙，人物内在心情及其外在表现，完全是通过季节环境的气氛衬托出来的。接着，"三五"两句是虚写，由"仰视众星"而生出联想。"三五"指旧历每月十五日，"四五"指二十日，"詹兔"亦作"蟾兔"，指月。古人相信月中有蟾蜍（虾蟆）和玉兔，故称。这两句用月亮的圆缺标志时间的流逝，诗人无语凝望月儿圆了又缺，缺了又圆，不知经历多少孤栖之夜。诗前面但出一"愁"字，未言因何而愁，至此始稍露端倪。盖古时常以月儿圆缺喻人之离合，可见女主人公之愁乃为离别而发。这两句并为后言"三年"埋下伏线。

下段（后八句）通过珍藏游子书信一事，表现主人公爱情的纯真执着。诗上段主要用物候的变迁来衬托主人公的愁思，如果说这种写法犹觉不甚新鲜，那么后段八句用"置书怀袖"这一情节来表现思妇对丈夫的爱恋，就显得十分奇异了。诗先用四句把书信的内容带过，"上""下"指信的开头和结尾；"长相思""久离别"概括书信的内容（看来丈夫情意甚殷），为妇人珍藏此书作根据。这段诗重点在后四句："置书怀袖中，三岁字不灭；一心抱区区，惧君不识察。"把书信贴身收藏，不忍放置闲处，这是一层情意；还要经常拿出捧读，这是又一层情意；"三年字不灭"，读信时小心翼翼之情宛然在目，对书信是何等珍惜！这是第三层情意。这样表现思妇对游子的情愫，真是入木三分！然妇人怀此深情的同时不能没有疑虑：我的诚挚专一（区区）之心，未识夫君果能鉴察否？这疑虑看似唐突，却十分合理：丈夫虽言"长相思"之意，然毕竟三年未归，也没有第二封书信寄来，其间会不会发生什么变故呢？诗意丰富而婉转。　　（王锡荣）

客从远方来

客从远方来，遗我一端绮。

相去万余里，故人心尚尔。

文采双鸳鸯，裁为合欢被。

著以长相思，缘以结不解。

以胶投漆中，谁能别离此？

　　这首诗以远道在外的丈夫托人捎来"一端绮"为线索，因物及人，托物寄情，拓开境界，用明快的笔调，表达了伉俪之间的深挚感情。

　　"一端"，即半匹；绮，素色花纹的绫罗。绫罗并不罕见，半匹绫罗自然微不足道，但它是丈夫从迢迢万里之外托人带来，上面绣的又是喻指夫妻恩爱的"双鸳鸯"，意义也就不同一般了。这已不是一件普通的礼物，而是坚贞不渝的爱的象征。正因此，丈夫选择它作为寄内的信物；思妇一见之下，更是感慨不已。"故人心尚尔"，这是思妇从"一端绮"中得到的信息，也是全诗的核心所在。"尚尔"二字，含意丰富。粗看只是说丈夫没有变心，其实也表现了思妇对丈夫的深深挚爱。夫妻间平日恩爱无比，但"相去万余里"，会不会因此而变化呢？若非平时日夜计之，日夜念之，又何能乍见"一端绮"即心领神会，灵犀相通？思妇的相思苦恋之情，于此全出。

"文采双鸳鸯"一句，承前，补充点出思妇感慨万千的原因；启后，引出她手捧"一端绮"把玩之际的种种联想，犹如异峰突起，把她的遐思推向高潮。合欢被，一种表里合一双面缝合的大被。著，指充绵。缘，谓缝边。思，谐"丝"，即充入被内的丝绵。这些缝制被子时常用的普通语汇，一经借助双关谐音，巧妙组合，立即表达出更深一层的涵含：思妇充入被内的似乎已是绵绵不尽的相思情意，被套四周缀结的线结变成了夫妻间不可分解的同心结。"长相思"，是别离之苦；"结不解"，是相爱之深，两相对举，愈见情挚。

诗最后两句以比喻作结。胶、漆都是黏性之物，两物相合，当然无法分开。这一从生活中提炼出来的比喻，融入诗中，极富表现力。似是取譬，实为抒情。"谁能别离此"，以反问出之，收束全篇，余意悠悠不尽。

这首诗首两句为叙事，交代"一端绮"的来历；次两句是抒情，是思妇刚收到"一端绮"时的感慨。"文采"句以下则是思妇因"一端绮"而生发的联想。全诗皆由"一端绮"引出，诗人似乎不是在有意作诗，只是触物兴怀，句句皆从肺腑中自然流出，本乎情兴而出于天成；但其间又脉络井然，寓章法结构于平淡自然之中。如"文采双鸳鸯"一句，按语意当置于"故人心尚尔"之前，倒置后突出了思妇目接心惊之切，顿使承接转换、气韵飞动，把思妇一瞬间的惊喜交加之情描绘得栩栩如生，跃然如出，显示出倒句之妙，读来却又全无斧凿痕迹。方东树谓"《十九首》须识其天衣无缝处"（《昭昧詹言》），于此亦可见一斑。

（王国安）

明月何皎皎

明月何皎皎，照我罗床帏。

忧愁不能寐，揽衣起徘徊。

客行虽云乐，不如早旋归。

出户独彷徨，愁思当告谁？

引领还入房，泪下沾裳衣。

这首诗是游子之歌，还是思妇之词，历来众说纷纭，莫衷一是。但从"客行虽云乐，不如早旋归"两句看，这位游子似乎尚未陷于极端困境，因而同全诗凄婉哀伤的情调未合，故还是作思妇词为妥。

诗以一轮明月映照床帏起兴，落笔之初，即给人一种深沉的凄冷之感。月光撩人愁思，早在《诗经》中已有表现："月出皎兮，佼人僚兮。舒窈纠兮，劳心悄兮。"（《月出》）但将月光和思妇形象联系在一起，此诗当属首创。月光投射床头，思妇辗转无眠。罗床帏，罗制的帐子。罗质薄透光，故在床上能见到月光。"何皎皎"三字，从思妇的主观感受着墨写月色之明，似乎有怨责月光惊扰自己睡眠之意，强烈地表现出人物内心深处的寂寞和孤独。

思妇为什么长夜无眠呢？接着八句通过描写她的"愁思"作了

回答。不过,诗没有对"愁思"多加描述,而只是通过一系列动作画面来表现,其间又穿插了"客行虽云乐,不如早旋归"两句,对"愁思"的内容轻轻点破。原来,思妇是因丈夫远出不返而忧思难遣。她无法揣测丈夫不归的原因,或许是因为"客行乐"吧?一个"虽"字,显出她无限幽怨,一片痴情。这两句是思妇的"盼归"之词,也是全诗的核心。诗中一连串的动作画面,有此两句,其意豁然。"揽衣起徘徊",离愁初起,起卧不安;"出户独彷徨",心有所待,身有所往;"引领还入房",引领,犹言伸颈,思妇准备回房之际,又殷切地回顾远望,愈现出她思夫情深、盼归意切。这里,不寐、徘徊、出户、彷徨、引领、入房等一连串动作,层层跌出,"一节紧一节",曲折有致地刻画出思妇月夜怀人的心理过程。诗最后一句"泪下沾裳衣",把感情推向高潮,戛然而止,耐人寻绎。

这首诗以"不寐"开始,"泪下"结尾,寓抒情于叙述,通过深夜月下紧扣思妇内心世界的一系列动作画面,把思妇悱恻难言的浓烈忧思,用纡徐平淡的笔墨化解开来。昔人谓之"直有千回百折之势,百读不厌"(《古诗解》),正是由于诗中每一动作都蕴含有丰富的潜台词,自然而然地构成了完整而鲜明的艺术图景。读之,我们眼前仿佛映现出思妇的哀怨情影,离忧别恨宛然在目,无烦辞费而感人至深。

(王国安)

上山采蘼芜

上山采蘼芜，下山逢故夫。

长跪问故夫："新人复何如？"

"新人虽言好，未若故人姝。

颜色类相似，手爪不相如。"

"新人从门入，故人从阁去。"

"新人工织缣，故人工织素。

织缣日一匹，织素五丈余。

将缣来比素，新人不如故。"

　　这首诗初录于《玉台新咏》。《太平御览》引此诗作"古乐府"，当是一首乐府民间歌辞。

　　汉代随着儒教地位的尊崇，妇女所受的压迫日见加深。封建礼教制定了所谓"七出"的条款，即"不顺父母去、无子去、淫去、妒去、有恶疾去、多言去、窃盗去"（《大戴礼记·本命》）。实际上，男子可以寻找任意一个理由将妻子遗弃，许多妇女成了封建礼教的牺牲品。汉乐府中的弃妇诗，正是这一黑暗社会现象的真实写照。

　　本篇叙述一个弃妇的悲惨命运，形式和撰写角度都很别致，除了开头三句外，其余全是对话。它不似通常的弃妇诗从正面抒写弃妇的哀怨，也没有半句话谴责男子的负情，而是通过故夫之口将弃妇和新妇作一比较，"新人虽言好，未若故人姝"，"颜色类相似，手爪不相如"，"将缣来比素，新人不如故"，无论从外貌姿态或劳动技能来看，新妇都不如弃妇，从而突出弃妇的无辜。张琦评此诗说："巧拙既殊，钝捷亦异，而爱憎取舍，一切反之。"故夫为何抛弃了"巧"与"捷"的故人，而新娶相对"拙""钝"的新妇呢？作者未予言明，是故夫的喜新厌旧，抑或是迫于家庭的压力？颇难猜测。但无论如何，弃妇的命运是值得同情的。她似乎逆来顺受，没有埋怨和责难，没有分辩与抗争。相反，见了故夫还要"长跪"在地；惟其怨而不露，怒而不争，则更使人觉得封建礼教对人的摧残之深，反映了封建社会整个妇女地位的低下。

这首诗几乎全部是人物的对白。汉乐府中虽不乏熔铸精彩的对白名篇，但如这一首几乎完全靠对白来描写人物、展开情节的，却也不多见。

（王国安）

穆穆清风至

穆穆清风至，吹我罗衣裾。

青袍似春草，长条随风舒。

朝登津梁山，褰裳望所思。

安得抱柱信，皎日以为期。

此诗初载《玉台新咏》，题作《古诗》。确切写作年代已不可考，大约也是东汉以来遗留下来的作品。这首古诗描写女子因所约不至而引起对自身婚姻的忧虑，反映了旧社会女子处于依附地位的特殊心态。

诗共八句，通篇作第一人称。前四句写女子春日怀望所欢。女主人公因赴情人约会来到春天的郊外，由和风吹动衣襟而在意象中产生联想：心上人穿着青袍色泽光鲜，好像眼前青青的春草；这时春风吹动刚刚发绿的树枝，女子似乎看到情人年少强健之躯，迎风伫立，宛如柔长刚健的树条（长条），随风舒展。显然，"青袍"二句是一位怀春少女对情人的想象。大凡少年女子情窦初开，懂得性爱的追求，都具有极强的思慕异性的心理，更何况处于热恋之中。

后四句，写女子望其所欢不至，而由此生出疑虑。津是渡口，梁是桥梁。谓此女子清晨登上架在渡口处的桥梁，眺望其所想念的情人。"褰（qiān）裳"，提起衣下襟，系登桥时的动作。登桥而望，说明她的意中人在隔水的远处。"安得抱柱信，皎日以为期"，女子与所思约好相会，而男子未能如期践约，故使她产生深怨：那里会得到像尾生那样守信的人，和我指着太阳定下誓约？这里连用"抱柱信"与"皎日期"两个典故：前者是说古时有一个叫尾生的男子与一位女子在桥下相约，女子未至而河水暴涨，尾生不肯离去，遂抱桥柱淹死。这是宁肯牺牲生命也不负约的故事。后者典出《诗经·王风·大车》："谓予不信，有如皎日。"是指太阳发誓，也表示绝不负约。旧时女子一旦以身委人，就指望终身有托，所以很想遇到一个忠实守信的男子与之白头偕老（《白头吟》："愿得一心人，白头不相离。"也表现了此种心理），而男子中途变心则是她们最担心的事。

　　这首古诗从表面看就是表现了这么一个主题。但是古人往往喜欢以写女子的不幸遭遇，来寄寓自己的身世之慨，这在产生这首古诗的时代是屡见不鲜的。所以，这首诗的深层，含蕴着诗人生不逢时的忧怨，也不是没有可能的。

（王锡荣）

兰若生春阳

兰若生春阳，涉冬犹盛滋。

愿言追昔爱，情款感四时。

美人在云端，天路隔无期。

夜光照玄阴，长叹恋所思。

谁谓我无忧，积念发狂痴。

这首古诗初载《玉台新咏》，题作"枚乘《杂诗》"。乘，字叔，西汉初辞赋家。但今天学者多谓《古诗》是东汉末年不知名士人所作，所以这首诗的作者肯定不是枚叔。诗主题是表现对朋友的刻骨相思之情。

开头两句，说兰和杜若两种香草，生于温暖春天而经历严冬犹很茂盛。盛滋，即滋盛，谓生长茂盛。这是诗的起兴，以兰若历冬犹盛喻友情经过艰难曲折的考验，仍然旺盛不衰。这里值得注意的是，用兰、若作比有特定含义。古人常用兰表示交友，把朋友互换之谱帖称作"兰谱"。这两句诗，暗示了所思对象的身份。

次两句是说：追思往昔朋友欢爱，情谊诚挚融洽，一年四季未曾间断。"愿言"词出《诗经·终风》，是思念的意思。款，诚挚融洽。这两句回顾往昔，极写过去友情之笃，为末句"积念发狂痴"

一句蓄势，见出构思的缜密。

"美人在云端，天路隔无期"两句，写眼下友人处地高远，与己阻隔不通，会面无期。"美人"，古时常用以称谓己所想慕之人（如东汉张衡《四愁诗》等），这里指友人。对于"云端""天路"二词，有的学者只作一般性理解，未确。按，这里当指朋友居官而言。从"天路"二字来看，朋友供职之处当在朝廷。古时常用"云路""云衢""青云"一类词语表示做官发迹。古诗《悲与亲友别》："结志青云上，何时复来归？"与本诗两句意思全同。"结志青云"当然是指立志做官。再者，古时布衣之交如果有一方做了官（更不必说高官），双方社会地位因此拉开距离，也就等于交情终止，所以才使诗人发出"绝无期"的彻底失望之叹。

结尾四句，写作者对友人的刻骨思念。"夜光"两句，是说当夜深人静、皎月在天之时，诗人独处幽室，耿耿不寐，唏嘘长叹。"谁谓"两句，是说忧念极深，以至于到了几乎发狂的程度。更见作者是一位感情极其丰富的人，二人过去的友情非常深厚炽热。诗用反诘收尾，显得格外沉重有力。

短短十句诗，情感起伏跌宕。寻绎其脉络，前四句是起，后六句是跌。"兰若"两句一起，"愿言"两句再起，愈起愈高；"美人"两句一跌，"夜光"两句再跌，"谁谓"两句续跌，愈跌愈深。起得高才更显跌得深。用这种手法表达感情的发展变化，最能深刻动人。

（王锡荣）

十五从军征

十五从军征，八十始得归。

道逢乡里人："家中有阿谁？"

"遥望是君家，松柏冢累累。"

兔从狗窦入，雉从梁上飞。

中庭生旅谷，井上生旅葵。

舂谷持作饭，采葵持作羹。

羹饭一时熟，不知贻阿谁。

出门东向望，泪落沾我衣。

这首诗见录于宋郭茂倩编的《乐府诗集·梁鼓角横吹曲》。诗中通过一个老兵的自述，控诉了穷兵黩武的政策和残酷的兵役制度，逼真地反映了东汉末年长期战乱给人民带来的深重灾难。

诗的起首两句极其概括地交代了这个老兵悲惨的一生。当他才十五岁，还未成年时，就被迫当兵，不知经历了多少生死搏斗，饱尝了多少颠沛之苦，一直到八十岁，齿落发白的暮年，才得以归家。"十五""八十"两个数字落笔平常，蕴意却极为深广。一个"始"字，更表达了解除兵役的艰难和六十五年中老兵对家乡亲人刻骨铭心的思念。

　　"道逢乡里人：'家中有阿谁?'"老人在归家路上遇见乡人就急切地问："我家中还有什么人?""阿"是语气助词。这句话问得真挚、自然，甚至带有几分心酸。经历了半个多世纪的兵荒马乱、天灾人祸，这个普通的农家早已人屋两空。老人小心翼翼、欲语又咽的神情表露了他复杂矛盾的内心活动。但是，少小离家时的深刻印象，六十五年来的苦苦思恋，正是他得以老大还家的精神支柱，他无法放弃与亲人团聚的强烈渴望。所以才显得这样急不可耐，又忐忑不安。然而严酷的现实使他残存心中的一线希望终成泡影。"遥望是君家，松柏冢累累"，乡人没有正面回答他的话，却委婉地告诉他："远远看过去，那片松柏丛中的荒坟，就是你的家了。"这一问一答，充分显示出人物的感情曲折起伏、复杂强烈。乡人不忍直说，又不得不说；老兵九死一生侥幸还家，等待他的却是家破人亡的残酷悲剧！可以想见，听到这个恶耗时，老兵心中是怎样的绝望和痛苦！

　　"兔从狗窦入"四句与上文"遥望"相呼应，写到家后从近处看到的凄惨景象：野兔从狗洞里出入，野鸡从屋梁上飞过，庭院里长满野谷，井台边遍布野葵。作者在此选用野兔、野鸡、野谷、野葵四种动植物，形象、具体地描绘了家园沦为荒野的巨大变迁。将社会的黑暗、历史的不公，无声地浓缩于这样一个萧杀悲凉的场面，读来使人惊心动魄！

　　在这难以承受的打击面前，老兵悲怆之极，神思也变得迷离恍惚了。"春谷持作饭，采葵持作羹"，用野谷春米做饭，采野葵当菜做汤，幻想与家人吃顿团圆饭。六十五年来，他朝思暮想的不就是这一时刻吗？这一连串下意识的动作，逼真地表达了人物在巨大痛苦刺激下产生的异乎寻常的心理活动，越是麻木平静，越是催人泪下！然而"羹饭一时熟，不知贻阿谁"，饭和汤不一会儿都做好了，却不知拿给谁吃。直到这时，他才从幻觉中清醒过来，深深意识到自己已陷入永久的孤独和无尽的悲哀之中。出路何在，今后的日子怎么过？"出门东向望，泪落沾我衣"，全诗至此达到了感情的高潮。老人在门外颤巍巍地站着，遥望东方，禁不住老泪纵横，湿透衣衫。他似乎想诉说，想呼喊，但终于什么也没说，什么也没喊，而把一个撕人心肺的沉默永远留给了读者。

这首五言叙事诗结构严谨，章法自然，人物归家后的所闻所见、所做所感，写得环环相扣，天衣无缝。故沈德潜《古诗源》称"古人诗每减去针线痕迹"。至其叙事状景淋漓尽致，言情抒怀则隐约曲折，不露声色，以平淡见悲怆，被论者誉为"悲痛之极辞"。全诗保留着汉乐府质朴的民歌风格，它以深刻的主题、鲜明的形象塑造了一个成功的艺术典型，为中国诗歌史留下了光辉的一页，也给后代作家留下了许多宝贵的启迪。

（施中宪）

步出城东门

步出城东门，遥望江南路。

前日风雪中，故人从此去。

我欲渡河水，河水深无梁。

愿为双黄鹄，高飞还故乡。

　　东汉末年社会动荡不安，大批知识分子为了谋生而到处漂泊。这样，北方某些大城市，便成了他们辐辏之地。这首《步出城东门》抒写了游子急切盼望归乡的心情，反映了时代加给他们的苦痛。

　　一个人思乡之情过于强烈，而暂时又不能回归，往往会翘首而望。诗开头写游子出东门望归路，就表现了这样一种心态。"遥望"二字见出游子处境维艰和乡思的矛盾，隐寓欲归不得的苦哀。"江南路"三字点出家乡之远，欲归不易。

　　三、四两句："前日风雪中，故人从此去。"然而就在前不久，一个风雪弥漫的日子，自己曾经在此送走了故人。由他人得归而念及己不得归，愈益感到悽怆倍至。故人风雪中归，归情如此紧迫，可能虑及年关向迩，家人在翘首盼望吧。诗以故人归心之切，显现一般游子归心之切，从而衬出自己归心亦切；又以故人得归而己不得归，映示己欲归不遂的无比焦躁。

五、六两句，交代欲归不得的原委，但又不便直说。"河水深无梁（桥梁）"，语意朦胧，不必指实，也不好指实。古诗中常用此种句子，以隐括不便明言或难以办到之事。如《楚辞·哀时命》："道壅塞而不通兮，江河广而无梁。"曹丕《杂诗》："愿飞安得翼，欲济河无梁。"读者可根据自己对诗意的理解去分析推断。这种示意含蓄的句子，可以加大诗歌内容的涵量和韵味，提高诗歌的耐读性。

末尾两句："愿为双黄鹄，高飞还故乡。"诗人企图超越现实的羁绊，而在想象中实现自己的目的，像黄鹄一样自由自在地飞返故乡。鹄本来是天鹅，善远飞。但天鹅一般色白非黄，故《楚辞·惜誓》洪兴祖《补注》引颜师古云："黄鹄，大鸟，一举千里。非白鹄也。"古诗中"黄鹄""晨风"一类大鸟，常常作为某种情思的载体出现，这种无法实现的主观驰想，反映了人们企图摆脱现实困境的迫切愿望。

（王锡荣）

良时不再至

良时不再至，离别在须臾，
屏营衢路侧，执手野踟蹰。
仰视浮云驰，奄忽互相逾。
风波一失所，各在天一隅。
长当从此别，且复立斯须。
欲因晨风发，送子以贱躯。

　　这首诗历来被认为是友人送别之作，可能受传统说法影响太深所致。此诗加上《嘉会难再遇》《携手上河梁》，最早见录于《文选》，与《结发为夫妻》等四首相对，题为李陵《与苏武诗三首》，此其一。对这种说法，南朝宋颜延之《庭诰》及齐梁间刘勰《文心雕龙》都曾提出异议，较之《文选》收录这七首诗还早，可见当时已有争论。据后人研究考证，大致认为是东汉末甚至更后文人的伪托，因称这七首诗为《拟苏李诗》；而在赏析上仍袭旧说，认为此诗为友人送别之作。但细玩诗意，并与旧题苏武诗中的《结发为夫妻》一首联读，可认为是妻子送别征夫的临别留言，或作于同时；也可能是《结发为夫妻》流行后，文人为补"妻送夫"之缺憾而作。

诗前四句说，从今以后欢聚一堂的时刻不会再有了，马上就要与您离别，彼此徘徊流连于通衢大道之旁、广袤田野之间，手拉着手，恋恋不舍。以下四句说，两人无言之际，抬头见天上浮云飞驰而过，刹那间又被风吹散。由此联想到人生聚散、夫妇离合也是这样，因各种原因而不得不伯劳分飞、天各一方。末四句写惜别挽留之辞，这里的"晨风"为雉鸟之古称，古人因它常清晨鸣叫以求偶，所以将它比作男女情爱的象征。或以为是鹯鸟之古称，这种鸟的悲鸣常被古人用来隐喻求偶失败，故无论何种解释，都很切合妻子送别丈夫的诗意。又贱躯，犹贱妾、贱身，是古代女子的谦称。

综上所述，此诗情意缠绵凄恻、真挚动人，如仅理解为友朋相送，似觉乖碍；而以妻子送别丈夫解之，则无往而不适。（郑世贤）

携手上河梁

携手上河梁，游子暮何之？

徘徊蹊路侧，恨恨不能辞。

行人难久留，各言长相思。

安知非日月，弦望自有时，

努力崇明德，皓首以为期。

　　这是一首送别诗，旧题李陵《与苏武三首》之三（见《文选》）。首句说送别者与行人手牵着手，走上河边的桥头。这显然是到了他们即将告别的地方，所以次句设问游子自此一别，今晚将会到什么地方，大有相见时难别亦难之意。他们徘徊于道旁，心情惆怅，难以为别。恨（liàng）恨，眷念的样子。然而，送君千里，终须一别，游子既然必须远行，送行者也难以久留，只是各自互道珍重，彼此思念，以至永远。弦望，指月半缺和月满。末四句用日月的阴晴圆缺自有定期，相互宽慰，相互勉励：只要努力奋发，以崇尚美德砥砺操行，那么将来即使头发白了，还是能相见的。诗至此戛然而止，令人宛见一幅二人在桥头洒泪挥别的留影。这些临别语，看似豪爽洒脱，其实也是一种出于无奈的相慰之词，其中蕴含着依依惜别的深情挚意。

从全诗的意境看来，也很像是女子送别恋人之作。诗虽不长，对依依惜别之情以及临别时双方的惆怅心态，都能刻画得淋漓尽致、细腻入微。

《文选》将此诗作为李陵送苏武归汉的赠别之作，固觉欠安，后来不少论者把它当成友人送别之诗，似也有拘执之嫌。（郑世贤）

骨肉缘枝叶

骨肉缘枝叶，结交亦相因。
四海皆兄弟，谁为行路人？
况我连枝树，与子同一身。
昔为鸳与鸯，今为参与辰。
昔者常相近，邈若胡与秦。
惟念当离别，恩情日以新。
鹿鸣思野草，可以喻嘉宾。
我有一樽酒，欲以赠远人。
愿子留斟酌，叙此平生亲。

　　这是《文选》所录汉代苏武《诗四首》之一。关于作者和本事，学界历来多有争议，本文则把它看作是汉末社会一首抒写兄弟离别的作品。

　　诗以"骨肉缘枝叶"发端，比中有兴，不但开宗明义地交代了诗中"我"与"行人"的特殊关系，而且还以"枝叶"强调了两者的亲密关系。"缘"当作因缘解，全句意谓骨肉间的缘分，就像枝和叶一样亲密。次句按理应顺此意而下，诗却提出"结交"即朋友间的交往，也可达到情亲无间的地步，有意作一跌宕。"四海"两句承前，在借结交托出"兄弟"二字、借"行路"透露离别之意的同时，又为后文复折入对骨肉之亲的抒写蓄势。"四海"句系化用《论语》子夏"四海之内，皆为兄弟，君何患乎无兄弟"之意，意在说明处处可有的朋友之谊，情同兄弟；而在此却用为突出亲兄弟离别的反衬，前人谓"'况我连枝树'承上'四海兄弟'，言此密友亲交，尚为兄弟，况真兄弟乎"（方东树《昭昧詹言》），即点出了这一点。全诗抒写的兄弟之情经这一托衬，更见深挚难分。"昔为"以下四句，对照兄弟相处时和分别后的两种境况，于近密与疏远中进一步渲染分别的难堪。其中"鸳与鸯"与"常相近""参与辰"和"胡与秦"意同，看似重复平拙，细味之，则觉其不忍相别之意浑然厚重，令人黯然神伤。

　　"惟念"二句是全诗的转折。如仅以上十句，只是一般的抒写兄弟离别；而有了"惟念"以下八句，方知这是一首临别时的送行诗，这就更增加了作品的感染力。惟当离别，恩情日新，这是人们在日常生活中所共有的一种感受。诗人自然也不例外，他一次又一次地举起手中的酒杯，慰劝行将远离的亲人多留片刻，以便畅叙平生的手足亲情。这是怎样一种场面，其情又是多么感人！后代不少描写临别赠酒的作品，如江淹《别赋》"可班荆兮赠恨，唯尊酒兮叙悲"、王维《阳关曲》"劝君更尽一杯酒，西出阳关无故人"等，均是此景此情的再现，并成为万口传诵的名篇。诗中"鹿鸣"二句化用《诗经·小雅·鹿鸣》"呦呦鹿鸣，食野之苹。我有嘉宾，鼓瑟吹笙"句意，用"燕飨宾客之诗"点明设宴饯别；而"鹿鸣""嘉宾"等字面的移用，也于厚礼重待中见出兄弟感情的真诚和深挚。

　　总的来说，此诗写兄弟离别难舍之情平实感人，其以结交作映衬、远近为对照、化古如己出，比喻见寓意等，都体现出与《古诗十九首》相类似的艺术风格，并对后代同类作品产生了相当的影响。

　　　　　　　　　　　　　　　　　　　　　　　（曹明纲）

黄鹄一远别

黄鹄一远别，千里顾徘徊。

胡马失其群，思心常依依。

何况双飞龙，羽翼临当乖。

幸有弦歌曲，可以喻中怀。

请为游子吟，泠泠一何悲！

丝竹厉清声，慷慨有余哀。

长歌正激烈，中心怆以摧。

欲展清商曲，念子不能归。

俯仰内伤心，泪下不可挥。

愿为双黄鹄，送子俱远飞。

这首诗在《文选》所录苏武《诗四首》中列第二，旧说以为是苏武出使时告别李陵或其他朋友之作，然无可信的依据。从诗的内容来看，清代方东树所谓"似为客中送客，非行者留别，乃居者送行者之辞"（《昭昧詹言》），似较贴切。

诗的前四句以黄鹄远别与胡马失群对举，分指友人与己当时皆已远离故乡亲人，思恋之情无时不萦绕于心。"黄鹄"二句指友，系化用"黄鹄一举千里"（《韩诗外传》）的成语，于称扬中拟怀故之状；"胡马"二句言己，系化用"代马依北风"（同上）之意，有失群之悲和恋本之思。"徘徊""依依"，均写情怀难堪之况，一见于外表举止，一见于内心感受，两者相互补充，可视为互文。这四句实际上已明确交代了二人同为异乡之客的处境，为后文抒写"客中送客"作了铺垫。

"何况"二句是全诗的关键。它既承上作递进陈述，又启下为"送客"张本，而且双龙、羽翼之喻，也充分表露了两人之间关系的密切。离乡的愁绪已难消遣，现在离恨又相随而来，诗人与行者的内心自然充满了难以言传的辛酸与悲苦。在这种客中送客的特殊场合，诗人只能借助音乐，来表达自己种种复杂的感受了。一个"幸"字，透露出百般无奈中尚存的一丝慰藉。可是哪里想到，原想用弦歌曲来安慰友人，不料一曲"游子吟"的弹奏，哀惋凄楚的乐声更平添了二人内心的无限伤感，以至于五内俱摧，难以自持。"游子吟"旧注谓指琴曲《楚引》，《琴操》："《楚引》者，楚游子龙丘高出游三年，思归故乡，望楚而长叹，故曰《楚引》。"不难想象，两个乡愁正浓，又将久别的人相对无言，在哀伤悲怆的琴曲声中，感情会掀起多么巨大的波澜！"请为"六句，形象地表现了音乐在弹者和听者心中引起的这种一发而不可收的通感。而以下四句，更把人物的感情发展和气氛渲染推向了高潮。

"清商曲"原指民间音乐，这里借言乐调轻松、欢快一些的琴曲。诗人在极度悲怆之余，想换个曲子来舒缓一下临别的气氛，可是正当他要弹奏时，突然又想到友人此去再不能归，刚透亮色的心境在刹那间又乌云密布，狂风大作，以至涕泪滂沱，挥之不及，感情的洪流奔泻而下，再也控制不住了。诗至此，写客中送客的情景本已气满神足，可以戛然而止了；但诗人在篇末又以"愿为双黄鹄，送子俱远飞"二句作结，这样不但从字面上回映了篇首的黄鹄之喻，使整篇融为一体，而且在内容上也补足了与友人同行相伴的愿望，使全诗所抒写的不忍相别之情显得更加真挚深长，余味不尽。这二句与古诗《步出城东门》末二句"愿为双黄鹄，高飞还故乡"略同，其间似有借鉴之迹。

思乡和伤别是现存汉代文人诗，尤其是《古诗十九首》中反复抒写的主题。此诗在表现客中送客特有的悲哀，以及以音乐传递人物内心感受、渲染临别气氛等方面，都独具特色，富有感染力。另外，在用句措词方面，也与《古诗十九首》有千丝万缕的联系。如古诗有"胡马依北风"（《行行重行行》），此诗则有"胡马"二句；古诗有"音响一何悲"（《西北有高楼》），此诗则有"泠泠一何悲"；二诗又同有"慷慨有余哀"；另前者以"愿为双鸣鹤，奋翅超高飞"结尾，后者则以"愿为双黄鹄，送子俱远飞"收束，等等。这些都说明这首有争议的旧题苏武诗，其写作时间当与《古诗十九首》相去不远；苏轼所云"非曹、刘以下诸人所能办"，不谓无见。

（曹明纲）

结发为夫妻

结发为夫妻，恩爱两不疑。

欢娱在今夕，燕婉及良时。

征夫怀往路，起视夜何其。

参辰皆已没，去去从此辞。

行役在战场，相见未有期，

握手一长叹，泪为生别滋。

努力爱春华，莫忘欢乐时。

生当复来归，死当长相思。

    一对青年夫妇，恩爱亲密，生活美满。不料丈夫被征，天亮就要离家赴役去了。两人割舍不下，彻夜不眠，共度这可能是最后一个良宵，丈夫对妻子再三温存，极力不提"离别"二字。此诗首四句写他俩在临别之夜强颜作欢，不言离别而已见眷恋不舍。

    以下四句说古代征夫赴役执令极严，丈夫启程在即，不敢疏忽，因此不得不起床探视天色。这时，天已将晓，丈夫只能狠下心来与娇妻话别，准备上路。现实对于他们来说，真是太残酷了。

    更残酷的是，征夫此去行役之地，是刀光剑影的战场，随时有负伤甚至阵亡的危险，日后生死难以逆料，重逢之期更为渺茫。当此之别，二人自然有万般难舍难分之情充溢心胸，最后只能化作一声长叹。这四句是全诗高潮，因前此八句为隐写、侧写，故于此正写夫妇生死诀别，显得突兀而起，撼人心扉。

末四句是征夫对送行妻子的最后叮嘱，他希望妻子日后要自重，爱惜青春年华，不要忘记他们的恩爱之情。倘若能侥幸活下来，自己一定回来；即使死了，也要永远思恋她。言下之意是，不愿因自己生死难卜而拖累妻子，暗示她另找出路，只要别忘了他就行了。这种诀别，其中蕴含了多少人生的悲苦与辛酸，又显示出多么深刻的社会意义！

此诗最早见于《文选》，题为苏子卿（武）《诗四首》之三，随后陈代徐陵《玉台新咏》只录这一首，题《苏武留别妻》。据后人考证，《文选》中苏子卿《诗四首》，及李少卿（陵）《与苏武三首》，都系后人伪托。其作最早成于东汉末年，也有可能迟至魏晋以后。从五言诗的逐渐发展成熟及这一时期的历史背景来看，显然是合理的。在东汉末以来很长一段历史时期中，战争频仍，人们过着颠沛流离、饥寒交迫的生活，不是因战祸破坏而背井离乡、流离失所，就是因兵役伕役的征发而妻离子散、家破人亡。本诗这对青年夫妇的生离死别，应是当时的社会现实的一个缩影。伪托的作者已不可考，诗的内容风格又与《古诗十九首》等作一脉相承，因此后人经整理研究，多以《拟苏李诗七首》称之。

（郑世贤）

烁烁三星列

烁烁三星列，拳拳月初生。
寒凉应节至，蟋蟀夜悲鸣。
晨风动乔木，枝叶日夜零。
游子暮思归，塞耳不能听。
远望正萧条，百里无人声。
豺狼鸣后园，虎豹步前庭。
远处天一隅，苦困独零丁。
亲人随风散，历历如流星。
三萍离不结，思心独屏营。
愿得萱草枝，以解饥渴情。

《文选》卷三七李密《陈情事表》李善注引此诗"远处"二句，谓出李陵《赠苏武诗》，《古文苑》也以"李陵录别诗"收录此篇，都是唐人根据流传于晋、齐时的李陵诸作得出的看法。然而这种看法并不可信，因此我们在此仅把它视为汉末游子的思归之作。

在我国古代抒写哀怨之情的作品中，有相当数量出自游子行人之手。他们离家远行，大多是为了寻求功名或充当徭役。在客居他乡期间，每当季节变换或佳日来临，总不免牵动思乡之情，感叹一番。此诗的作者就是这样一个人，他于深秋之夜，面对他乡荒僻、凄凉的景象，不禁忧从中来，归思若渴。

诗从夜空景色入手：在广阔的天宇上，参宿三星熠熠生辉，一轮初月冉冉升起。在这近乎优美的环境中，诗人却不由自主地感到了因季节变化而产生的阵阵寒意。秋风不仅送来了蟋蟀断续嘶哑的鸣叫声，同时也传来了树叶的凋零飘落声。这种由大自然鸣奏的秋声如同一只无形的手，顿时拨响了游子久别盼归的心弦，随着声响的由远而近、越来越大，游子的思乡之情奔涌激荡，最后到了难以遏制的程度。"塞耳不能听"一句，即生动地再现了人物内心的这种剧烈震颤。

然而，这还是耳闻所及；展现在他眼前的，则更是一种荒寂可怖的景象：远处一片寂静萧条，百里之内杳无人烟；近处前有虎豹出没，后有豺狼吼叫。孤身置于如此荒凉、险恶的境地，又怎么不令人魂魄俱丧、毛骨悚然！如果对于这种外界的恶劣环境，人还能以自己顽强的生命和意志去加以抵抗，那么发自内心的孤独感却足以令人全线崩溃。因此诗人在描写景物、渲染气氛之后，最终将内心的剧痛深愁和盘托出："远处天一隅，苦困独零丁。"不仅自己长期远离故乡，而且身边的亲人也纷纷离去，如风飘散，似星流逝，如今只剩下孤苦零丁的一身，这该是一种怎样的滋味呀！

"三萍"之"萍"据逯钦立《先秦汉魏晋南北朝诗》云，"为'荆'之讹字"。三荆，后魏置荆州于穰县，置南荆州于安昌，置东荆州于沘阳，称三荆，皆在今河南境内。此当泛指河南，似为游子的故乡所在。"离不结"犹言离别后即失去了联系。独处异地，又与家乡断了书信，其愁苦与焦虑不言而喻。"屏营"，犹彷徨，来回走动、焦躁不安的样子。末二句以明知不可而为之的祈望收结，既表达了一种良好的心愿，又深化了诗的主题，把游子的思乡表现得缠绵悱恻、深长哀绝。"萱草"即谖草，相传是一种可以令人忘却忧愁的香草。"饥渴"语见《诗经·小雅·采薇》，"忧心烈烈，载饥载渴"，"行道迟迟，载饥载渴。我心伤悲，莫知我哀"。诗用此语，正有《采薇》诗写久戍盼归的原意。

全诗写景抒情自然流转，朴实蕴藉，景由耳目所及层层递进，情从神貌所感婉婉道出，颇见与《古诗十九首》相仿的汉诗本色。

（曹明纲）

晨风鸣北林

晨风鸣北林，熠耀东南飞。

愿言所相思，日暮不垂帷。

明月照高楼，想见余光辉。

玄鸟夜过庭，仿佛能复飞。

褰裳路踟蹰，彷徨不能归。

浮云日千里，安知我心悲？

思得琼树枝，以解长渴饥。

《文选》卷二四陆机《为顾彦先赠妇二首》李善注引此诗末二句，谓出李陵《赠苏武诗》，情况与前诗相同；但此诗写两地相思，主人身份难明，又与前诗写游子思归不同。

首句出《诗经·秦风·晨风》："鴥彼晨风，郁彼北林。"晨风，鹯鸟。熠耀，形容羽毛光亮闪烁。《诗经·豳风·东山》："仓庚于飞，熠耀其飞。"二句写诗人眼中所见：鹯鸟在北林中鸣叫，突然又扇动双翼，向东南飞去。以下接写诗人心中所祈。面对飞鸟，他突然萌生了托鸟捎信的想法。他要鸟儿告诉远方相思的人，到了夜晚，不要把窗帷垂下，这样就可以让明月的清辉照进高楼，使双方都共同沐浴在月光下，以便想起自己。诗人的这一构想十分奇特，尤其是以普照两地的月光作为沟通双方思念的媒介，意境优美，情愫感人。后来唐代李峤所谓"他乡有明月，千里照相思"（《送崔主簿赴沧州》）、宋代苏轼所谓"但愿人长久，千里共婵娟"（《水调歌头·明月几时有》）等，皆与此同一机杼。

托鸟传言已见诗人的相思之切，但他还要等待结果。于是当他在暮色中看见一只玄鸟飞过院庭时，他恍惚间似乎又觉得鸟儿是在告诉他："任务已经完成。"这时，久已激荡在诗人心中的相思之情顿时波涛汹涌，"褰裳路踟蹰，彷徨不能归"，他激动得连路也走不稳了，他仿佛看见千里外的他或她，此时也正在月光下凝思远眺……因此他要尽情感受这份由月光作媒介传递而来的情思，竟致难以回归了。在此，诗人将过庭的玄鸟与篇首的晨风巧妙地绾合起来，并以月夜踟蹰、彷徨的举止，传递出日夜受相思煎熬的内心世界，读来十分感人。

诗的末四句直抒胸臆。前二句以浮云日行千里与己却长期滞留一方相比，突出并强调这种与所思者远隔的悲苦。后二句剖陈心愿。"琼树"相传生在昆仑流沙边，花食之可长生。"渴饥"形容相思情切，如饥似渴。《诗经·周南·汝坟》："未见君子，惄如调饥。"此即用其意。这两句诗既可理解为诗人盼望所思者赠送的琼树枝，以聊慰自己长时间的思念之情；也可理解为自己想得到琼树枝以赠远人，用来了却积久的心愿。但是不管怎样，由于琼枝生于边地并与长生有关，因此这里多少透露出一些诗人所处地的消息，并含有祝愿对方健康长寿的意思。

构想新奇、情深意切，是此诗的显著特点。尤其是以鸟飞贯穿情节，以月光传递情思，立意构篇都非常巧妙。

（曹明纲）

菟丝从长风

菟丝从长风，根茎无断绝。

无情尚不离，有情安可别。

　　这首短诗是《古绝句四首》中的第三首，最早见于徐陵所编《玉台新咏》。"绝句"的提法，最早见于南朝刘宋时的记载，形式是四人各吟一句，连而成诗，如不再连下去，则仅成四句，当时称"断句"或"绝句"。到了萧梁时期，遂成定式，"绝句"之名因而通行。《古绝句四首》是东汉末至三国时代的作品，早于两晋，因为都是四句为诗，故冠以"古"字以示与后来的绝句体的区别。

　　这是首情诗。菟丝，一种缠绕性寄生草，茎柔弱，呈丝状，在古代爱情诗中，常用来隐喻闺阁弱质女子。长风，长吹不衰的刚劲之风，比喻男子。首二句说柔弱的菟丝在刚劲之风长期吹动下，尚且不忍折断她的根茎，或者说菟丝随风摆动，努力不使自己根茎断绝。末二句说无情之物尚且如此互相依恋，有情之人岂可随便拆散分离。此诗既可理解为女子因男方用情不专而加以喻理规劝，也可理解为男子因女方怀疑自己情有所移而设喻解释。

　　　　　　　　　　　　　　　　　　　　　　　　　　（郑世贤）

曹　操

曹操（155—220），字孟德，沛国谯（今安徽亳县）人，汉末曾参加讨伐董卓之役。建安中，平定袁绍等地方势力，统一北方。位至丞相，封魏王。次子曹丕废汉称帝，追尊为魏武帝。

曹操诗今存二十余首，全是乐府歌辞，其风格苍劲雄浑，刚健慷慨，体现了建安诗歌的时代特色。所作计有杂言、五言、四言诸体，而以四言成就最高。有中华书局排印本《曹操集》。近人黄节的《魏武帝诗注》较为完善。　　（周建国）

蒿 里 行

关东有义士，兴兵讨群凶。

初期会盟津，乃心在咸阳。

军合力不齐，踌躇而雁行。

势利使人争，嗣还自相戕。

淮南弟称号，刻玺于北方。

铠甲生虮虱，万姓以死亡，

白骨露于野，千里无鸡鸣。

生民百遗一，念之断人肠。

《蒿里行》原系古代挽歌。曹操此作与另一篇《薤露行》都以挽歌写时事，有"汉末实录"之称。

东汉末年，外戚与宦官之争十分激烈。大将军何进谋诛宦官，密召董卓引兵入京。事泄，何进被宦官杀死。董卓进京后独揽朝政，诛杀大臣。初平元年（190）春，以袁绍为首的关东州牧郡守联合起来讨伐董卓。董遂令部下焚烧洛阳宫殿民宅，挟持献帝迁都长安。关东诸军惧董军势盛不敢接战。不久，各怀野心的关东诸豪强为争权夺势开始相互残杀。长年混战给人民带来深重灾难。建安五年（200），曹操在官渡击败袁绍后，发现袁绍早在初平二年（191）谋立幽州牧刘虞为帝时已私刻金印。诗约作于官渡之战后。作者以纪实写法叙述董卓乱后十余年的战乱史实，抒发了自己悯乱伤时的情怀。

开头四句概述董卓乱起、自己兴兵参加讨董联军的心志。一个"讨"字表达了诗人对"群凶"的憎根。关东联军在武王伐纣誓师之地"盟津"，即孟津（今河南孟县南）会合，曹操本想联合群雄，效武王吊民伐罪，直捣长安，扶佐汉室。诗起笔严肃庄重，大处落墨，继而通过纪实和用典结合的方法叙事抒志，一种慷慨激昂之气笼盖全篇。

中间"军合"至"刻玺"六句写关东群雄始则各怀鬼胎，裹足不前，继而争势夺利，互相残杀。《三国志·武帝纪》述关东联军兴兵之初，袁绍等"日置酒高会，不图进取。太祖责让之，因为谋曰：'……今兵以义动，持疑而不进，失天下之望，窃为诸君耻之！'"诗中用"踌躇""雁行"形象生动地刻画了这些州郡割据者图保实力的丑态，显露出厌恶之情。嗣后不久，这伙割据者为争夺势利相互残杀。袁绍的从弟袁术竟于建安二年（196）在淮南寿春

（今安徽寿县）称起帝来，而当时身为讨董诸军盟主的袁绍早就私刻金印，谋立刘虞做天子。二袁名为兄弟，僭号藏奸，各据一方，确是汉末军阀混战中的突出事例。

最后，"铠甲生虮虱"六句集中写连年战乱造成征夫长征不归，百姓死亡惨重，以至十余年间所见尽是白骨盈野、千里之内不闻鸡鸣的悲惨景象。诗人每念及此，不由忧从中来，悲怆难已。他憎恨群凶致乱，豪强混战，痛惜生民流离死亡，言外已可见其扫平群雄、以求一统的抱负。诚如其后来的《让县自明本志令》所说："设使国家无有孤，不知当几人称帝，几人称王。"

这首诗含蕴极富，短短八十字中既有对董卓之乱导致长期豪强混战的简炼概括，又有对时下战乱疮痍满目、白骨遍野的直叙白描。其感情心志洋溢于字里行间，读来自有一种震撼人心的力量。在那个时期描写伤乱的名篇中，王粲《七哀》"出门无所见，白骨蔽平原"是其离长安往荆州避难时所见，曹植《送应氏》"中野何萧条，千里无人烟"是其在洛阳所作。而此诗在时间上横跨十余年，所述战乱死亡惨景乃是作者自己对转战各地所见的典型概括，古直悲凉，力透纸背。因此钟惺《古诗归》推此为"汉末实录，真诗史也"。

（周建国）

短 歌 行
（二首选一）

对酒当歌，人生几何？

譬如朝露，去日苦多。

慨当以慷，忧思难忘。

何以解忧？唯有杜康。

青青子衿，悠悠我心。

但为君故，沉吟至今。

呦呦鹿鸣，食野之苹。

我有嘉宾，鼓瑟吹笙。

明明如月，何时可掇？

忧从中来，不可断绝。

越陌度阡，枉用相存。

契阔谈䜩，心念旧恩。

月明星稀，乌鹊南飞。

绕树三匝，何枝可依？

山不厌高，海不厌深。

周公吐哺，天下归心。

　　《短歌行》属《相和歌·平调曲》，乃汉乐府旧题，古辞已佚。《乐府诗集》以本篇为本辞。此诗内容与作者建安十五年（210）写的《求贤令》所显示出来的那种"天下尚未定，此特求贤之急时也"的思想相同。

　　这是一篇迎宾宴会歌辞，共八韵三十二句，可分为三节。第一节，开头八句，深慨人生短促而功业未就。吴淇《六朝选诗定论》说："劈首'对酒当歌'四字……截断已过、未来，只说现前，境界更逼，时光更迫，妙传'短'字神髓。"吴氏所论使句中境界全出，甚为中肯。旧解往往只从及时行乐方面去看开头几句。乍一看，其中也不免有几分感伤。但透过表象，我们自可领略到这人生如朝露的感慨中激荡着时不我待的思虑，与其《秋胡行》"不戚年往，忧世不治"的思想是一致的。大业未成，使诗人"忧思难忘"，他举杯销愁，慷慨放歌。这不无激发与宴的才志之士乘时立功的用意，所以是"境界更逼"。

　　"青青"以下十六句为第二节。诗人在此反复抒写自己求贤若渴和盼望贤才来归的复杂心情。"青青子衿，悠悠我心"是《诗经·郑风·子衿》中的成句。青衿是周代学子的服装，此借指贤才。《子衿》原诗写一女子期待所欢爱的男子到来，曹操借以表达自己对贤才的思慕，亲切有味而不嫌荏弱。"呦呦鹿鸣，食野之苹。我有嘉宾，鼓瑟吹笙"是《诗经·小雅·鹿鸣》中的四句整章。朱熹《诗集传》谓《鹿鸣》是"宴群臣嘉宾之诗，礼乐不备，则贤者不处也"。曹操化用《诗经》章句和意境，贴切而自然地表达了自己求贤不得时的沉吟忧思与求贤既得后的热忱欢迎。接着，诗人又以眼前明月为比，表明自己求贤之心如明月行空一样不可断绝，希望人才纷纷来归，共图大业。

第三节，最后八句。诗人触景生情，以乌鹊绕树而飞，以喻贤者寻找依托；并引周公"一饭三吐哺，一沐三握发"的典故自勉，表明自己殷切求贤的热忱。陈沆《诗比兴笺》对此有很好的解说，其曰："天下三分，士不北走，则南驰耳。分奔蜀、吴，栖皇未定。若非吐哺折节，何以来之？"陈氏看定曹操与孙、刘争人才一点，以意逆志，所论极是。

本篇在运用四言诗体方面非常成功。建安时代，四言诗的基本趋势是日益衰落，五言诗已蔚为大观。但曹操此作不只清新自然，比兴佳妙，且音调宏壮，气魄雄伟，尤其是引用《诗经》章句，词如己出，入于化境。其与《步出夏门行》诸章的成功，使四言诗在建安文学中一度重放异彩。曹操四言诗对后来曹丕、曹植、嵇康、荀勖诸家的四言诗创作，有着毋庸置疑的影响。　　　　　　（周建国）

苦　寒　行

北上太行山，艰哉何巍巍！
羊肠坂诘屈，车轮为之摧。
树木何萧瑟，北风声正悲。
熊罴对我蹲，虎豹夹路啼。
溪谷少人民，雪落何霏霏。
延颈长叹息，远行多所怀。
我心何怫郁？思欲一东归。
水深桥梁绝，中路正徘徊。
迷惑失故路，薄暮无宿栖。
行行日已远，人马同时饥。
担囊行取薪，斧冰持作糜。
悲彼东山诗，悠悠使我哀。

　　这是曹操以乐府写时事的五言名篇，为其建安十一年（206）亲征高幹时所作。初，袁绍以外甥高幹领并州牧（治所晋阳，在今山西太原）。袁氏邺城败后，高幹降曹。建安十年，袁熙、袁尚率残余逃奔乌桓。乌桓乘机扰边，曹操出兵攻之。是年十月，高幹乘机叛乱，派兵守壶关口（在今山西长治东南）。翌年春，曹操由邺城出兵，绕道河内太行山（在今河南沁阳北），北征据守壶关口的高幹。

方东树《昭昧詹言》说："《苦寒行》不过从军之作，而取境阔远，写景叙情，苍凉悲壮，用笔沉郁顿挫，……可谓千古诗人第一之祖。"评价虽然太高，但就风格的悲壮沉郁言，本诗在建安诗坛确实堪称独步。

开头四句直叙而起，寓意深藏。"北上"二句总写行军，开门见山，点明北征方向、途径，以及面临着山一样的巨大艰难。"艰"字为全篇引线，以下笔笔不离苦寒之艰。"羊肠"二句先就近叙脚下山路崎岖之艰，对行军构成严重威胁。诗开篇既是写实，也寓有创业维艰之意。

"树木"以下六句以直叙其事的白描手法描绘行军所遇到的苦寒艰险。时值严寒，风雪交加，树木萧条，猛兽横行。山居之人都是近溪谷聚居的，如今"溪谷少人民"，则可知山中别处更是渺无人烟。

"延颈"以下四句转述自己艰难行军时的怀乡心思。方东树隐括曹操《让县自明本志令》语，解此为"兴怀思归，即所谓欲射猎读书而不得舍权者"，深得曹氏诗意。曹操在严酷的现实面前有时难免萌生退隐之念，但作为经验丰富的政治人物，他又清楚认识到在政治斗争中不能有退却动摇之举。《让县自明本志令》很透彻地分析了这一复杂心理，诗则表现得较为含蓄。

"水深"以下八句又回复到艰苦行军的现实环境，曹军在不断行进。纵然是桥断水深，雪掩路径，无处寄宿，他们还是在迂回曲折地前进。战士们担着行囊砍柴、用斧斫冰煮粥，尽管备尝艰辛，终于越行越远。身为统帅的诗人的那种勇往直前、悲壮慷慨的情怀，也由此得到了充分的展现。

诗以忧思哀痛作结。"悲彼东山诗，悠悠使我哀"二句借用《诗经·豳风·东山》篇意境，表示自己对长年从军在外的士卒的深切同情。旧说以为《东山》是周公所作，句中隐隐以周公自比，其渴望早日胜利凯旋和成就统一事业的心志，则可于语言意象外求之。

本诗的明显特点是直叙其事，直抒胸臆，感情袒露，而这正是建安风骨所具有的鲜明骏爽的本色。但一般读者不甚了解诗中叙事抒情所寓含的深意。如上所述，诗人对民瘼的关怀同情与其心志襟抱有关，诗的沉郁悲壮实由此造成。似直而纡，似达而郁，才是诗中胜境。

（周建国）

步出夏门行

（四解选二）

东临碣石，以观沧海。

水何澹澹，山岛竦峙。

树木丛生，百草丰茂。

秋风萧瑟，洪波涌起。

日月之行，若出其中。

星汉灿烂，若出其里。

幸甚至哉，歌以咏志。

《步出夏门行》又称《陇西行》，属《相和歌·瑟调曲》。古辞但言升仙得道或慨叹人生无常，曹操此篇借古乐府写时事，和古辞无关。本篇分五部分，即"艳"（序歌）与正曲《观沧海》《冬十月》《土不同》《龟虽寿》四章。一章也叫一解。各章内容可以独立。

建安十二年（207）五月，曹操北征三郡乌桓。七月，引军出卢龙塞。八月，大败乌桓。九月，引兵自柳城回军，归途中登碣石山（在今河北乐亭西南，六朝时已陷落海里；一说在今河北昌黎西北），作《观沧海》。其时，曹操作为杰出的政治家已基本上统一北方，进而统一中国的大任在激发着他。本诗通过写大海来倾诉自己的宏大抱负，为千古绝唱。

"东临碣石，以观沧海"开篇点题，平实庄重。联系他战胜乌桓，料定袁氏残余袁尚、袁熙必亡无疑的事实，这两句纪行诗含有一种历史大事记的意义。诗人平素"登高必赋"，在这北方统一的值得纪念的时刻，他登上碣石山，面对苍茫的大海，自然会心潮澎湃，一吐壮怀。

"水何澹澹"以下六句正面铺写大海苍茫浑然和石碣山高峻巍峨。作者的视线由远及近：从远处微风吹拂、澹澹动荡的海波引到近处竦立的山岛。"树木丛生，百草丰茂"二句特写山岛草木繁茂，欣欣向荣，状景形色多变、画面富于立体感。接着，诗人随着萧瑟秋风极目远眺，那洪波汹涌、白浪滔天的大海竟是一望无际。"日月之行，若出其中。星汉灿烂，若出其里。"悠悠不尽的大海引发了诗人浪漫瑰奇的想象：日月从海波里升起又在海波里落下，银河灿烂涵容于大海，犹如发源于大海。这吞吐日月、包含群星的博大境界，象征了诗人沧海那样的襟抱，足以雄视千古。

诗末"幸甚"二句为入乐时所加，正曲四章均有，不关正文。

本诗很有独创性。首先，完全写景的诗在此前还不曾有人作过，这首写景佳作对后来山水诗的创作有着开启之功。其次，我国写景诗中描写大海的很少，此诗写沧海气魄雄伟，与作者南征北伐的丰富经历不无关系。

最后，它又不只是一首写景诗。钟惺《古诗归》说："《观沧海》直写其胸中眼中，一段笼盖吞吐气象。"诗人托物寓意，亦在言志。

后世写景言志佳作可达到曹诗那种情景交融、意境相谐的艺术境界，却难以具有其笼罩一切的气象。　　　　　　　　　（周建国）

> 神龟虽寿，犹有竟时。
>
> 腾蛇乘雾，终为土灰。
>
> 老骥伏枥，志在千里；
>
> 烈士暮年，壮心不已。
>
> 盈缩之期，不但在天；
>
> 养怡之福，可得永年。
>
> 幸甚至哉，歌以咏志。

此为《步出夏门行》卒章。曹操履危蹈险征服了乌桓。事定之后，他省察到自己已到暮年，应抓紧时间再干出一番回天转地的事业。这首诗正充分表现了他的雄心壮志和锐意进取精神。

诗中"老骥伏枥，志在千里；烈士暮年，壮心不已"的宏壮音调，显示了作者的历史责任感和对前途的自信心。"烈士"二句是全诗主旨所在，唱出了要求结束战乱、统一中国的时代最强音。为表达这一主旨，本诗在结构上颇具匠心。

"神龟虽寿"开篇四句先就人寿有限着眼，通过两层比喻，以证明世间万物都逃不出生死盛衰的规律。"神龟"，典出《庄子·秋水》："吾闻楚有神龟，死已三千岁矣。""腾蛇"，典出《韩非子·难势》："飞龙乘云，腾蛇游雾，云罢雾霁，而龙蛇与蚯蚓同矣，则失其所乘也。"长寿的神龟，神奇的腾蛇，都不免要死亡，何况"人生几何"的人！在战乱频仍的年代，当时诗歌中通常流露出人生短暂、遨游快意一类消极情绪，而曹操却要在暮年创建伟业，诗中具有神奇色彩的"神龟""腾蛇"，正好为下文抒情写志作铺垫陪衬。

　　第二节在上面连用两个比喻的基础上，再用"老骥"一比折入。三个比喻，层层深入，步步进逼，把诗情推向高潮。至此，诗人更用"烈士"二句将其心思宣泄无遗。《世说新语·豪爽》篇载王敦每酒后辄咏这四句诗，"以如意打唾壶，壶口尽缺"，可见其感染力之强烈。

　　最后一节"盈缩"四句转入从容说理，意谓人寿长短，不只由天而定，休养得法，也可以延寿益年。诗人希望长寿，不是像当时有些人为了"遨游快心意，保己终百年"，而是有其理想抱负的。这一点中间一节已表白得很清楚。结处通过娓娓说理，把激动人心的诗情与发人深省的哲理融为一体，弛张有致，耐人吟咏。

　　这是一首慷慨多气的抒情诗，体现了建安风骨的鲜明特色。其中诗情与哲理交汇，构思新奇，语言刚健有力，固有助于诗所表现出的清峻刚健的风貌，而这种风貌与作者的志气有着更密切的关系。钟惺《古诗归》评曹操诗曰："志至，而气从之；气至，而笔与舌从之，难与后世文士道也。"萧涤非称赞曹操乐府"其高处似纯在以气胜"（《汉魏六朝乐府文学史》第三编），此诗即是很有说服力的一个例证。

（周建国）

王 粲

王粲（177—217），字仲宣，山阳高平（今山东邹县）人。自小有"异才"，志存高远，为时贤所重。他十六岁时，曾为司徒所辟，又有诏授为黄门侍郎，均辞不就。因董卓之乱，避难荆州，后依附刘表，始终不被重用。刘表死后，为曹操幕僚，被辟为丞相掾，赐爵关内侯，后迁升军谋祭酒、侍中等职，为邺下文学集团的重要人物之一。

王粲以诗、赋擅名，为建安"七子之冠冕"（《文心雕龙·才略》）。今存作品中，以《七哀诗》和《登楼赋》最脍炙人口。和曹植并称"曹王"。有《王侍中集》。

（张　兵）

七 哀 诗

（三首选二）

西京乱无象，豺虎方遘患。

复弃中国去，委身适荆蛮。

亲戚对我悲，朋友相追攀。

出门无所见，白骨蔽平原。

路有饥妇人，抱子弃草间。

顾闻号泣声，挥涕独不远。

"未知身死处，何能两相完？"

驱马弃之去，不忍听此言。

西登霸陵岸，回首望长安。

悟彼《下泉》人，喟然伤心肝。

　　此诗约写于公元 192 年。其时董卓专权，朝政紊乱。十六岁的诗人，过早地饱尝了社会剧烈动荡的苦难，在初离长安前往荆州避难时，亲眼目睹一幅幅怵目惊心的离乱景象，从充满悲怆、沉痛的心中，吟咏出这首传颂千古的名作。

　　题为"七哀"，极言哀思之多且深。六臣注《文选》吕向说："七哀，谓痛而哀，义而哀，感而哀，怨而哀，耳目闻见而哀，叹而哀，鼻酸而哀也。"可见用它作题，乃在突出诗人悲哀凄恻的强烈和深广。

　　全诗共十二句，约可分为三层。开头六句为第一层，主要叙写诗人告别长安去荆州避乱。入手直接点题，以雄浑博大的气势概括了长安战乱的全貌。"豺虎"喻李傕、郭汜等人，初平三年（192），他们在长安兴兵作乱，带来一场浩劫。一个"乱"字，饱含着多少血泪的控诉，也为全诗的感情宣泄奠定了基调。余四句交待了诗人的出走和亲人的惜别，尤其是"亲戚"和"朋友"互对哭泣、竞相攀援待发车辕的情景，形象地展现了战乱中和亲友生离死别的凄切之情。诗人抓住离别亲友时富于特征的动作描写，活现了人世间椎心泣血的一幕，为全诗主题的表达作了气氛上的充分渲染。

　　"出门无所见"十句为第二层，诗人具体而真切地描写了战乱给人民带来的灾难。"出门"句是概写，诗人承接上文，用凝炼的语言描写尸骨遍野的惨象。在这一特定的背景下，诗人描绘了饥妇弃子的典型事例，为这幅血雨腥风的战乱图又抹上了色彩鲜明的一笔。吴淇说："人当乱离之际，一切皆轻，最难割者骨肉，而慈母于幼子尤甚，写其重者，他可知矣。"（《六朝选诗定论》卷六）母亲频频回头，犹闻弃子的号泣之声，但她抹掉了眼泪，狠着心走了。妇人在饥饿的逼迫下弃子的心痛如割，在诗人的笔下得到了淋漓尽致的表现。此情此景，强烈地震撼着诗人的心弦，当妇人诉说"未知身死处，何能两相完"时，他再也不忍目睹这种惨剧，只得"驱马"离去。

最后四句为第三层，诗人抒发了无穷的感慨。他站在霸陵高处，回顾即将离去的长安，无限眷恋、惆怅。昔日京都的一切，如今留下的只是肠断魂消般的悲哀。《下泉》，《诗经·曹风》篇名。《毛诗序》："《下泉》，思治也。曹人……不得其所，忧而思明王贤伯也。"诗人以此来表达自己祈盼贤主来结束战乱的愿望。"喟然伤心肝"一语，直接倾泻了积聚在诗人心中的这种强烈情绪。

《文心雕龙·时序》评建安诗说："观其诗文，雅好慷慨，良由世积乱离，风哀俗怨，并志深而笔长，故梗概而多气也……"此诗确有这种特点。诗人用形象化的语言，描绘了一幅战乱中的社会图景，其中涌流着一股奔腾的生活实感，浓烈而深重，强烈地震撼着人们的心灵。比起其他建安诗作，本篇于质朴中透出细密和明晰。诗人以"离乱"作支架，细针密缝，真实自然，毫无矫揉造作，如三个"弃"字，层层推进，凸现了诗人强烈的情感。全篇叙事首尾完整，点面相依，虚实结合，与汉魏乐府大多用敷陈和描写来展现感情有所不同，读来令人一新耳目。

（张　兵）

荆蛮非我乡，何为久滞淫？

方舟溯大江，日暮愁我心。

山冈有余映，岩阿增重阴。

狐狸驰赴穴，飞鸟翔故林。

流波激清响，猴猿临岸吟。

迅风拂裳袂，白露沾衣襟。

独夜不能寐，摄衣起抚琴。

丝桐感人情，为我发悲音。

羁旅无终极，忧思壮难任。

　　此诗写于客居荆州期间。诗人身处异地，思乡怀归，壮心未酬，有志难伸，感情压抑，忧愁难已。和《七哀诗》前一首相比，它更能显现诗人的创作风格，尤其是艺术结构的缜密和写景抒情的精细，令人赞叹。

　　开头四句，直写客旅处境。诗人用一个"愁"字，集中表达离乡背井、欲归不能的感情，并通过反问句式，使之成为强烈的喷射，构成一种特定的艺术气氛，笼罩了全篇。

　　以下八句，是诗人对自然景物的具体描写。诗人行舟江上，两岸景色如画般地进入眼帘：夕阳西下，暮色渐浓，鸟兽竞归，水鸣猿啸，风急露寒。这一切既烘托了诗人的乡愁，又融入了观者的哀感，从而使自然环境成了一个充满愁思的感情世界。诗人触处皆愁，满目尽思。这种被王国维《人间词话》称作"有我之境"的艺术境界，使诗人的无限愁思得到了淋漓尽致的宣泄。其中五、六两句，一句描写暮日落山后，从背面射来的夕照沿着山脊画出一条金光交织的曲线；一句则用反衬笔法，把原来阴暗的山岭，曲凹处更添上一层阴暗。诗人笔下的自然景物，表现出在时光推移中的微妙变化，加之融铸着的感情波澜的掀腾，富有一种艺术的审美情趣。

最后六句，诗人直抒情怀，倾诉思乡怀归的悲切之情。前后呼应，结构谨严，读来使人回肠荡气。尤其是最后两句回扣起调，将诗的主旋律再次鸣响，并留下一片不尽的余韵。 （张　兵）

陈　琳

陈琳（？—217），字孔璋，广陵（今江苏扬州）人，"建安七子"之一。先为何进主簿，后为袁绍掌书记。绍败，归附曹操，任司空军谋祭酒，管记室。以章表书檄见长。诗歌仅存四首，《饮马长城窟行》最受称道。今传辑本《陈记室集》一卷。　　　　　　　　　　　　　　　　　　　　　　　　　（方明光）

饮马长城窟行

饮马长城窟，水寒伤马骨。

往谓长城吏："慎莫稽留太原卒。"

"官作自有程，举筑谐汝声！"

"男儿宁当格斗死，何能怫郁筑长城？"

长城何连连，连连三千里。

边城多健少，内舍多寡妇。

作书与内舍："便嫁莫留住。

善事新姑嫜，时时念我故夫子。"

报书往边地："君今出语一何鄙！"

"身在祸难中，何为稽留他家子？

生男慎莫举，生女哺用脯。

君独不见长城下，死人骸骨相撑拄？"

"结发行事君，慊慊心意关。

明知边地苦，贱妾何能久自全？"

《饮马长城窟行》系乐府旧题，属"相和歌辞·瑟调曲"。现存古辞"青青河畔草"一首，写妇女思念远人，内容不涉题意。倒是陈琳这一首，内容与题目一致，因此有人怀疑二者换错了位置，即现在题为陈琳的这首应为古辞，而"青青河畔草"则应在其后。可惜证据不足，只好一仍其旧。

诗的头两句既是起兴，也与内容相切。长城下的泉水，马饮了都会砭伤肌骨，筑城卒的寒苦艰辛也就自不待言了。

于是便有了筑城卒致辞求归的举动。对于已被征到边地服役的人来说，想不干已无可能，唯一的愿望就是不要滞留太久，能活着回去。但即使是这样，也无法实现，他们立即遭到严厉的呵斥：官府的工程自有期限，你们只管举夯砸土，埋头干活！屈辱、痛苦、绝望，在筑城卒心中化为一团怒火，他们发出了悲愤的呼喊：生当七尺男儿，与其这样忍辱负重、没有出头之日，还不如痛痛快快地战死沙场！由此可见，被奴役者已到了忍无可忍的地步。

"长城何连连"以下四句承上启下。所谓"官作自有程"在此有了注脚，其实是根本没有期限的。因此边城的役夫远在内地家乡的妻子，关山阻隔，两地茫茫，虽为生离，实系死别。这就为下面"边城"与"内舍"两番书信寄答作了很好的铺垫。

第一次书信往复，先由男子主动提出让妻子改嫁。没有说明理由，只是郑重地嘱咐妻子要孝顺新的公婆，同时不要忘了自己。其实理由不言自明，作丈夫的已自知必死，唯有把生的希望、生的幸福留给妻子。表面平静的话语下深含着对妻子的一片真情挚爱。对丈夫的良苦用心，妻子当然能够领会，但她在复信中却以"君今出语一何鄙"加以指责。然而这同样是"之死靡他"的爱的表示，意在用生气的口吻抑制丈夫的绝望情绪，以相濡以沫的夫妻之情去抚慰他那破碎的心。

第二次书信寄答，丈夫为了进一步说服妻子，只好把话挑明：自己已身陷绝境，不能让妻子也白白断送青春。甚至连下一代也考虑到了：如果生的是女儿，尚可以抚育成人；若是男孩，干脆不要养活他。因为长城下的森森白骨，已预示男儿在这个世上的命运。这里诗人化用了当时的一首民谣："生男慎勿举，生女哺用脯，不见长城下，尸骸相支拄？"从而更增添了这一悲剧的普遍意义，深刻地反映出男主人公沉痛而复杂的心理。其实，妻子又何尝不清楚自己面对的严酷现实呢？但是执着的爱使她不能对丈夫雪上加霜。因此，她回信表明心迹：活着与丈夫心心相印，一旦丈夫不存，自己也将以死相殉！统治者的冷酷与平民间的真情在此形成了鲜明的对比，诗的主题也由此突现出来：那巍巍长城，正是造成无数人间悲剧的根源，它埋葬了人世间多少人的幸福和温情！

这首诗虽系文人之作，却有着浓厚的民歌色彩。通篇客观叙事，不着主观议论痕迹，继承了汉乐府"感于哀乐，缘事而发"的优秀传统。语言以书信对话为主，参差错落，含蓄蕴藉。男女主人公都共同地意识到一个"死"字，却又始终不直接露出。质朴显厚重，婉曲见深情，使诗的格调苍凉悲怆，撼人心魄。 　　　　（方明光）

刘桢

刘桢（？—217），字公幹，东平（今属山东）人，"建安七子"之一。为曹操丞相掾属。五言诗名重当时，与曹植并称"曹刘"。诗风劲挺，注重气势，不事雕饰。传诗仅十五首，有辑本《刘公幹集》一卷。　　　　　　　　　　（方明光）

赠从弟

亭亭山上松，瑟瑟谷中风。

风声一何盛，松枝一何劲！

冰霜正惨凄，终岁常端正。

岂不罹凝寒？松柏有本性。

　　刘桢的《赠从弟》诗共三首，全用比兴，分别以蘋藻、松、凤凰喻指堂弟，有赞美和勉励的双重含意。诗人希望堂弟能坚贞自守，不因外力压迫而改变本性，实际也是自勉自况。这里选的是第二首。

　　这首诗明白晓畅，几乎没有什么难解之处。三四句中的两个"一"字，是语助词，起强化作用，如同说："风声是何等的盛烈，松枝又是何等的强劲！"第七句中的"罹"字作遭遇、遭受讲。通篇颂扬松树在狂风的呼啸中，在冰霜的严寒里，依然强劲如初、四季挺拔。并非大自然对它格外宽厚，松柏也同其他植物一样不断遭受恶劣环境的摧残、欺凌。它之所以昂然耸立于天地之间，乃是由于坚贞不屈、不畏强暴的本性使然，正所谓："岁寒，然后知松柏之后凋也！"

从鉴赏的角度看，这首诗有两点值得称道。

一是表现手法。诗人描绘的对象是松，但又不是孤立地写，而是把松的形象放在同对立面的搏击中来加以塑造。且对立面不止一个，又是狂风，又是冰霜，一个比一个强大，一个比一个严酷。正是在同这些不同对手的殊死苦斗中，层层推进了诗的意境，深化了松的性格。松以胜利者的姿态傲然挺立于高山之巅，显现出激励人心的崇高美与悲壮美。读者也仿佛受到了一次洗礼，精神境界得到升华，产生了对松的敬仰之情。

二是诗的立意。诗人在对松的讴歌中，托物寄兴，向堂弟实际上也是向世人揭示了一个深刻的生活哲理：人在现实中难免会遇到险恶的环境，难免要经历曲折和坎坷。这些未必是坏事，"艰难困苦，玉汝于成"，种种苦难可以磨炼人的意志，成就人的事业。但是这一切离不开一个根本的条件——"岂不罹凝寒，松柏有本性"。人也一样，如果没有松一般不怕霜欺雪压的坚贞品格和顽强毅力，没有一往无前、拼搏到底的勇气和决心，那么，在生活的狂风与冰霜的袭击下，其结果只能是被奴役，甚至被毁灭！刘桢把这首纯粹咏物的诗列在《赠从弟》的题目之下，其用意或正在于此欤？

(方明光)

公　宴

永日行游戏，欢乐犹未央。

遗思在玄夜，相与复翱翔。

辇车飞素盖，从者盈路傍。

月出照园中，珍木郁苍苍。

清川过石渠，流波为鱼防。

芙蓉散其华，菡萏溢金塘。

灵鸟宿水裔，仁兽游飞梁。

华馆寄流波，豁达来风凉。

生平未始闻，歌之安能详。

投翰长叹息，绮丽不可忘。

这是一首记叙宴集游乐的诗。

前面六句是第一层。宴集者整日游乐嬉戏。仍然兴犹未尽，便夜以继日，徜徉于迷人的夜色，陶醉于未了的情思。但见车水马龙，前呼后拥，情形煞是壮观，正所谓："昼短苦夜长，何不秉烛游!"诗人一开始就尽情渲染了夜间宴饮游乐的活跃气氛，为下文作了情绪上的铺垫。

从"月出照园中"到"豁达来风凉"是诗的第二层。良夜果不负人；月出中天，银辉匝地，珍贵的林木被映得郁郁苍苍、朦朦胧胧，一派如梦如幻的神仙境界；清溪流过石渠，鱼随波动，往来翕忽；芙蓉正当其时，花香四溢；荷花开满了被灯光投射得金波荡漾的池塘里。鸟儿已栖宿于池边的树上，小动物在雕梁画栋上自由自在地游走。豪华的楼馆凌空架设在水波之上，八面来风，好不快哉怡人！诗人在这里极尽铺排之能事，将月、木、渠、鱼、花、鸟、兽、风等逐一点染，涉笔成趣。整个场景有光华，有色彩，有声响，有气味……既富天工，亦兼人巧。呈现在读者面前的这种良辰美景，直让人目醉神迷，心向往之。这一层可以说是这首诗的华彩乐章，其旋律优雅，节奏明快，美妙之至。

最后一层四句，是诗人的感叹。如此兴会，诗人以前是闻所未闻、见所未见的，即使用诗歌来抒写，也难以曲尽其妙。于是不由得放下笔来，发出一声长长的赞叹！那绮丽美奂的盛况时时浮现脑际，久久难以忘怀。可见这次夜宴给诗人留下的印象是何等深刻。

这首诗形式整齐，全篇一韵到底，文气贯通流走，读来琅琅上口，玉润珠圆，颇得《古诗十九首》之风。诗的遣词造句也很见功力，叙事写景，铺张而不显枝蔓，华丽而不事雕饰，卓然天成，有气势，有韵味，有真情。曹丕在《与吴质书》里说刘桢"五言诗之善者，妙绝时人"，钟嵘的《诗品》也说他"仗气爱奇，动多振绝，真骨凌霜，高风跨俗。但气过其文，雕润恨少。然自陈思以下，桢称独步"，评价是很高的。

（方明光）

阮瑀

阮瑀（约165—212），字元瑜，陈留尉氏（今河南尉氏县）人，"建安七子"之一。年轻时师事蔡邕，后为曹操司空军谋祭酒，管记室，转为仓曹掾属。擅长章表书檄，与陈琳齐名。能诗，作品流传很少。今传辑本《阮元瑜集》一卷。

（方明光）

驾出北郭门行

驾出北郭门，马樊不肯驰。

下车步踟蹰，仰折枯杨枝。

顾闻丘林中，嗷嗷有悲啼。

借问啼者出，"何为乃如斯"？

"亲母舍我殁，后母憎孤儿。

饥寒无衣食，举动鞭捶施。

骨消肌肉尽，体若枯树皮。

藏我空室中，父还不能知。

上冢察故处，存亡永别离。

亲母何可见，泪下声正嘶。

弃我于此间，穷厄岂有赀？"

传告后代人，以此为明规。

　　继母虐待丈夫前妻的子女，这在中国几千年的封建社会中，是一种长期存在的现象。它常常引起一些有良知、心系民生疾苦的文人的关注，并作为写作的题材。阮瑀的《驾出北郭门行》即属于这一类作品。

　　这是一首叙事诗。诗人驾车出城郭北门，马忽然止蹄不前，诗人下车正准备折枝催赶马匹，偶一回头，听到树林中传出一阵悲切的啼哭声。他不由得唤出哭者，询问缘由。接着便由孤儿叙述了一个备遭后母虐待的凄惨故事：孩子在生母去世后，即遭后母嫌憎，在无衣无食、动辄鞭捶的折磨下，形销骨立，枯瘦如柴。后母还常常把他锁在空房里，不让偶尔回家的父亲知道。孩子求告无门，伤心之极，来到生母的坟前抱头痛哭。可是生母已无法帮助他、和他见面了。孤儿为自己的苦难永无尽头而愈感悲切。

　　这首诗明显受到汉乐府特别是《孤儿行》的影响，风格以质朴见长。平铺直叙，不事雕琢。主要情节由当事人孤儿自己直接陈说，给人以如临其境、如闻其声之感。诗人自己的感情不外露，而是通过对孤儿控诉的记叙，通过孤儿不幸遭遇中失母、受虐、瞒父、哭冢等情节的安排，让人充分感受诗人面对这一冷酷现实的心灵震颤，体会他的同情和愤怒。

　　此外，诗人的劝世目的也很明显。这也是受汉乐府影响的一个方面。诗的最后两句"传先后代人，以此为明规"，便传达了诗人的这种心声。然而孤儿遭后母蹂躏，是病态社会中的病态现象，疗救的希望在疗救社会，这当然又是阮瑀当时所无法意识到的。

（方明光）

徐 幹

徐幹（171—217），字伟长，北海剧县（今山东昌乐）人，"建安七子"之一。曾为曹操司空军谋祭酒，五官中郎将文学。不慕荣禄，述作自娱。著有《中论》二卷，原本经训、阐发儒家义理。善辞赋，能诗。诗仅存四首。后人辑有《徐伟长集》。 　　　　　　　　　　　　　　　　　　　　　　　　　　　（方明光）

室 思

沉阴结愁忧，愁忧为谁兴？

念与君相别，各在天一方。

良会未有期，中心摧且伤。

不聊忧餐食，慊慊常饥空。

端坐而无为，仿佛君容光。

峨峨高山首，悠悠万里道。

君去日已远，郁结令人老。

人生一世间，忽若暮春草。

时不可再得，何为自愁恼？

每诵昔鸿恩，贱躯焉足保。

浮云何洋洋，愿因通我辞。

飘飘不可寄，徒倚徒相思。

人离皆复会，君独无返期。

自君之出矣，明镜暗不治。

思君如流水，何有穷已时。

惨惨时节尽，兰叶凋复零。

喟然长叹息，君期慰我情。

展转不能寐，长夜何绵绵。

蹑履起出户，仰观三星连。

自恨志不遂，泣涕如涌泉。

思君见巾栉，以益我劳勤。

安得鸿鸾羽，觊此心中人。

诚心亮不遂，搔首立悁悁。

何言一不见，复会无因缘。

故如比目鱼，今隔如参辰。

人靡不有初，想君能终之。

别来历年岁，旧恩何可期。

重新而忘故，君子所尤讥。

寄身虽在远，岂忘君须臾。

既厚不为薄，想君时见思。

　　徐幹的传世诗作仅四首，这首《室思》最为著名。"室思"，即"闺情""闺怨"之意。《玉台新咏》卷一分《室思》为六章；也有的选本以前五章为"杂诗",名末章为《室思》,实不妥。因六章内容既相对独立,又有内在联系,故作一首看为宜。

首章写天各一方的离别,给思妇带来了愁肠百结的忧伤和痛苦,而遥遥无期的等待,更在她的精神上烙下了刻骨铭心的深长思念。这思念犹如饥之思食、渴之思饮般的急切和难熬,以至于整天不知何所事事,恍恍惚惚总觉得丈夫不曾离去,音容笑貌仿佛就在眼前。诗人一开始就用形象的比喻和微妙的神情刻画,点明了题意。

接下来二、三两章写思妇盼夫早归的复杂心理。山高水远,茫茫万里,日日盼夫不见夫,思妇已被无情的现实折磨得日见其老了,长此以往,人何以堪?难道就让青春像暮草一样转眼枯萎吗?不难看出,思妇已经承受不了思念的沉重负荷,大好年华在执着的期盼中悄悄逝去,多么想得到一种精神解脱啊!可是一想起与丈夫的昔日恩爱,便心痛如焚,哪里还能惜身自保呢?思妇自怜、自叹,欲罢不能、欲思太苦的内心世界,在这里得到了极为细腻的展现,令人扼腕,令人悯惜。

尤其让思妇黯然神伤的是:自己的一片真情,无由达于丈夫。以至于寄希望于天上的白云,哪怕能送去一缕思念,传去一句情语,也是令她欣慰的!可惜白云无言,转瞬飘逝,留给妇人的依然是不尽的思念。这种情极之时的奇思异想十分符合人物的特定心境。幻想破灭,由爱生怨,也是顺理成章的事:自己的丈夫为什么不能像别人一样,尽早归来呢?独守空闺的凄苦,使得妇人几乎忘记了自己的存在:明镜蒙尘,容颜慵理,只有一任不绝的思绪,如悠悠逝水长流不已。"自君之出矣"以下四句，以生动的细节和独特的比喻，揭示出思妇望眼欲穿的深挚情怀与内心负载的沉重分量，成为世代传诵的千古佳句。

四、五两章转入对思妇失望心情的描绘。随着时序推移，花开花落，思妇盼夫归来的殷切期待，变成了一声声失望的叹息。漫漫长夜，倍感孤寂，展转难眠。户外三星在天，不禁又勾起她对新婚生活的甜蜜回忆。抚今追昔，一种被冷落、被遗忘的苦涩突然涌上心头，眼泪便止不住像泉水一样淌了出来。诗人用自然景观的变化，衬托出思妇日益沉重的心情，暗示被抛弃的疑惧开始在她的心头散布蔓延。

要是能有鸿雁的双翅，飞去见一见心上人，那该多好！遗憾的是这也同样无法办到。聊可慰藉的是丈夫的梳洗用具尚在，睹物思人，又越发增添了一腔愁怀。莫非一旦分手，便永无相见之日？当初比目鱼般的情爱，终要像参商二星一样的分隔？思妇心头的疑云愈加浓重，不祥的预感把她推向更加痛苦的深渊。

末章写思妇一厢情愿地设想丈夫对自己定然有始有终，不会喜新厌旧。这实际上已是一种绝望中的希望，尽管它是那么渺茫，那么可怜，但善良的思妇还是愿意在心中保存这样一种幻觉。

全诗紧紧扣住一个"思"字，由思念到期盼，由期盼到失望，再由失望到希望，循环往复，婉转低回。思妇的情感被描摹得真切生动，心理状况被刻画得细致入微。读者在一唱三叹的吟咏中，不自觉地进入了思妇的心灵世界，充分体味到备受离别和相思煎熬的人生况味，产生出强烈的感情共鸣。

诗的另一特色是主题单一却不枯乏，形式整齐并不板滞。原因是诗人采用了第一人称，直抒胸臆，朴实亲切，如泣如诉，感同身受；其次是调动了各种艺术手法，或比喻，或想象，或联想，有幻觉，有寄托，有象征，把抽象的情绪化成具体可感的形象，充分展示了人物的复杂心态和真实情感；再就是诗人以景托情、融情入景，使诗篇跌宕生姿，沉郁绚丽。 （方明光）

繁 钦

繁钦（？—218），字休伯，颍川（今河南禹县）人。曾为丞相曹操主簿。以善写文章、诗、赋知名于世。原有集，今不传。　　　　　　　　　　　　（方明光）

定 情 诗

我出东门游，邂逅承清尘。

思君即幽房，侍寝执衣巾。

时无桑中契，迫此路侧人。

我既媚君姿，君亦悦我颜。

何以致拳拳？绾臂双金环。

何以致殷勤？约指一双银。

何以致区区？耳中双明珠。

何以致叩叩？香囊系肘后。

何以致契阔？绕腕双跳脱。

何以结恩情？佩玉缀罗缨。

何以结中心？素缕连双针。

何以结相於？金薄画搔头。

何以慰别离？耳后玳瑁钗。

何以答欢忻？纨素三条裙。

何以结愁悲？白绢双中衣。

〔何以消滞忧？足下双远游。〕

与我期何所？乃期东山隅。

日旰兮不来，谷风吹我襦。

远望无所见，涕泣起踟蹰。

与我期何所？乃期山南阳。

日中兮不来，凯风吹我裳。

逍遥莫谁睹，望君愁我肠。

与我期何所？乃期西山侧。

日夕兮不来，踟蹰长叹息。

远望凉风至，俯仰正衣服。

与我期何所？乃期山北岑。

日暮兮不来，凄风吹我襟。

望君不能坐，悲苦愁我心。

爱身以何为？惜我华色时。

中情既款款，然后克密期。

褰衣蹑茂草，谓君不我欺。

厕此丑陋质，徙倚无所之。

自伤失所欲，泪下如连丝。

　　这首诗题目中的"定情"二字，是"安定其情"的意思。自东汉张衡作《定情赋》，后世文人纷纷模仿。繁钦这首虽亦仿作，但将赋体演化成诗，且一反"定"男性之"情"的惯例，所"定"乃女性之"情"，表达了作者对弃妇的同情。

　　全诗可分四段。首六句为第一段，写一对男女在一次郊游中不期而遇，一见倾心，产生了深深的爱恋之情。女主人公活泼天真，甚至已开始憧憬婚后的生活，全然没有意识到这种恋爱会有什么不幸在等着她。

　　也难怪她满怀幸福的期待，热恋阶段的种种柔情蜜意确实使她陶醉。以下二十四句为第二段，对此作了尽情的渲染。作者写的是诗，却极尽"赋"的铺张扬厉之能事。在先用两句交待男女虽一见钟情，却有相悦的基础之后，一连用了十一个形式相同的问答句（不包括两句佚文），从表心迹、结同心到致契阔、慰别离、结愁悲……几乎把男女热恋中的方方面面全写到了。而每一种情感的表达，都用一样赠物来作为象征：金环、银环、明珠、香囊、钏镯（跳脱）、佩玉、双针、头簪（搔头）、玳瑁钗、三条（绦）裙、双中衣等等。诗人不厌其烦地将这些物件一一罗列出来，或表明男女主人公对爱情的珍重，或暗示彼此相爱的坚贞，或喻指双方关系的纯洁，或展示初恋给青年男女带来的种种缠绵悱恻……这段对答既揭示了男女之间有过一段来往频繁、绸缪亲密、热烈醉心的相知相恋的历史，同时又浓墨重彩地为下文做好了铺垫。

　　"与我期何所"以下二十四句是第三段，也是用基本相同的四个排比问答句，来铺述女子屡被欺骗、实遭遗弃的痛苦心情。诗人用东山隅、山南阳、西山侧、山北岑代表女子等待男子赴约的地点；用日旰、日中、日夕、日暮代表女子守候、等待的时间。这种时地转换，实际上等于说凡是能够去、想到去的地方，女主人公都去过了；她几乎是无日无夜、朝朝暮暮地在期盼、在等待。然而她等到的只是谷风、凯风（旋风）、凉风和凄风，只有这一阵紧似一阵的风掀动着她的衣裳，摧落她失望的泪水，寒透她那颗悲苦的心。

　　然而即便如此，她也仍不死心，依旧怀着纯真的幻想。诗的最后一段写的就是这层意思。不是女主人公执迷不悟，而是她充分意识到青春难再，年华宜惜，初恋对于少女来说更是难以忘怀。因此，她以己心度君心，相信对方也会像自己一样不负佳期。她有时踏着萋萋芳草，殷殷守候；有时侧身远望，久久徘徊。尽管结果仍然是只有泪下如丝，可她还是要这样做，她不愿意让冷酷的现实来击碎她绚丽的青春梦！于是她的性格在执着、痴情之外，又增添了一层善良和宽厚的光彩，使她的可哀可叹也因此显得更加凄楚动人。

（方明光）

甄皇后

甄皇后（182—221），中山无极（今属河北）人，明帝母。初为袁绍次子袁熙妻，曹操破邺城，为曹丕所纳。黄初二年（221），因郭后进谮，被文帝赐死后宫。 （周建国）

塘 上 行

蒲生我池中，其叶何离离！

傍能行仁义，莫若妾自知。

众口铄黄金，使君生别离。

念君去我时，独愁常苦悲，

想见君颜色，感结伤心脾。

念君常苦悲，夜夜不能寐。

莫以豪贤故，弃捐素所爱。

莫以鱼肉贱，弃捐葱与薤。

莫以麻枲贱，弃捐菅与蒯。

出亦复苦愁，入亦复苦愁，

边地多悲风，树木何脩脩。

从君致独乐，延年寿千秋。

　　《乐府诗集》之《相和歌·清调曲》以此诗为《塘上行》本辞，作者题为魏武帝，但其引《邺都故事》诸说则明言作者为甄皇后。前人大多以此诗为甄氏作，如朱乾《乐府正义》曰："《塘上行》，甄后《白华》之作也。……凡魏武乐府诸诗，皆借题寓意，于己必有所为。而'蒲生'篇则但为弃妇之词，与魏武无当也。"是说信而有证。

　　此诗颇似"感于哀乐，缘事而发"的里巷歌谣，体现了乐府本色。甄氏因谗诉见弃，与当时经常发生的弃妇现象是有共性的。因之，诗的意义也就不应当拘囿于作者一人。

　　诗前后两个部分的内容有所不同。前面正文纯系弃妇之词，后面"出亦复苦愁"以下六句与正文内容无关，乃乐人增入之曲。

　　正文十八句可分为三节。第一节是开头六句，慨叹自己遭谗见弃。"蒲生我池中，其叶何离离"二句赋而兴。"离离"，繁茂的样子。此以池中蒲叶长大繁茂，兴起下文愁苦之深。《诗经》、乐府常有这种起兴写法，如《王风·黍离》以"彼黍离离"兴起行役者"中心摇摇"。此处境界颇似《黍离》，并能浑化无迹。"傍能"四句直言傍人不行仁义，离间我夫妻，使夫君弃我而去。"使君生别离"一句尤为沉痛，其中一个"君"字如同感情的引线，引出弃妇下面两层悲切的诉说。

　　第二节中间六句，弃妇诉说遭弃后自己的苦悲伤心。她先回忆夫君绝情而去，自己独愁苦悲不已；继而想象夫君容颜，反使自己感伤郁结；终则思念夫君而苦悲，以致夜夜辗转不寐。这节抒情细腻深沉，语言明白自然。其中句句着意于"君""我"，三处呼

"君"，一声一泪，凄哀动人。

最后"莫以"六句为第三节，就无端弃捐反复用比，形容尽致。这种取喻之法谓之博喻，显得丰富、新鲜，而贴切。其大意谓莫因较好的易得，便将较差的丢弃，而以"莫以豪贤故，弃捐素所爱"为主旨，痛呼不要喜新厌旧。诗均以寻常事物为比，明白易懂。"葱与薤"是蔬菜，"麻枲"就是麻，"菅与蒯"是可做绳编席的植物。这几句除用博喻外，兼用排比，文势连贯，意义更广。

建安作者中存有相当数量描写弃妇的诗文，可见当时这类社会家庭悲剧是非常普遍的，本诗实际上从一个侧面反映了社会的黑暗。

本诗在艺术上继承了乐府民歌的特长，质朴自然，感人以情。其语言清新自然如家常话，诗中比兴、排比的运用，字句重用，无不表现出朴素清新的风格。有的研究者以为"莫以鱼肉贱"句的"贱"字当作"贵"，原因是下文有"莫以麻枲贱"，上下句不宜重用"贱"字。其实，这种以相同字为韵的现象在汉魏诗，乃至晋诗中屡见不鲜。朴拙真率、不泥声韵，正是古诗与乐府民歌的本色。

（周建国）

曹 丕

曹丕（187—226），字子桓，曹操次子。建安二十五年（220），曹丕废汉称帝，建立魏朝，在位七年，谥文帝。

曹丕作诗善于从民歌汲取营养，形式多样，诸体皆备，以五言和七言成就为高。其《燕歌行》是现存文人作品中较早的完整七言诗，对后来七言的形成和发展有重大影响。此外，《典论·论文》是我国最早的文学批评专论。曹丕的创作和理论对促进建安文学的繁荣起了积极的作用。有辑本《魏文帝集》。　（周建国）

善 哉 行

（二首选一）

上山采薇，薄暮苦饥。

谿谷多风，霜露沾衣。

野雉群雊，猿猴相追。

还望故乡，郁何垒垒！

高山有崖，林木有枝。

忧来无方，人莫之知。

人生如寄，多忧何为？

今我不乐，岁月如驰。

汤汤川流，中有行舟。

随波转薄，有似客游。

策我良马，被我轻裘。
载驰载驱，聊以忘忧。

这是一首"悲行役"的四言佳作。曹丕曾多次随曹操转战征伐，王尧衢《古唐诗合解》论此曰："魏文因征行劳苦而作。"

诗开始四句即从戍卒征行劳苦叙起。他们上山采薇菜是为了疗饥，但枵腹劳作到傍晚更饥饿难忍。山里环境恶劣，他们还饱受着谿谷风霜之苦。这一层叙事写景很容易使人联想起《诗经·小雅·采薇》篇里"载饥载渴""忧心孔疚"等意象，对征人思家产生深深同情，在写法上起到情在景事之中的作用。

接着，"野雉群雏"八句即景生情，抒写征人客游的乡愁。野鸡求偶欢鸣，猿猴追逐嬉戏，鸟兽群居之乐恰足以反兴其客游之悲。由此，诗引出望故乡而不见的忧思，妙从"高山""林木"落想，再用比喻反兴来说明高山重叠而有边际，林木繁茂而有定枝，唯征人忧愁极深而无人知道。除比兴外，此处还语带双关。"林木有枝"的"枝"字和"人莫之知"的"知"字音义双关，本于古《越人歌》："山有木兮木有枝，心悦君兮君不知。"这层一句紧似一句，把征人客思乡愁写得淋漓尽致。

"人生"以下八句再就忧愁加以点染，兼用达观语以自慰，词唯心否，更见其苦。其谓人生短促好比寄寓天地之间，如此当及时行乐，何苦常常自忧？表面通达，内里仍是忧。《诗经·唐风·蟋蟀》篇云："今我不乐，日月其除。"此"今我不乐，岁月如驰"二句，一则用其成句，一则化用其意，点明不忍在疾驰而去的岁月里多忧自苦。然而，事实又使其无法行乐，征人飘泊不定犹如江河奔流中的小舟，行止随波不得自主。诗本意是说客游像行舟，故意说成行舟像客游，以逆笔出之，益显新奇警策。这一层用以点染愁忧的用语、构思都很新颖别致，为历来论者所推许。

最后一层"策我"四句仍从"忧"字收笔。在无可奈何的情况下，征夫只有骑上良马，穿上轻裘，纵马疾驰，聊以消忧。这不免显得有些消极颓伤，但因其中寄寓着作者对久战长征之人的同情，还是有其现实意义的。

此诗的语言很有特色。首先，其作为四言诗体显示了曹丕学习《诗经》，在曹操之外别具风貌。其中有用《诗经》成句的，有变化《诗经》字句而用其意的，也有化用《诗经》形象意境而启发读者联想的。其次，在通俗语言的运用上，本诗显示出作者有化俗为雅的非凡才能。其中以四言句化用古《越人歌》意，词如己出，毫无滞沾。句中比兴更兼双关，不乏新意。最后，"行舟""客游"几句，沈德潜《古诗源》评为"措语既工复活"。这样的语言与巧妙的构思相配合，笔逆局展，相得益彰。

（周建国）

燕　歌　行

（二首选一）

秋风萧瑟天气凉，草木摇落露为霜。

群燕辞归鹄南翔，念君客游多思肠。

慊慊思归恋故乡，君何淹留寄他方？

贱妾茕茕守空房，忧来思君不敢忘，

不觉泪下沾衣裳。

援琴鸣弦发清商，短歌微吟不能长。

明月皎皎照我床，星汉西流夜未央。

牵牛织女遥相望，尔独何辜限河梁。

　　《燕歌行》是曹丕的代表作，也是现存文人作品中较早的完整七言诗，在我国文学史上很有影响。原作共两首，都是写妇人秋夜思念久客他乡的丈夫。本诗为第一首，写得尤为出色，历来受人重视。诗以委婉抒情的笔调，清丽亲切的语言，连贯和谐的音韵，叙写一位多情女子对丈夫的深情思恋，从一个侧面反映了当时社会动乱、人民流离的现实。

　　诗以女主人感物候起兴，秋风萧瑟，天气转凉，草木摇落，白露为霜。燕子归飞故土，天鹅南飞准备过冬。这"万里悲秋"的景象最惹人怀远相思。

"念君客游多思肠。慊慊思归恋故乡"二句由己及夫，由实转虚，她想象羁旅他乡的夫君此时此刻定是愁肠百结，怅然若失，定是也在思归故乡、怀恋妻子。这一虚拟写法表情婉约，哀感动人。我们在后来的诗词中经常可以看到这类从对面着笔写男女相思的手法，曹丕此诗多少有着启示作用。

接着，诗再由空间运思，由夫及己，由虚转实，往来飞动。她想丈夫若是怀恋自己，那为何久滞异乡而不归？这一反诘显示出她内心的复杂矛盾，此中有关切，有猜疑，有微嗔，也有责怪。下面"贱妾茕茕守空房，忧来思君不敢忘，不觉泪下沾衣裳"三句一意连贯，转转入深，再对妇人心思情状作细腻摹写，不仅写出其忧思极深，而且把她对丈夫的忠爱表现得缠绵而深挚。其中"思君不敢忘"是其忠贞爱情的誓言，也是全诗要领。

"援琴鸣弦发清商，短歌微吟不能长。"在愁情无计可消除的情况下，妇人只能以弹琴唱歌来排遣忧怀。清商曲是一种节拍短促、音响纤微的乐调，只能配合短歌微吟。妇人援琴微吟原是为了解忧，不想歌声琴音反而更加重了她的忧思。至此，思妇的哀思忧伤似已宣泄无遗，可以终篇了。不料，诗人另辟蹊径，再展新境。

最后"明月"四句通过女主人公凝望星月，有感于牵牛、织女隔河相望的悲剧，含蓄抒写她自己空房独宿的哀伤。这几句表面看是写夜景，实际上赋中有比，抒情妙在似有若无之间，极富韵外之致。

本诗在艺术上取得了多方面成功。其写景与抒情融合无间，起结妙用比兴，情致深婉。语言清丽，形象鲜明。句句用韵，音调流利和谐。王夫之《船山古诗评选》赞此诗为"倾情、倾度、倾色、倾声，古今无两"。评价虽然偏高，但其作为建安时期便娟婉约的言情代表作，确是当之无愧。尤可注意的是它作为"七言之祖"对后人创作的影响。秦汉时期，尚无完整的七言诗。东汉张衡《四愁诗》虽通篇七言，但句中带有"兮"字，仍不脱楚辞痕迹。曹丕此诗标志着七言诗的成熟，并以其卓越的艺术成就对后世产生了深远影响。其后，魏国曹叡、缪袭间有七言之作。晋《白纻舞歌》"轻躯徐起何洋洋"诸篇婉娈鲜丽，显然是仿《燕歌行》而为之者。七言诗再经刘宋鲍照之手，劲健挺拔，已见魄力。直到盛唐李、杜、高、岑，遂使其开合变化，蔚为大观，成为唯一可与五言诗相抗衡的重要诗歌形式。《燕歌行》在七言诗发展史上的开启之功是弥足珍贵的。

（周建国）

芙蓉池作

乘辇夜行游，逍遥步西园。

双渠相溉灌，嘉木绕通川。

卑枝拂羽盖，修条摩苍天。

惊风扶轮毂，飞鸟翔我前。

丹霞夹明月，华星出云间。

上天垂光彩，五色一何鲜。

寿命非松乔，谁能得神仙。

遨游快心意，保己终百年。

建安十六年（211），曹丕为五官中郎将，曹植为平原侯。曹氏兄弟与王粲、徐幹、陈琳、阮瑀、应场、刘桢等宴游往来，时有唱和。是年秋，曹植作《公讌》诗称其兄丕："公子敬爱客，终宴不知疲。清夜游西园，飞盖相追随。"王粲、刘桢、阮瑀均有《公讌》诗与曹丕唱和。阮瑀卒于建安十七年，这首诗很可能作于建安十六年。

全诗写游赏西园（铜雀园）的夜景，以"乘辇"二句领起，句中"逍遥"二字为全篇引线，下文按俯视、平视、仰视为序，逐一细写逍遥夜游铜雀园的情景。

"双渠相溉灌，嘉木绕通川"二句写景如画，渠水溉灌相通，嘉树依水环绕，水木相映成趣，美不胜收。"卑枝""修条"一联对偶精巧，特写嘉木参差披拂风姿，极其生动。这四句组成一幅全景画，显示出园林布局精美，乃是诗人俯视所见。

"惊风"二句续写乘辇乎视景象：急风沿着车轴拂过，飞鸟欢鸣向前似与车辇比速。这快镜头的描写，景中见情，作者游兴之浓、情致欢快，溢于言表。

随即作者仰视西园夜空，但见星月灿烂，晚霞天光，鲜丽无比。诗人让丹霞、明月、华星、天光、彩云一同显现于芙蓉池上空，这一派奇妙而堂皇的景象，正是北方相对稳定时期邺下经济文化复苏繁荣的象征。

最后"寿命"四句直说遨游快意，不下神仙。"松乔"，指传说中的仙人赤松子和王子乔。这种思想不禁使人联想起《古诗十九首》里"昼短夜苦长，何不秉烛游""仙人王子乔，难可与等期"一类情绪。东汉末年，社会动荡，灾役频仍，一些人在历经患难后幸遇建安时期北方相对稳定的生活，不免流露出希冀长寿、及时行乐的念头。刘履《选诗补注》评此诗"遨游快心意，保己终百年"是"缺人君弘济之度，纵一己流连之情，其不取也"，似非苛责。但从当时社会思潮的矛盾中去分析，作者把遨游行乐视为超生拔俗之举，这既是对道家神仙长生之说的否定，又是对儒家政治教化的突破，表现出一种直面人生的气质。

此外，这首诗写景生动，光泽鲜丽，辞采缤纷，骈句络绎，为邺下诗人集团的生活留下了一个剪影。刘勰《文心雕龙·明诗》评这类游览、公宴诗是"并怜风月,狎池苑,述恩荣,叙酣宴,慷慨以任气,磊落以使才"。《芙蓉池作》即是其中艺术性很高的一首抒情诗,对于我们全面了解建安诗歌风格题材的承传变化是不可或缺的。

(周建国)

杂诗二首

漫漫秋夜长，烈烈北风凉。

展转不能寐，披衣起彷徨。

彷徨忽已久，白露沾我裳。

俯视清水波，仰看明月光。

天汉回西流，三五正纵横。

草虫鸣何悲，孤雁独南翔。

郁郁多悲思，绵绵思故乡。

愿飞安得翼，欲济河无梁。

向风长叹息，断绝我中肠。

　　《文选》有"杂诗"一类，其中大部分是富有兴寄的游子思妇诗。李善注曰："杂者，不拘流例，遇物即言，故云杂也。"《文选》所录以《杂诗》标题的作品当推建安诗人王粲、刘桢、曹丕、曹植诸诗为最早。

　　前人对曹丕二诗有不少推测之论。张凤翼、吴淇、张玉谷诸家都以为二诗有疑惧意，作于曹操欲易世子时，但此类说法证据不足。我们不如把其视为描写游子思乡的拟古乐府或古诗之作，以免牵强附会。

第一首"漫漫秋夜长"被陈祚明赞为"景中情长"(《采菽堂古诗选》),其意境自然浑成,是曹丕抒情诗的代表作之一。诗中"郁郁多悲思,绵绵思故乡"为全诗主旨所在。本篇分为三个层次,逐层围绕诗旨展开。

开头六句为第一层次,诗以秋夜风凉引起悲思,起调含蕴,颇似其《燕歌行》"秋风萧瑟天气凉"篇,唯人物有游子与思妇之别。"漫漫秋夜长"是游子展转不寐之缘,"烈烈北风凉"是游子彷徨披衣之缘,"白露沾我裳"是游子彷徨已久之缘。这一层句句相生,景中寓情,为下文写游子思乡创造了特定的环境和气氛。

"俯视"以下六句为第二层次,正面叙写人物彷徨时所见所闻。"俯视清水波"是游子俯首沉思时不经意所见,在夜间看到水面清波,方觉月光明亮。于是,他仰而望月,又见银河流转向西,群星纵横满天,夜已深了。"天汉",即银河。"三五",此泛指群星。《诗经·召南·小星》:"嘒彼小星,三五在东。"三,指参星;五,指昴星。本诗借指群星,并暗用《小星》宵征抒怨之意,以喻愁情。下面"草虫鸣何悲,孤雁独南翔"二句再通过俯听仰视,移情及物,喻其孤独悲哀。此中虽没有明写人物心绪,经过第一层环境气氛的烘托,第二层哀景悲情的渲染,已把游子悲思乡愁酝酿得十足,为下文抒情蓄势。

最后六句为第三层次,直抒思乡怀归,点明主旨。"郁郁"形容其悲怀郁结,"绵绵"形容其乡思不绝,游子的感情终于迸涌而出。"愿飞"二句回应上文孤雁,引以为比。游子希望像孤雁那样返飞而无翅膀,想渡河而无桥梁。他有家难归,比孤雁更不幸。唯有面对烈烈北风长叹，忧愁得肝肠寸断。全诗就这样先染后点，层层推进，在感情发展的高潮中戛然而止，给人留下了不尽的余味。

这首抒情诗体现了曹丕创作的艺术个性。它不似曹操诗的古直悲凉，也不似曹植诗的骨气奇高，而是表现为便娟婉约。诗通过写景喻情，移情及物，层层皴染，先染后点的方法抒情，备极婉转缠绵之致。为了表现这种哀忧之情，作者在语言、声韵、色泽上都十分讲究。诗中双声、叠韵、叠字连绵，如漫漫、烈烈、郁郁、绵绵、彷徨、草虫、展转、中肠等，很好地起到增饰语辞情致的作用。全篇语言风格清新自然，逼近《古诗十九首》。这就构成了本诗整体上的优美意境，使其不愧为建安抒情名作。　　　　（周建国）

> 西北有浮云，亭亭如车盖。
> 惜哉时不遇，适与飘风会。
> 吹我东南行，行行至吴会。
> 吴会非我乡，安得久留滞。
> 弃置勿复陈，客子常畏人。

这首诗写客子飘泊不定的生活及其久滞异乡的忧郁畏难心情，诗旨与"漫漫"篇相似。但此诗通篇用比，情苦音促。王夫之《姜斋诗话》评论说："子桓《论文》云'以气为主'，正谓此。"正说出本诗抒情慷慨多气的特点。

"西北有浮云，亭亭如车盖。惜哉时不遇，适与飘风会。"诗以二层比起：先以空中飘浮不定的浮云比喻客子飘荡不定的生活，再以亭亭耸立的车盖比喻浮云的孤立无依。两个比喻均以客子为旨意，句中虽无"客子"字样，实际上已写出其飘荡无依的情景。"惜哉"二句导入抒感，笔势凌厉，情见乎词，慨叹这朵孤独的浮云没有遇着好时机，反而遭遇到一阵暴风。"飘风"，即暴风，此比喻遭遇不幸。诗通过曲折设比的方法，抒写了诗中人物的难显之情。

"吹我东南行，行行至吴会。吴会非我乡，安得久留滞。"这几句进而就浮云飘荡加以叙写。"吹"字承上启下，一意贯通。上层言浮云被暴风吹折，这层就浮云遭吹折着意形容。"我"，浮云自称，实指客子。比兴之间，物我通体交融。浮云本出自西北，而今飘飘荡荡，直被吹到东南尽头的吴郡、会稽郡（今江浙一带）。"行行"，取意于《古诗十九首》中"行行重行行"篇，谓年深日久，飘荡不止。至此，虽还未见"客子"字样，其飘泊忧惧的情景已宛然在目。孤苦的浮云终于自问自诘：吴会竟非吾土，岂能长久停留？这一层运用顶真修辞手段，抒情回环宛转，诗意由隐而显，情调渐趋迫促，把客子思乡归盼的心情作了尽情渲染。

最后"弃置"二句顺势推出客子独白，点明其久滞异乡，孤独势单，怕人欺负。"弃置勿复陈"是古乐府的套语，用在这里自然熨帖，劲直动人，并赋予全诗一种"感于哀乐，缘事而发"的普遍意义。

　　显然，此诗抒情慷慨多气与其内容是有关的。诚如《文心雕龙·时序》所云："良由世积乱离，风衰俗怨，并志深而笔长，故梗概而多气也。"此外，本诗的语言尤为人称道。钟嵘《诗品》谓："'西北有浮云'十余首，殊美赡可玩，始见其工矣。"此诗大体上明白畅晓，没有华丽词藻。但诗中妙用顶真修辞、叠韵字、乐府成句、《古诗十九首》的句式，在清新自然以外，亦见作者措语求工之力。这种清淡之美，令人赞叹。

（周建国）

左延年

左延年（生卒年不详），魏文帝时曾任司律中郎将。通音律，善制曲。（方明光）

秦女休行

始出上西门，遥望秦氏庐。

秦氏有好女，自名为女休。

休年十四五，为宗行报仇。

左执白杨刃，右据宛鲁矛。

仇家便东南，仆僵秦女休。

女休西上山，上山四五里。

关吏呵问女休，女休前置辞：

"平生为燕王妇，于今为诏狱囚。

平生衣参差，当今无领襦。

明知杀人当死，

兄言快快，弟言无道忧。

女休坚词：为宗报仇死不疑。"

杀人都市中，徼我都巷西。

丞卿罗东向坐，女休凄凄曳梏前。

两徒夹我持刀，刀五尺余。

刀未下，朣胧击鼓赦书下。

这首诗写的是汉末一个妇女为报杀父之仇而刺死暴徒、自首遇赦的故事。其本事在《后汉书·列女传》《三国志·魏志》卷十八《庞淯传》和皇甫谧的《列女传》中均有记载，而以《列女传》为最详。说的是甘肃酒泉有个妇女赵娥亲，是庞子夏之妻，表氏县禄福乡赵君安之女。君安为同县凶豪李寿所杀。娥亲有弟三人，皆欲报仇，但遭灾疫，三人皆死。李寿大喜，请会宗族，共相庆贺："赵氏强壮已尽，唯有女弱，何足复忧？"于是防备松懈。娥亲素有报仇之心，光和二年（179）二月上旬的一天，在都亭之前，与李寿相遇，便拔刀将其刺死，截其头，自首投案。当时禄福长尹嘉，让娥亲逃去，娥亲不愿，后遇赦得免。这一故事从秦州到中原，在民间广泛流传。后左延年作《秦女休行》歌咏此事，晋傅玄、唐李白亦有同题诗作。他们的作品所咏与本事小有出入，但歌颂女主人公舍身复仇、刚烈悲壮的要义则是一致的。

诗的头四句采用乐府民歌的惯用手法，介绍女主人公的居家位置、姓氏、名字和相貌，如同人物的出场亮相。

接下来的六句写女休杀死仇人的经过。为了替父报仇，年仅十四五的娇弱女子，居然一手拿白杨刃（即白羊子刀），一手握宛鲁矛（宛地出的一种锋利的刺枪），在城东南的地方一下子就将仇人杀死，仇人的尸体像一段烂木头似地仆倒僵卧在她的面前。这说明像女休这样一个弱女子，一旦燃烧起复仇的怒火，就会变得刚强果决，大智大勇。

从"女休西上山"到"为宗报仇死不疑"是诗的第三层。头两句并不是说女休想逃跑，而是表明她手刃仇敌后有了一种轻松感，要跑到山上去舒畅一下。所以当关吏呵问她时，她便从容不迫地叙述了事情的前因后果：自己本是好人家的主妇（燕王妇云云，不必拘泥，乐府中常有这种随文渲染之辞），吃穿不愁。如今成了杀人囚犯，弄得衣裳不整，实出无奈。父仇未报，兄弟又怯懦犹疑，自己只好挺身而出，杀了仇人，现在是虽死无憾了。诗人用女休杀人前后身份、衣着的变化和兄弟态度的对照，突出女休誓死报仇的坚强决心，歌颂了她只身赴难的无畏精神。

最后一层写女休赴刑被赦的情景。由于杀了人，官府收捕了女休并判以极刑。监斩的官员已经坐好，女休披枷带锁，神情悲壮地朝刑场走去。两名刽子手挟持着她，手拿五尺多长的刀。只要手起刀落，女休也就身首异处了。就在这千钧一发之际，黎明的寂静中传来了几声鼓响，赦免女休的文书下达了，女休得救了。这里诗人故意把气氛渲染得很危险很紧迫，造成悬念，以达到最后绝处逢生的最佳艺术效果，同时也说明女休的正义行动，毕竟得到了广泛的同情。

这首诗在人物形象的塑造上颇具特色。诗人在叙述和对话中，在气氛渲染和环境烘托中揉进了细节描写，如女休复仇时拿的武器，女休生活的今昔对比，兄弟对复仇的优柔寡断，赴刑时刽子手举的长刀，赦书传到时的鼓声等等。通过这些细部刻画，浓化了诗的戏剧氛围，把女休那种为报仇而从容赴死、大义凛然的刚烈性格突现出来，令人肃然起敬！

个人复仇的行为并不都是可取的。但这首诗里的女休，势单、力薄，不是被逼到忍无可忍的地步，是绝不会铤而走险的。她的行为，不失为那个时代下层人民被逼无奈的一种反抗，应该得到肯定；她最后被赦，也说明社会的普遍同情是在她一边的，统治者想要杀她也不能不有所顾忌。这也是这首诗的社会意义所在吧。

（方明光）

曹 植

曹植（192—232），字子建，曹操妻卞氏所生第三子，曹丕同母弟。曹植少年才俊为其父所钟爱，一度拟被立为太子，但"任性而行，不自雕励"《三国志·魏书》，终于失宠。曹丕称帝后，他长时期受到曹丕、曹叡的猜忌和打击，最后抑郁而终。谥曰思，世称陈思王。

曹植的文学成就在当时最高，被推为"建安之杰"。前期，他的诗表现出向往建功立业、统一天下的强烈愿望。后期，因其备受迫害，所作更多地表现出怀才不遇、壮志难酬的愤懑不平。曹诗骨气奇高，具有慷慨悲凉的独特风格。其五言诗可称建安时期集大成者，对五言诗的发展有很大推动作用。他是我国文学史上最有影响的诗人之一。有《曹子建集》，清人丁晏所编《曹集铨评》是较好的评校本。

（周建国）

鰕䱇篇

鰕䱇游潢潦，不知江海流。

燕雀戏藩柴，安识鸿鹄游？

世士此诚明，大德固无俦。

驾言登五岳，然后小陵丘。

俯观上路人，势利惟是谋。

高念翼皇家，远怀柔九州。

抚剑而雷音，猛气纵横浮。

泛泊徒嗷嗷，谁知壮士忧？

　　《虾䱇篇》是曹植自制的新题乐府，属《相和歌·平调曲》。《乐府解题》曰："曹植拟《长歌行》为《虾䱇》。"《长歌行》曲调的特点是慷慨激烈，本篇以"鸿鹄""壮士"自许，对那些不知壮士心志的庸人深表愤慨，是一首风骨嶙峋的抒情诗。

　　诗以比兴抒慨，转而慷慨言志，大致可按前后两个部分来读。

　　"虾䱇"四句一开始就用两套比喻，以虾䱇、燕雀这类小鱼、小鸟比喻庸人的势利短视，以壮游江海、鸿鹄高飞比喻自己的宏远抱负。这种比而兴的写法原是乐府民歌常用的，作者则在其中援入典故，益以对比映衬，使句意丰富，形象鲜明。"虾䱇"二句本宋玉《对楚王问》："夫尺泽之鲵，岂能与之量江海之大哉！""燕雀"二句典出《史记·陈涉世家》："燕雀安知鸿鹄之志哉！"

　　诗人在愤激高亢的歌声中抒情言志，意犹未尽，再连用比喻以述志说理。其谓有识之士诚能明瞭此等道理，就德大无与匹比。这就好比驾车游历过五岳那样的名山，然后才知晓陵丘那样的培塿太渺小。这些比喻与篇首的比喻一意连贯，蝉联而下，构成丰富生动的博喻，喻意愈趋显豁，激情渐渐拓展，诗至此蓄势收住。而"驾言"一联作为警句，极富哲理。

　　后半篇前四句进而以明白劲直的语言言志，文势则从前半篇结处"五岳""陵丘"的对比中引发。"俯观"二句毫不掩饰地表示了他对于那些竞奔于仕途的势利庸人的愤恨。"高念"二句自抒志在辅助魏国，使九州一统。太和二年（228），曹植向魏明帝上《求自试表》诉说自己不满足于高爵厚禄，而有更高的志向。表中"天下一统，九州晏如"云云实可见其抱负。表文与此诗参读，有助于理解诗中内涵及创作背景，并可推知本诗约作于太和前期。

结尾四句因其志难遂而慷慨书愤，诗人感情激越，再接再厉唱出："抚剑而雷音，猛气纵横浮。"他想象自己挥舞着被庄子称为"雷霆之震"的诸侯剑，豪情纵横，勇猛战斗。然而，面对现实却使他忧从中来。最后，诗人深慨所见无非轻薄浮荡之徒，他们只会像燕雀那样嗷嗷乱叫，又有谁知我心中的忧愁呢？诗在悲慨淋漓中收结，却有无穷悲感流行于楮墨间。

这篇言志抒情之作情怀慷慨，直抒胸臆，虽连连设比，多处用典，语言仍自然畅晓，足具曹诗"骨气奇高"的特色。胡应麟《诗薮》曰："《鰕䱉篇》，太冲《咏史》所自出也。"方东树《昭昧詹言》谓此篇"笔仗警句，后惟韩公常拟之"。本篇正可说明曹诗风骨对后人抒情言志之作的沾溉之深。

曹植工于修辞，这在本诗中也有所体现。诗在对比映衬中运用一连串比喻，以使被形容者本相毕现，形象更加鲜明突出。开头二联在对比中用了隔句对，这在汉魏诗中是极罕见的。

全诗抑扬顿挫，节奏流畅，其中字句平仄很值得注意。全诗十六句几乎都是二、四字异声的，唯"势利唯是谋"一句不合。其中第一、四、五、六、八联，已近于律联。范文澜推曹植为文人诗运用声律的第一人，此诗也可作为一个例证。　　　　　（周建国）

吁嗟篇

吁嗟此转蓬，居世何独然！
长去本根逝，宿夜无休闲。
东西经七陌，南北越九阡。
卒遇回风起，吹我入云间。
自谓终天路，忽然下沉泉。
惊飙接我出，故归彼中田？
当南而更北，谓东而反西。
宕宕当何依，忽亡而复存。
飘飖周八泽，连翩历五山，
流转无恒处，谁知吾苦艰？
愿为中林草，秋随野火燔。
糜灭岂不痛，愿与株荄连。

　　《吁嗟篇》也是曹植自制的乐府新题，《乐府诗集》归入《相和歌·清调曲》。作者在诗中以"转蓬"自喻，抒写了自己飘泊无依及骨肉分离的悲苦。全诗通体用比，与其《七步诗》相似。唯此诗铺写尽致，《七步诗》言简意赅，可见曹诗兼善之妙。

　　本篇出言感慨，情在笔先，表面咏随风飘转的蓬草，实则比喻自己封地屡迁，兄弟隔绝、永离骨肉同根的处境。起笔"吁嗟"四句物我交融，统摄全篇。

"东西经七陌"至"谁知吾苦艰"一大段通过转蓬自述，细致地铺写蓬草流转无恒情景：蓬草起先在东南西北极远处随风飘转，突然遇到一阵旋风将其吹入云间。它自以为已被吹到天路尽头，不料忽然又堕入深渊。蓦地又是一阵暴风把它从深渊吹起，岂是要将其送回田中？正往南飘去忽又吹转向北，自以为将向东去却又吹向西来。如此飘荡无依，忽隐忽现，接连飘过了许许多多高山巨泽。其中插入"回风"（旋风）、"惊飙"（一种自下而上的暴风），极写蓬草为外物播弄，身不由己。铺写中"吹我""接我""谁知吾"倾诉心曲，物我交融。诚如陈祚明所说："写转蓬飘荡，淋漓生动，笔墨飞舞，千秋绝调。"（《采菽堂古诗选》）

诗人后期受到曹丕父子的猜忌打击，经常过着飘荡无依的生活。《三国志·陈思王传》："十一年中而三徙都，常汲汲无欢。"裴松之注这几句引本诗，以为诗作于太和三年（229）徙东阿后。其说颇信。

"愿为中林草，秋随野火燔。糜灭岂不痛，愿与株荄连。""燔"，焚烧。"荄"，草根。最后，诗人情不能已，发出宁愿毁灭，也要与本根相连的沉痛呼声。曹植在长时期的迁徙中艰难备尝，壮志难酬。其"苦艰"固有"号则六易，居实三迁，连遇瘠土，衣食不继"（《迁都赋序》）方面的，更主要的则是有见于宗室衰微，权门势盛。其太和三年《与司马仲达书》指责司马懿拥兵观望，《求通亲亲表》主张"广封懿亲，以藩屏王室"，这些都可见其忧患所在。

诗中"愿为""愿与"的苦衷实与此有关。

全诗托物寄意,纯以拟人出之。在结构上,先比起抒感,由此导入蓬草层层诉说飘荡之苦,终以发愿悲慨作结,造成物我一体,叙写抒情一体。咏物即切合物,抒感而不落痕迹,传神空间,不失为托物寄意的上乘之作。

此诗语言学《古诗十九首》而有所提高。宝香山人在《三家诗》里评此曰:"犹然《十九首》遗风,只是畅郁流丽过之,人以不及古处在此,不知正是善学古人。"是说从继承发展观点看问题,很有见地。如本诗中间一大段铺写,语言畅晓而字句锤炼,摹写转蓬飘荡用了一连串动词,丰富多变,形象生动,确是一种清新刚健,畅郁流丽的风味。这与本诗结构巧妙配合,曲折尽致地表达出诗人悲慨沉郁的感情。

(周建国)

箜篌引

置酒高殿上，亲交从我游。

中厨办丰膳，烹羊宰肥牛。

秦筝何慷慨，齐瑟和且柔。

阳阿奏奇舞，京洛出名讴。

乐饮过三爵，缓带倾庶羞。

主称千金寿，宾奉万年酬。

久要不可忘，薄终义所尤。

谦谦君子德，磬折何所求？

惊风飘白日，光景驰西流。

盛时不再来，百年忽我遒。

生存华屋处，零落归山丘。

先民谁不死，知命复何忧？

《箜篌引》属《相和歌·瑟调曲》。古辞《公无渡河》的内容描写一女子悲悼溺水而死的丈夫。曹植此作用旧题写新内容，不关古辞。

这首诗约作于诗人为平原侯或临淄侯时，在建安十六年到二十一年间（211—216）。其时，曹植正贵盛，宾从甚众，而太子之位未定。他在遨游宴饮中抒发豪情壮志，自有其特定的背景。

　　全诗可分为三段。第一段前十二句，叙写丰膳乐饮，以见宾主献酬之盛。"置酒高殿上，亲交从我游"二句平实叙起，而宾主欢洽之状和主人自得及亲交爱主之情已宛然若见。宴会上，酒肴丰盛，丝竹繁奏，舞伎跳着阳阿（今山西凤台西北）地方的舞蹈，轻盈犹似当年阳阿公主家的赵飞燕；歌女唱起出自京都洛阳的歌曲，名不虚传。饮过三杯，不觉忘情，贤主嘉宾，宽衣缓带，大嚼豪饮起来。席间，主人以千金赠客略表敬意，客人祝贤主万年长寿以谢盛情。那痛饮狂歌的浪漫情景曾使多少狂傲诗人神往！因为建安诗人在纵情行乐时往往表现出追求事业的自信。本诗惊人处就在于从快意当前之下感悟到光阴易逝，渴求乘时立功。下面抒情议论无不由此生发。后来李白继承发扬了这种以遨游宴饮抒发豪情壮志的传统，写出千古传唱的《将进酒》诸诗，正是他深知曹植处。

　　"久要"以下四句为第二段，是诗旨所在。"久要"，即旧约。曹植与亲交有何旧约？吴淇说："为'久要'，无为'薄终'，无非以义相期，欲与之同患难共功名耳。"（《六朝选诗定论》）吴氏知人论世，要非无根之谈。那么，"磐折何所求"？其贵为藩侯，如此谦恭折腰又为什么呢？诗人深情设问而答案自在其中。联系他《与杨德祖书》所谓"吾虽薄德，位为藩侯，庶几戮力上国，流惠下民，建永世之业，流金石之功"，也可约略知其"久要"和"所求"的底蕴。这段议论虽然较为含蓄，却透示出一种豪迈英发之气。

　　最后"惊风"八句为第三段，诗人反复抒写盛时不再的感叹，表现出力求把握现时，乘机建功的精神。句中"飘""驰""流"

"遒"等形容时间迅疾的动词，——令人感到年光迫人，惊心动魄。"生存华屋处，零落归山丘"一联略露苦闷感伤。结二句又忽振起，说自古圣贤谁无一死，明白了人皆有死的道理，又有何可忧呢？言外仍以功业无成为忧。诗以对于理想的执着追求结束，措辞委婉，骨力深致。

此诗艺术上一个突出之点是以奇惊之笔抒情写志，而能无不逮意。陈衍《石遗杂说》评此极为中肯，其曰："自'置酒高殿上'至'磬折欲何求'，使他人为之，词意俱尽，将结束终篇矣，乃忽振起云'惊风飘白日''知命复何忧'……此子建奇处也。"同时，与这一波澜起伏的构思相配合，其朴实清新而又典雅工致的语言也颇值得称道。起结处叙写畅直明白，语近《古诗十九首》而有乐府民歌风味。中间铺陈宴饮，婉转述志，则语言工致，音节谐和，典故层出，骈句络绎。黄侃《诗品义疏》说建安诗"文采缤纷，而不离闾里歌谣之质"，本诗即为一显证。我们亦可由此略见汉、魏诗之承传及差异之点。

（周建国）

名 都 篇

名都多妖女，京洛出少年。

宝剑直千金，被服丽且鲜。

斗鸡东郊道，走马长楸间。

驰骋未能半，双兔过我前。

揽弓捷鸣镝，长驱上南山。

左挽因右发，一纵两禽连。

余巧未及展，仰手接飞鸢。

观者咸称善，众工归我妍。

归来宴平乐，美酒斗十千。

脍鲤臇胎鰕，炮鳖炙熊蹯。

鸣俦啸匹侣，列坐竟长筵。

连翩击鞠壤，巧捷惟万端。

白日西南驰，光景不可攀。

云散还城邑，清晨复来还。

《名都篇》属于乐府《杂曲歌·齐瑟行》，无古辞，以诗的首二字名篇。诗写京洛少年斗鸡走马、射猎游戏、饮宴无度的生活，前人以为此诗"刺时人骑射之妙、游骋之乐,而无爱国之心"(《文选》六臣注引张铣语)。

首二句以名都的"妖女"引出京洛之"少年",起调便着色浓艳。随后即转入对少年的描写,先说他佩带的宝剑价值千金,所穿的衣服华丽鲜艳。接着写他的活动:在城东郊外斗鸡,在长长的楸树夹道间跑马。斗鸡是汉魏时富家子弟很爱好的习俗,曹植本人就有《斗鸡》诗,极言以斗鸡取乐。据说魏明帝太和年间曾在洛阳筑斗鸡台,这里所写显然基于事实。"驰骋未能半"以下写少年的驰猎。先说他一箭射杀两只奔兔,次说他仰天射落迎面飞来的鹘鹰,再写观者的啧啧称赞,由此表现出少年的箭法高超。"归来宴平乐"以下转入对饮宴的描述。平乐观在洛阳西门外,少年在此大摆宴席,开怀畅饮,不惜酒价的昂贵,席上有切细的鲤鱼,虾子肉羹,还有酱渍的甲鱼和烧熊掌,呼唤高朋入座,嘉宾坐满了长筵的席位,可见其穷奢极侈。"连翩"二句复写其宴会后的蹴鞠与击壤之戏,表现了少年的动作敏捷奇巧、变化万端。游乐一直持续到太阳西沉、白日不可挽留之时,大家才如浮云般散去,各自回家,然明天将重又来寻欢作乐。

此诗可以说是一首叙事诗,诗中主要交待了主人公京洛少年的行为。他是一位风度翩翩、身手矫健的英俊少年。他骑射的本领非凡,但只是用来射猎消遣,于国无补;他慷慨好赐,然穷奢极欲,未知节俭。诗人对此显然是不满的,但他的批评只是以很隐约含蓄的方法表现出来,由其穷形尽态的描摹中曲曲传出。如写其善射说"左挽因右发,一纵两禽连",写饮宴则说"美酒斗十千""脍鲤臇胎鰕，寒鳖炙熊蹯"，显然是极度夸张的笔墨。而正在这夸张中揭露了他的逞才与豪奢，虽未着一字批评，而讽谕之意宛然可见。又如最后说他一天的欢乐已尽："白日西南驰，光景不可攀。"其中隐寓时光虚掷、青春一去不返的惋惜之情；结句又说"清晨复还来"，可见其日复一日地蹉跎岁月，叹惋之意十分明显。故陈祚明的《采菽堂古诗选》说："'白日'二句下，定当言寿命不常，少年俄为老丑，或欢乐难久，忧戚继之，方于作诗之意有合。今只曰'云散还城邑，清晨复来还'而已。万端感慨，皆寓言外。"

本诗虽然是一首叙事诗，以描绘和叙述为主，但诗人却经过了极缜密的剪裁取舍。全诗并没有将京洛少年的各种行为与生活侧面展示给读者，而只是选了他一天的活动，这一天的活动中又主要写射猎和饮宴两件事，其他的斗鸡、跑马、蹴鞠、击壤只是一句带过，体现了诗人在主次繁简上剪裁的匠心，而用了从"驰骋未能半"等十句来铺写他射猎的娴熟精湛，写来绘声绘色。"余巧未及展，仰手接飞鸢"两句不仅刻画其射艺的出神入化，而且一个自得而自负的少年形象已跃然纸上。"观者咸称善，众工归我妍"两句，又从侧面将其箭法的高超刻画殆尽。后来韩愈的《雉带箭》一诗描写射猎即用此法，凡此均可见诗人运思之巧妙。　　　　（王镇远）

美女篇

美女妖且闲，采桑歧路间。

柔条纷冉冉，落叶何翩翩！

攘袖见素手，皓腕约金环。

头上金爵钗，腰佩翠琅玕。

明珠交玉体，珊瑚间木难。

罗衣何飘飘，轻裾随风还。

顾盼遗光彩，长啸气若兰。

行徒用息驾，休者以忘餐。

借问女何居，乃在城南端，

青楼临大路，高门结重关。

容华耀朝日，谁不希令颜？

媒氏何所营？玉帛不时安。

佳人慕高义，求贤良独难。

众人徒嗷嗷，安知彼所观？

盛年处房室，中夜起长叹。

本篇是《杂曲歌·齐瑟行》歌辞，无古辞，而以首二字名篇。

诗以美女盛年不嫁比喻志士怀才不遇。曹植后期屡求自试而不见用，无法实现其报国壮志，故托美女以抒怨情。

作者在此以充满感情之笔，先摹写美女外美，再进而展示其内美，从而塑造了一位品貌双全、形神兼备的绝世佳人形象。诗明显分为前后两个部分。

前半篇就美女容仪、服饰、神姿层层铺写。起二句从美女采桑叙起，首句言其容貌娇艳，仪态娴雅，总写其容仪。接着，言美女正在路边采桑，自然引起读者对《陌上桑》中罗敷形象的联想。诗转而以物写人，但见桑枝纷纷摇动，桑叶翩翩落下，从那优美熟练的采桑动作，可以推见其人的美丽聪慧。采桑用手，是以"攘袖见素手，皓腕约金环"二句特写其手。"见""约"二字状手传神，有摄人心魄之力。"见"者，现也。采桑须捋起衣袖，这样平素不易见到的玉臂显露了出来。"约"者，束也。美女的手腕是那么丰腴圆润，以致显得金环不是戴而是缠束在手腕上。作者捕捉美、表现美的能力令人惊叹。

"头上金爵钗"以下六句专写美女服饰，这与上面写采桑紧密相连。因采桑之手高出于头，从桑枝桑叶，到束着金环的手，再到戴着金雀钗的头，是顺序而下。再则，这几句写服饰用铺陈排比，与《陌上桑》写罗敷服饰的几句相似。但《陌上桑》用的是静态描写，此处"罗衣何飘飘，轻裾随风还"与上文美女的采桑动作有着自然联系，于衣衫襟袖拂动飘荡间见出人物的风神气韵。

在经过一番精心刻画后，"顾盼遗光彩，长啸气若兰"二句如画龙点睛，突出其神姿。这是《陌上桑》的人物描写所没有的。这样的佳人怎不令人倾倒，"行徒用息驾，休者以忘餐"便水到渠成而出。许多研究者指出这二句同样是学《陌上桑》的描写而加以提炼的。总之，前半篇人物描写于《陌上桑》多所借镜，但绝不陈陈相因，而或各擅胜场，或后来居上。

后半篇转写美女出身显贵，情志高雅，藉其盛年不嫁以抒作者心中块垒。

"借问"以下八句言美女出身显贵，居近通衢，光彩照人，但竟无媒人来行聘订婚。如此反常的现象与上面写其为众人眷注似乎很矛盾，而这正是作者用逆折之笔来衬示美人非凡的志向。这样自然而然过渡到最后"佳人慕高义"六句，张玉谷《古诗赏析》归纳为："结出择配深心，独居冷况，为佳人写照，即为君子写影也，通篇归宿。"至此，主人公高雅的情志得以充分展示，其容仪、服饰、神姿之美得以附丽于崇高的精神，这位完美的绝世佳人才得以高踞建安诗坛，成为后世文人抒写描摹的典范。

从总体上看，建安诗较之汉诗的明显变化是由叙事转向抒情。本诗学习乐府民歌而有变化发展，其关键即在变乐府叙事为抒情。《陌上桑》重在叙事，文尽于事；此诗则重在抒情，意在言外。沈德潜《古诗源》评曰："写美女如见君子品节，此不专以华缛胜人。"沈氏于本诗词采华茂外，特赏其抒情喻意的雅致，不失为真知灼见。

（周建国）

唐 阎立本　**历代帝王图**（局部）

魏文帝曹丕像

曹丕诗，见第 444 页

东晋 顾恺之 | **洛神赋图**（宋摹本，局部）

甄宓、曹植诗，见第 441、462 页

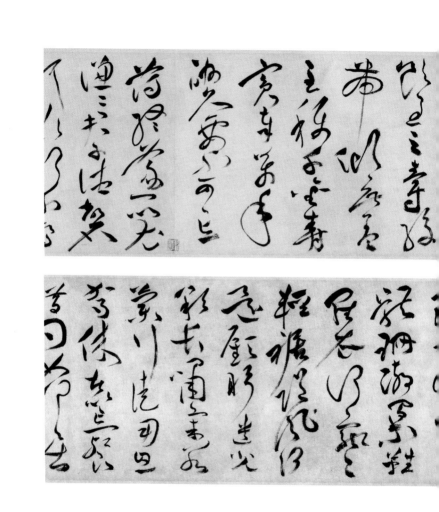

明 祝允明 | **杂书诗帖卷**（局部）

曹植《箜篌引》《美女篇》，见第 468、474 页

唐 孙位｜**高逸图**（局部）

（绘"竹林七贤"中阮籍、刘伶、王戎、山涛四位）

阮籍诗，见第 507 页

明 唐寅 | **秋风纨扇图**（局部）

寄情在玉阶，托意唯团扇。

陆机《班婕妤》，见第 582 页

白　马　篇

白马饰金羁，连翩西北驰。

借问谁家子，幽并游侠儿。

少小去乡邑，扬声沙漠垂。

宿昔秉良弓，楛矢何参差。

控弦破左的，右发摧月支。

仰手接飞猱，俯身散马蹄。

狡捷过猴猿，勇剽若豹螭。

边城多警急，虏骑数迁移。

羽檄从北来，厉马登高堤。

长驱蹈匈奴，左顾陵鲜卑。

弃身锋刃端，性命安可怀？

父母且不顾，何言子与妻？

名在壮士籍，不得中顾私。

捐躯赴国难，视死忽如归。

　　本篇一作《游侠篇》，也是曹植自制的乐府新题，属《杂曲歌·齐瑟行》。朱乾《乐府正义》以为："寓意于幽并游侠，实自况也。……篇中所云捐躯赴难、视死如归，亦子建素志，非泛述矣。"
此说有一定道理。但诗中游侠少年也不仅仅是作者理想之化身，在
当时边患频仍的情形下，这个人物形象同时反映了广大人民的愿
望，从而使其带有更普遍的意义和理想化的品格。

"白马饰金羁，连翩西北驰。""羁"，马笼头。"连翩"，翻飞奔
驰貌。开篇像一组快镜头突兀闪过，只见一匹套着金色笼头的白马
向西北飞驰。这里以物写人，气氛紧急，并留下悬念。人们要想知
道西北驰的人是谁？西北驰的原因是什么？于是，"借问"四句用
回答形式从容补叙出人物身世来历：原来这驰马而去的游侠少年，
来自古多豪侠的幽并之地。他自幼离家，久经沙场，早已名扬边
陲。以上一张一弛构成诗的第一段。

"宿昔秉良弓"至"勇剽若豹螭"为第二段。作者用笔之奇在
于仍不交待游侠儿"西北驰"的原因，而复以慢笔铺写"西北驰"
人物的高超武艺：他弓矢不离身手，长期勤学苦练。诗以"参差"
二字形容他射出之箭纷纷不绝，联系下面写其左右开弓，俯射仰
发，莫不中的，真有状难写之景如目前之妙。这里对游侠儿骑射技
艺的精雕细刻，既为前段人物形象之补充，又为后段写其战胜强敌
伏笔。

"边城多警急"至末尾为第三段。诗在二度慢笔铺写后又以快
笔振起，文意与篇首遥接，补叙出游侠儿"西北驰"的原因。边城
频频告急，少数族酋屡屡率骑入侵，他闻警赴阵，登高备敌，然
后长驱直入，以锐不可挡之势在敌阵中纵横扫荡。"弃身锋刃端，
性命安可怀？父母且不顾，何言子与妻"：他自思既已置身于枪锋

刀刃之前，个人生死自置之度外，哪里还顾得上父母妻儿呢？这慷慨悲壮的誓言，掷地有声，表现了游侠儿忠勇为国、视死如归的高尚品德。结处"捐躯赴国难，誓死忽如归"二句，以高涨的激情进而点化人物精神世界，诗的境界由此升华。至此，全诗响亮有力地收住，读罢令人感动不已。

　　此诗以首句名篇，摆脱乐府旧题束缚。其中写人、叙事、抒情、言志相兼，而重在写人。作者采用乐府民歌中习见的铺陈排比、比喻夸张等手法，塑造了一个敏捷勇猛、武艺绝伦、忠勇爱国的英雄形象。这样的人物形象在建安诗坛是罕见的珍品，显示了诗人的创造性。同时，作者在艺术形象的精雕细刻中寄托着自己的情志。曹植独多这类以乐府自为诗的写法，对后来杜甫、白居易即事名篇的新乐府无疑有可贵的启示作用。

（周建国）

七 哀 诗

明月照高楼，流光正徘徊。

上有愁思妇，悲叹有余哀。

借问叹者谁，言是宕子妻。

君行逾十年，孤妾常独栖。

君若清路尘，妾若浊水泥。

浮沉各异势，会合何时谐？

愿为西南风，长逝入君怀。

君怀良不开，贱妾当何依？

《乐府诗集》以本篇为《怨诗行》本辞，归入《相和歌·楚调曲》。《文选》将其与王粲《七哀》诗同列入"哀伤"类。关于诗题，前人解释较为分歧。余冠英先生认为"所以名为'七'哀，也许有音乐上的关系，晋乐于《怨诗行》用这篇诗为歌辞，就分为七解"（《三曹诗选》），可备一说，亦较合理。

诗写思妇怀念宕（同"荡"）子的哀怨，这类题材是建安诗中常见的。然历来多以为此诗寓含托意。丁晏《曹集铨评》曰："此其望文帝悔悟乎？"推测近是。可以认为这是作者在曹丕称帝后备受猜忌压抑情况下的托讽抒怨之作。

　　"明月照高楼，流光正徘徊"两句，一轮明月悬照高楼，月光如流水荡漾是多么清净。诗即景生情，引出月下楼头的人物，那是一位愁思之妇，她哀伤不尽，正在悲叹。景、情、人就这样交融辉映着，思妇的忧心随着月光的徘徊而徘徊，她的缕缕思绪随着明月清辉的晃动而晃动。人物的心情与明月高楼的情景在优美意境里完成了交汇。"借问叹者谁？言是宕子妻"，这紧接而来的一问一答，不仅突出她作为宕子妻的身份，同时略示其悲叹的原因，起着收束上文、逗引下文的作用。

　　"君行愈十年"以下均为思妇自叙。她先进而具道愁思之由，承接自然。原来她常自空闺独守，丈夫离家出游已十多年了。她说夫妻本似尘与泥同是一物，如今丈夫像路上清尘随风浮荡，自己好比水中浊泥永沉水底。这些比喻用以说明夫妻浮沉异势，地位不同，暗寓会合和好困难，并借以寄托作者自己与曹丕君臣异势，难以和谐的感慨。"会合何时谐？"这一自问，在此激起感触，露出怨诽之情，收结第二层。

　　"愿为西南风"以下四句为第三层。这最后一层将怨诽之情抑转为深情的意愿。思妇甘心化作西南风，吹过山山水水，投入夫君怀抱。其对丈夫的忠爱托之绮思倾泻而出。诗至此，诚如方东树所说："语语紧健，转转入深，妙绪不穷。"（《昭昧詹言》）正当思妇神思飞越之际，她忽又萌生出忧虑不安："君怀良不开，贱妾当何依？"如果夫君变心，我这一片痴情还有谁可依托呢？结处再用一自问收束，缠绵蕴藉，余意无穷。而思妇愁苦哀怨之深、荡子襟怀不开之由、曹植思君怨诽之情，亦当令人思而得之。

　　钟嵘《诗品》尝以"情兼雅怨"称许曹植之诗。本篇通过比兴抒写牢愁，含蓄蕴藉，怨而不怨，极似《小雅》的怨诽之词，允为特色。这种抒情风格与本诗的语言非常切合。沈德潜《古诗源》赞此为"绝无华饰，性情结撰，其品最工"。确实，本诗清淡的语言有别于曹诗词采华茂的一贯作风，别具清新淡雅的风貌。因此，这首诗在总体上说是寓哀怨悲情于朴实健朗的形式之中，从而臻于"情兼雅怨，体被文质"的境界，成为建安诗歌中有深远影响的作品。

（周建国）

送 应 氏

（二首选一）

步登北邙阪，遥望洛阳山。

洛阳何寂寞，宫室尽烧焚。

垣墙皆顿擗，荆棘上参天。

不见旧耆老，但睹新少年。

侧足无行径，荒畴不复田。

游子久不归，不识陌与阡。

中野何萧条，千里无人烟。

念我平生亲，气结不能言。

　　建安十六年（211），曹植随曹操西征马超，路经洛阳，在此见到了当时颇负诗名的应玚、应璩兄弟。而应氏兄弟旋将有北方之行，亲交故旧为之设宴饯行，曹植便写下了《送应氏》二首，这里选的是第一首。

　　中平六年（189）汉灵帝死，大将军何进和袁绍、袁术等人密召董卓带兵来洛阳，以剪除宦官。卓兵未至，何进谋泄身死，董卓闻讯赶至，驻兵洛阳，控制了中央政权，立陈留王为帝。初平元年（190）春，关东各郡结成联盟，推袁绍为盟主，起兵讨伐董卓，董卓遂焚掠洛阳，迁都长安。所以当曹植在二十年后来此时，洛阳仍是一片废墟。诗人登上城北的邙山，这里本是汉代公卿达官死后的埋骨之地，因而令人顿起感伤情绪。何况遥望洛阳四周的山峰，一片沉寂凄凉，昔日繁花似锦的都城如今已化为灰烬。宫室的垣墙倒塌崩裂，荆棘丛生，经过连年的兵燹，城中已看不见昔日的老人，只见新一代的少年。田野荒芜，屋庐为墟，连仅可容人侧身而行的小径也无处可寻，辞乡的游子再也不识道路了。田野萧条，千里之内阒无人烟，故诗人最后以强烈的抒情语作结，说自己想到平生的亲友，不禁悲从中来，气息哽咽。这里"平生亲"显暗指应氏兄弟，"不能言"则收到送客远行的主题上来，并引出后一首的描写离情。

此诗除结句以外纯以白描手法勾勒出洛阳的荒芜悲凉景象，从宫室、垣墙，写到所见之人，由人而写到路径和耕田，最后从游子眼中的今昔之异衬托出繁华销竭的现实，由实至虚，无过分的铺采摘文，貌似散漫，但自然流走，真实的感受溢于言表，直抵得上鲍照的一篇《芜城赋》。

曹植自然不是为描写芜城而写下这首诗的，他在北邙山上遥望洛阳所发的感叹，不是对历史的凭吊，而是对现实的悲悯。诗人以哀伤沉痛的笔墨真实地记录了当时洛阳经董卓焚掠后满目疮痍的状况，从而表现了他对战争频仍、兵连祸结的怨恨，与对良田荒芜、人民流徙的悲戚。这说明了诗人是一个关心国事、不忘民生疾苦的人，很能体现曹植青年时代的思想倾向。

钟嵘评曹植诗云："骨气奇高，词采华茂，情兼雅怨，体被文质。"(《诗品》)此诗中所表现的青年诗人的忧国忧民之心，正可体现其气骨的不同凡响。诗中对董卓和造成战乱的军阀虽未加直接的指责，但通过对眼前景物的描述，其一腔感时伤世之情已宛然可见，呈现出"情兼雅怨"的典型特征。此诗的遣词造句以质朴畅达见长，是曹植诗中比较朴实无华的作品。

（王镇远）

杂　诗

（六首选五）

高台多悲风，朝日照北林。

之子在万里，江湖迥且深。

方舟安可极？离思故难任。

孤雁飞南游，过庭长哀吟。

翘思慕远人，愿欲托遗音。

形影忽不见，翩翩伤我心。

　　曹植有《杂诗》六首同载于《文选》，故前人多误认为这些诗是题旨相关的组诗。其实，这些诗思想内容并不直接相关，也不全是同时之作，而是"遇物即言"的独立篇章。

　　此为《杂诗》六首之一，大约是作者在鄄城（今山东濮县东）时的怀人之作，所怀者可能是其异母弟曹彪。考作者生平，其在南方之亲人唯有曹彪。《三国志·楚王彪传》：黄初"三年，封弋阳王。其年徙封吴王。五年，改封寿春县"。诗中"江湖""南游"等语与曹彪这段时间断续徙封南方的景况相符。如果是这样，那么本篇诗旨也与《赠白马王彪》相似，抒写了诸王兄弟在曹丕压迫下的友于之痛。然此诗多用比兴，抒情婉曲，与《赠白马王彪》的愤而成篇显示出不同风格。

方东树《昭昧詹言》推赞此诗"文法高妙"，正概括了其艺术上的一个显著特点。"高台多悲风，朝日照北林"，起调极工，而兴象自然。二句初看是叙写其清晨登台所见所感，实则托意无限。首先，句中情景俱包得起，它渲染的悲凉气氛有笼盖全诗之力。其次，从表现手法看，句中用典与实叙兼赅，内涵很丰富。"高台""北林"本系鄄城的两个景观。曹植《幽思赋》"倚高台之曲阳""聆鸣鹤于北林"，曹丕《善哉行》之二"朝游高台观""悲鸣集北林"，皆可为证。而"北林"一语在实叙中确又暗用典故。《诗经·秦风·晨风》："鴥彼晨风，郁彼北林。未见君子，忧心钦钦。"最后，句中情景、意象巧妙地构成含蓄浑成的意境，而诗意则在似有若无之间，淡远耐思。

接着，"之子在万里"四句写怀人。作者想象那人远在万里，江湖阻隔，水深难渡，离情悲思使其难以承当。表面看来，起笔写登台所见所闻，此处写怀人，似乎是"文势与上忽离"（方东树语），实际上这片怀人的至性至情与开篇用典所含的怀人意象暗接，笔断意连，正见其文法之妙。

后面六句续写登台所见所闻。"孤雁飞南游，过庭长哀鸣"二句移情及物，并写景喻情。诗人由南飞孤雁想到孤居南方的兄弟，一则由雁及人，含有比喻的意义；一则借雁儿哀鸣发己之悲情。文势与起笔应接，而局法变动。"翘思"四句顺势再写怀人，反复致意。作者遐思托孤雁带个音信与所思之人，但雁儿迅即飞远，使他伤心不已。结处"形影"指孤雁，又寓指所怀之人。这样，"形影忽不见"一句起到以双结"孤雁"与"人"作收的作用，又关合到篇首"北林"典故中"未见君子，忧心钦钦"的含义，首尾水乳交融，极尽自然。

本诗构思缜密，而不见用工之迹；意境浑成，而暗自匠心独运，达到了法度与天工的完美统一。

（周建国）

> 西北有织妇，绮缟何缤纷！
> 明晨秉机杼，日昃不成文。
> 太息终长夜，悲啸入青云。
> 妾身守空闺，良人行从军。
> 自期三年归，今已历九春。
> 飞鸟绕树翔，嗷嗷鸣索群。
> 愿为南流景，驰光见我君。

前人对此诗解说颇为纷纭，大率以为其中寓有寄托，但并无确凿证据。思妇征夫题材是乐府和古诗中常见的，我们不妨把它看作拟乐府或古诗之作。建安诗中本不乏此类"悯征戍"的作品，它们原是植根于现实生活的。

这首短诗在叙写中所用人称有明显变化，因之，明显分为前后两个部分。

第一部分前六句是作者的叙写。"西北有织女，绮缟何缤纷"

二句以比兴叙起。黄节《曹子建诗注》曰："'西北织妇',盖喻织女星也。""绮",华丽的丝织品。"缟",缯之精美者。这里以物衬人,示喻织妇聪慧美丽,精于纺织有如织女。出人意外的是,织妇所织之绮缟竟缤纷散乱,她从清晨开始织作直到太阳西斜尚未织成纹理。这几句叙事状景,景中有情。随即,诗以"太息终长夜,悲啸入青云"二句点化人物心情神姿,补叙了她不能织成纹理的原因。时序从"明晨"而"日昃",进而至"终长夜",写出思妇悲忧之深。那么,她为何烦忧呢?自然引出第二部分织妇诉述苦衷意愿。

"妾身守空闺,良人行从军"。"妾身",思妇自称。二句点明空闺独守使其终夜悲叹,并说明这是一首"悯征戍"诗。"自期三年归,今已历九春"的情况在那动荡不定的年代是相当普遍的。陈琳《饮马长城窟行》、曹丕《燕歌行》(其一)都程度不同地描写过社会动乱和人民离散的悲苦。热爱生活的人们即使处在极其悲苦的情况下,也不会失去希望与信心。于是,最后四句再通过想象、比兴传达出思妇盼望夫妻团圆的心愿。飞鸟嘤鸣求友,绕树飞行,使其触景生情。因此,她想象将自己化为阳光向南驰去照见夫君。真是痴情奇想,哀感动人。后世言情之作常由此取则,如张若虚《春江花月夜》中的写情名句"愿逐月华流照君"等,显然受到此诗的启发。诗中"妾身""我君"以思妇口吻说话,读来亦觉切近有味。

全诗由叙写织妇悲叹转入织妇自述自诉,虽只有前后两个部分,却写得曲折生姿,情味隽永。其中写人、叙事、抒情,状景兼赅,事、情、景交融辉映,而以人物为中心。宝香山人《三家诗》

评此篇曰:"似山势起伏,欲断还连。"这确是一首以短章写婉曲之情的佳作。

(周建国)

南国有佳人,容华若桃李。

朝游江北岸,夕宿潇湘沚。

时俗薄朱颜,谁为发皓齿?

俯仰岁将暮,荣耀难久恃。

曹植此诗在构思和写法上明显学习屈赋,其中多处化用楚辞的语言、意象以抒写"佳人"空有色艺,遭时俗鄙薄,借此比喻志士怀才不遇。当是作者后期自伤之辞。

《离骚》有云:"惟草木之零落兮,恐美人之迟暮。"诗人正以这样一位惟恐时移岁改、没世无闻的美人自比。"南国"二句言佳人容貌艳若盛开的桃李花,起笔语带自矜。中间四句转伤佳人薄命。其言佳人朝游江北,夕宿潇湘水的小洲上,迁徙不定。时俗如此鄙薄红颜,那么佳人又为谁去歌唱呢?此中充满自怜自惜,隐隐透出贤才不为时俗所重之憾。"南国佳人""江北""潇湘沚"等语很容易使人联想起《湘君》《湘夫人》的意境、形象,那种幽独自伤的感情亦与《悲回风》里"惟佳人之独怀兮,折芳椒以自处"的情景相似。结二句惊心于时光疾速、美色难于久驻,深寓志士盛年不得施展抱负之痛,读来音促韵长,感慨系之。

　　在中国文学史上，屈原的辞赋首先开创了以美人香草比喻志士贤才的传统，曹植在其中是一个很有影响的承前启后人物。其《美女篇》《七哀》《杂诗·南国有佳人》是这方面的精心结撰之作，对后世有可贵的启迪作用。陈子昂《感遇·兰若生春夏》、李白《古风·美人出南国》等，均通过美人香草的比兴来抒写自己的不遇之悲。陈诗"岁华尽摇落，芳意竟何成"、李诗"皓齿终不发，芳心空自持"，都显然从曹植此诗借镜。初盛唐时期，五言八句的律诗已完全成熟，但陈、李二人却偏用五言八句的古体诗来抒情写意。准此而论，即谓陈、李之作祖曹植而祧屈原亦无不可。　　　　（周建国）

仆夫早严驾，吾行将远游。

远游欲何之？吴国为我仇。

将骋万里涂，东路安足由？

江介多悲风，淮泗驰急流。

愿欲一轻济，惜哉无方舟。

闲居非吾志，甘心赴国忧。

　　王运熙先生在《曹植〈杂诗·仆夫早严驾〉简析》一文中说："就其内容看，与作于魏明帝曹叡太和二年（228）的《求自试表》息息相通"，"太和二年，曹植为雍丘王。……'仆夫'篇大约是在他朝京师（洛阳）后将还雍丘时写的。"（《汉魏六朝诗歌鉴赏集》）所论谨慎而中肯。

全诗十二句，分为前后两个部分。前六句是第一部分，先从仆夫整治好车驾，我将离京远行叙起。接着，"远游欲何之"一句设问兼自诘，提出去路何在，乃一篇之警策，逗人深思。下句"吴国为我仇"点明心曲，同时透露出触发诗人抒写此诗的历史背景。《三国志·明帝纪》："太和二年秋九月，曹休率诸军至皖，与吴将陆议战于石亭，败绩。"这次魏吴大战，魏国失利，死亡颇多。曹植身为曹魏懿亲，素以藩屏王室自期。《求自试表》有云："流闻东军失备……心已驰于吴会矣。"故下面"将骋"二句表示要驰骋于万里之外，实现征服吴国的夙愿。既然如此，这条东归封国的路怎值得我走呢？诗意与表文恰如桴鼓相应。

后六句是第二部分，慨叹道路险阻，已无权柄，有志难成。长江、淮泗，是南征孙吴必经之地。诗人先想象江上悲风激越，淮泗浪大流急，征途中必有无数险阻。继而想到自己备受猜忌，没有权柄难以实现率师南渡击吴的意愿。"惜哉无方舟"一句，沉痛异常。结处"闲居"二句以愤激之情直抒自己不愿闲居、甘愿捐躯赴难的壮志，正与《求自试表》所谓"如微才弗试，没世无闻，徒荣其躯而丰其体……此徒圈牢之养物，非臣之所志也"应和共鸣。本篇实可称得上是一首用诗写的《求自试表》。

建安诗歌有强烈的抒情性，这与建安诗人强烈的主体情感意志表现相一致。本诗情怀慷慨、骨气奇高，作者的自我形象十分鲜明。通篇直抒"我"之胸臆，除"吾行""我仇""吾志"之外，

"远游""将骋""愿欲""惜哉""甘心"诸句，无不关涉到"我"之心志。钟嵘《诗品序》说"干之以风力"的诗歌能使"闻之者动心"，这首诗在抒写自己的情感意志上十分突出，确有震动人心的力量。

（周建国）

飞观百余尺，临牖御棂轩。

远望周千里，朝夕见平原。

烈士多悲心，小人媮自闲。

国雠亮不塞，甘心思丧元。

拊剑西南望，思欲赴太山。

弦急悲声发，聆我慷慨言。

本诗叙事抒志与"仆夫"篇及《求自试表》多有可印合处，似为同时所写。从篇首所写景物推断，此很可能是作者太和二年（228）朝京师时在洛阳的感事之作。

诗前六句写登高临远，意境开阔，景中寓情；后六句直抒胸臆，义形于色，情中见景。全诗意气骏爽，质朴刚健，堪称曹诗骨气奇高的代表作。

开篇"飞观"二句点清登高临远，气象何等壮阔。吴淇《六朝选诗定论》评此曰："首句写观之高，二句写敞。不高不敞，不能远望。"正看出其藉宫前高阙宏壮气势，暗衬登临之慷慨情怀。"飞观"，即高阙，亦足证诗作于京城，不作于封国。

"远望周千里"四句即景兴感，不觉触目伤怀。《九歌·国殇》云："出不入兮往不返，平原忽兮路超远。"这片熟悉而辽阔的土地引起他对《国殇》的联想，魏国的将士们也像古代爱国者那样抱着一去不返的决心出征，终至于弃身平原山野，为国献身。此情此景激发着志士的忧时忧国之心，使苟且自闲之辈深自惭愧。"小人媮自闲"一句，愤激中含有自嘲。"媮自闲"，苟且自安。这是他对自己处于"圈牢之养物"而无所作为的境地的喟叹，与"仆夫"篇里"闲居非吾志"的感喟一样，沉郁悲痛。

"国雠"以下六句直抒胸臆。"国雠"，国仇。其言国仇诚未杜绝，为征服敌国，我情愿献出生命。太和二年正月，蜀诸葛亮出祁山袭魏。九月，吴将陆议大败曹休。魏国面临两面决战，形势危急。故《求自试表》要求从军杀敌，消灭"违命之蜀""不臣之吴"。为此，他退思："骋舟奋骊，突刃触锋，为士卒先。……虽身分蜀境，首悬吴阙，犹生之年也。"作者"甘心思丧元"，"思欲赴太山"的为国赴死献身的心志与表文若合符节。最后，诗人情不自禁，促弦急奏，悲声慷慨，请人听此歌辞。诗后半篇抒志义形于色，情见乎词，作者的自我形象鲜明突出。抚剑、眺望、急奏、悲歌见其外形，两个"思"字展示其内心，形神俱备，情中见景。

胡应麟《诗薮》尝谓："'飞观百余尺，临牖御棂轩'，即'两宫遥相望，双阙百余尺'也。……子建诗学《十九首》，此类不一。而汉诗自然，魏诗造作，优劣俱见。"平心而论，此诗抒情鲜明爽朗，语言明白自然，风格酷肖《古诗十九首》。惟其在质朴刚健之外更添流丽之美。本篇起调清新流丽，化用《国殇》意境亦颇具匠心。诗中"望""思"字二见，似拙而实巧。吴淇评曰："前'望'字是偶然，此'望'字是有意。上'思'字是平时，下'思'字是一日。"（《六朝选诗定论》）作者在创造意境、锤炼字句上"造作"，正是建安时期文学自觉发展的一种反映。胡氏抑之，未为允当。

（周建国）

赠　徐　幹

惊风飘白日，忽然归西山。

圆景光未满，众星粲以繁。

志士营世业，小人亦不闲，

聊且夜行游，游彼双阙间。

文昌郁云兴，迎风高中天。

春鸠鸣飞栋，流焱激櫺轩。

顾念蓬室士，贫贱诚足怜。

薇藿弗充虚，皮褐犹不全。

慷慨有悲心，兴文自成篇。

宝弃怨何人？和氏有其愆。

弹冠俟知己，知己谁不然？

良田无晚岁，膏泽多丰年。

亮怀玙璠美，积久德愈宣。

亲交义在敦，申章复何言？

　　曹植与"建安七子"之一的徐幹交谊亲厚。本诗称赞徐幹有志于传世的功业，怜其贫困蹭蹬，劝其勤积道义，以待时机。据《三

国志·王粲传》："幹、琳、玚、桢二十二年卒。"徐幹晚年曾任临淄
侯文学。建安十九年（214），曹植徙封临淄侯。诗当作于是年至二
十二年间（214—217）。曹丕自建安十六年为五官中郎将，至二十
二年立为太子，地位日益巩固。这期间，曹植则因"任性而行，不
自雕励，饮酒不节"（《三国志·陈思王植传》），渐失父宠。宝香山
人引刘良说谓："子建与徐幹俱不见用，有怨刺之意，故为此诗。"
（《三家诗》曹集卷一），所见正是。

　　诗首四句写景起兴。"惊风"，指疾风。"圆景"，指月亮。疾风
吹送白日倏焉西迈，月未全圆之时，繁星灿烂棋布。这一段警句飞
动，处处显示时光迅疾，令人顿感时不我待。其中风、日、月、星
变化流动的形象显然寓含着诗人的岁月不居之感，下文兴感即由此
而生。

　　中间"志士营世业"至"知己谁不然"一大段借徐插己，同病
相怜，为正意所在。"志士""小人"一联贯通彼己，为抒慨线索。
上句赞徐幹有志于著述这类传世之业。下句戏称自己"小人"，以
遨游为不闲，语带自嘲。"聊且"以下六句专写自己游赏无聊，那
遨游快意的表象下饱含着壮志难酬的隐痛。"文昌郁云兴，迎风高
中天。春鸠鸣飞栋，流焱激櫺轩"，以丽句写邺都宫观富丽堂皇景
象，词唯心否。这佳景不仅反衬出作者怀才不遇的苦闷，而且同徐
幹贫困凄凉的处境形成鲜明对照。"顾念"以下六句专写徐幹衣食
不周，贫贱著书。"慷慨有悲心，兴文自成篇"二句情见乎词，点
明徐幹所著《中论》有慷慨愤懑之情。以上各各分写，感情实一脉
相通。

　　紧接着，诗再用"宝弃"四句关合彼己。其中兼用典故与比喻，说徐幹好比宝玉，自己好比卞和，徐幹未得重用，自己有未能荐贤的过失。徐君想等待知己的荐引才出仕，但我这个知己不也像徐君一样未被重用！显然，作者之意不在责己，而是借此抒发怨愤。张玉谷《古诗赏析》说这几句"借徐插己，寓愤懑于和平之中，用笔最为深曲"，道出了其中的深意。

　　"良田无晚岁"至末尾为劝勉徐幹之词。语中层层设比，情真意切。其言犹如良田一定会丰收，才德之士一定会得机展才，确有美德的人日子愈长德行就愈显著。"亲交义在敦，申章复何言？"结二句于娓娓说理中微露无可奈何之意，这正是曹植不得志于时的反映，也是曹诗由前期向后期转化的一个标志。统观其前期诗作，《箜篌引》但美宴游而向往永世之业，《白马篇》歌颂游侠而志在扬声边陲，本诗则唯与不遇之士同病相怜。数诗相参，可加深对其思想创作发展变化的理解。

　　这首诗写景、叙事、抒感，议论高度融合。其以写景起兴，警句飞动，令人兴感；以议论总收，娓娓说理，情真意苦；中间主要部分叙事兼抒感，彼己双写，隐显分合，笔法灵动多变。这些都令人爱玩、回味。

（周建国）

七 步 诗

煮豆持作羹，漉豉以为汁。

萁在釜下然，豆在釜中泣。

本自同根生，相煎何太急。

据《世说新语》中说，曹丕做了皇帝以后，对曹操一直偏爱而才华出众的弟弟曹植总是心怀忌恨，于是命他在七步中作诗一首，否则即行以大法（处死）。语音未落，曹植便说出上面这六句诗来，因为限其七步内作成，故后人定名为《七步诗》。据说曹丕听了以后"深有惭色"，因为此诗不仅体现了曹植非凡的才华，使得文帝自觉不如；而且此诗以浅显生动的比喻说明兄弟本为手足，不应互相猜忌，晓以大义，故令文帝羞愧。

诗纯以比兴的手法出之，语言浅白，毋须多加阐释。第二句中的"漉豉"是指过滤煮熟后发酵过的豆子，可用以制成调味的汁液。"萁"是指豆茎，晒干后用来作燃料，其燃烧而煮的正是与自己同根而生的豆子，比喻兄弟逼迫太紧，自相残害，实有违天理。诗人取譬之妙，用语之巧，而且在刹那间完成，实在令人叹为观止。"本是同根生，相煎何太急"二语千百年来已成为劝人避免兄弟阋墙、自相残杀的用语，足以说明此诗的广为流传。

此诗未载于曹植的本集中，所以有人以为它是否出于曹植的手笔尚难肯定，然《世说新语》的作者去曹魏年代未远，所述有相当的可信性，所以我们还是归于曹植名下。后来流传的仅为四句，即："煮豆燃豆萁，豆在釜中泣。本是同根生，相煎何太急。"大概是有人作了浓缩和简化。诗所以流传人口、不胫而走，就因为其比喻的生动贴切。虽然未有一字直言兄弟间的促迫，然不即不离而寓意自现。

（王镇远）

赠白马王彪并序

　　黄初四年五月，白马王、任城王与余俱朝京师，会节气。到洛阳，任城王薨。至七月，与白马王还国。后有司以二王归藩，道路宜异宿止，意毒恨之！盖以大别在数日，是用自剖，与王辞焉，愤而成篇。

谒帝承明庐，逝将归旧疆。
清晨发皇邑，日夕过首阳。
伊洛广且深，欲济川无梁。
泛舟越洪涛，怨彼东路长。
顾瞻恋城阙，引领情内伤。
太谷何寥廓，山树郁苍苍。
霖雨泥我涂，流潦浩纵横。
中逵绝无轨，改辙登高岗。
修坂造云日，我马玄以黄。
玄黄犹能进，我思郁以纡。
郁纡将何念？亲爱在离居。
本图相与偕，中更不克俱。
鸱枭鸣衡轭，豺狼当路衢。
苍蝇间白黑，谗巧令亲疏。

欲还绝无蹊，揽辔止踟蹰。

踟蹰亦何留？相思无终极。

秋风发微凉，寒蝉鸣我侧。

原野何萧条，白日忽西匿。

归鸟赴乔林，翩翩厉羽翼。

孤兽走索群，衔草不遑食。

感物伤我怀，抚心长太息。

太息将何为？天命与我违。

奈何念同生，一往形不归。

孤魂翔故域，灵柩寄京师。

存者忽复过，亡没身自衰。

人生处一世，去若朝露晞。

年在桑榆间，影响不能追。

自顾非金石，咄唶令心悲。

心悲动我神，弃置莫复陈。

丈夫志四海，万里犹比邻。

恩爱苟不亏，在远分日亲。

何必同衾帱，然后展殷勤？

忧思成疾疢，无乃儿女仁。

仓卒骨肉情，能不怀苦辛？

苦辛何虑思？天命信可疑。

虚无求列仙，松子久吾欺。

变故在斯须，百年谁能持？

离别永无会，执手将何时？

王其爱玉体，俱享黄发期。

收泪即长路，援笔从此辞。

　　这首诗作于黄初四年（223）诸侯朝会结束、曹植归国之时。黄初四年的朝会，是令曹植惊心动魄的事件。汉魏王朝在每年立春、立夏、立秋、立冬之前，要举行迎气典礼，诸侯至京，参与朝会，叫做"会节气"。但在曹丕称帝以后，曾下诏不许诸王入朝。曹丕对兄弟的猜忌防范非常森严。由于曹植曾与他争立太子，因此不仅诛灭了曹植的党羽，而且对曹植的一举一动严密监视，伺机问罪。黄初二年监国谒者灌均，迎合曹丕的旨意，告发曹植"醉酒悖慢，劫胁使者"。曹丕调曹植进京受审，并判他死罪。由于母后的救援，才得以降爵处分告终。黄初三年，曹植又遭诬陷，再度产生性命之忧，在母后的再次救援下，才重返封地。黄初四年，曹植一接到入京朝会的诏命，立即写了《谢入觐表》，但内心十分恐惧。为了寻求宽容，曹植拟托异母姊清河长公主说情。曹丕得知后，既不让他们见面，也不予接见。于是曹植写了《应诏诗》、上《责躬表》与《责躬诗》，一面对曹丕歌功颂德，一面对自己贬毁检讨。他背负刑具，披头散发，赤脚来到宫阙向曹丕请罪，伏地哭泣。曹丕见了一声不响，也不叫曹植穿鞋戴帽。最后在卞太后的干预下，才让曹植穿戴王服。这正是一个"王侯皆思为布衣而不能得"的时代。此诗通过抒写王侯在这次朝会中的遭遇，揭露了曹魏统治的黑暗。

诗共分七段。自开头至"引领情内伤"为第一段。承明庐，指魏文帝朝臣止息之所。逝，语助词。这段从拜别宫廷准备归藩写起，抒发了诗人离开洛阳时的眷恋之情。从"太谷何寥廓"至"我马玄以黄"是第二段，写洪水淹路，大道无迹，高岗难行，坐骑生病，于纪实中寄寓世道坎坷之慨。"玄黄犹能进"至"揽辔止踟蹰"是第三段。鸱（chī）枭，猫头鹰，古人认为的不祥之鸟。猫头鹰当车而鸣，预兆灾祸即将临头。这里借指监视诸侯的监国使者。由于曹彪的封地白马（在今河南滑县之东）和曹植的封地鄄（juàn）城（在今山东鄄城之北），都在洛阳之东，两人希望同路东归。但监国使者按照曹魏的制度，不许归藩的诸侯同行。这一段表面上斥责谗巧小人，实际上揭露了曹魏的黑暗，抒写了诗人的不满。"踟蹰亦何留"至"抚心常太息"为第四段。诗人描绘了归鸟投林、走兽返穴的暮景，借以抒发人不如兽的慨叹。"太息将何为"至"咄喑令心悲"为第五段。影响，指光和声。这里以消逝迅速的声音和光比喻人生短促。咄喑（jiè），惊叹声。这是作者由任城王曹彰之死所引起的感触。任城在今山东济宁市南，是曹彰的封地。曹彰是曹丕的同母弟，曹植的哥哥。他勇武有力，立过大功，但粗犷直率，曾不止一次得罪曹丕，因此招致忌恨。这次曹彰在京暴死，其原因时人猜测很多，至今还有不同说法。曹植虽不敢批评曹丕，但在人生短促的感叹声中，用借天指王的手法，表示了自己的愤慨。"心悲动我神"至"能不怀苦辛"为第六段。这一段中间八句思想旷达，气概豪迈，与上下文感情迥异，形成这首诗在结构上大开大合的特色。大开表明诗人并非胸无大志而一味缠绵于私情，大合则又表明诗人虽欲以旷达排解悲怀，但终因痛苦太深而无法排遣。经过这种大开大合的转折衬托，诗人把曹彰之死带给他的痛苦，深刻而又具体地表达了出来。善于虎啸龙吟是后人对曹植诗的定评，这里的豪言壮语对后世的影响也很明显。"海内存知己，天涯若比邻"（《送杜少府之任蜀川》）就是王勃从"丈夫志四海，万里犹比邻"中化出的名句。"苦辛何虑思"至结束为第七段。形式上以套语作结，实际上这一段写出了作者思想在客观影响下不断深化的过程。曹植由痛苦而深思，由深思而怀疑天命、否定神仙，甚至走上否定人生的道路。在斯须变故、人人自危的时代，这种态度看似消沉，实为觉醒。我们在他对天命的怀疑中，看到了对王权怀疑的影子。

真挚深切，是这首诗最突出的特点。诗人以其磊落之才抒写愤懑之情，言辞虽然婉曲，但情意深切感人。诗人对死者的悼念，对生者的眷恋，用流连哀惋的文辞，将兄弟之间的至情，淋漓尽致地倾泻出来；对监国使者的痛恨，对黑暗统治的揭露，用沉郁悲愤的语言，或借景抒情，或指桑骂槐，把满腹怨气喷涌出来，较之那些辞采华茂、掩饰内心的痛苦而又言不由衷地歌功颂德的诗文，不啻高出数倍。

用顶真格抒情写意，是这首诗的修辞特色。顶真格的特点是用前一句的结尾，做后一句的起头。这首诗后面六章之间都用这一形式，在宛转舒徐而上下蝉联的咏叹之中，时而层层递进，令人深感其哀怨之情绵绵不绝；时而转折深化，把他的悲愤渲染得更加浓重。这种上递下接、蝉联不断的形式，为这首诗增加了悠悠无尽的情味。

直举胸臆而音律调畅，是这首诗的声律特色。"孤魂翔故域，灵柩寄京师"，上句平平平仄仄，下句平仄仄平平，与唐人律诗的格律无异，俨然是一副平仄稳贴的律联。类似例子在曹诗中还不少，这首格外突出，这与诗人注意佛教经音、深爱音律有关。由此可见，《赠白马王彪》不仅真挚感人，而且在诗歌音律的发展中又很有贡献。

（颜应伯）

阮　籍

阮籍（210—263），字嗣宗，陈留（今河南）尉氏县人。"竹林七贤"之一。曾为步兵校尉，世称阮步兵。他生于魏晋易代之际，不满世事，纵酒谈玄以避祸；又蔑视礼教，好学博览，不趋炎附势，喜老、庄，向往自然，旷达不拘礼俗，与嵇康齐名。阮籍诗文兼长，尤工五言古诗，有《阮步兵集》。　　　（张　兵）

咏　怀

（八十二首选十）

夜中不能寐，起座弹鸣琴。

薄帷鉴明月，清风吹我襟。

孤鸿号外野，翔鸟鸣北林。

徘徊将何见，忧思独伤心。

诗题《咏怀》，系阮籍诗作的总题，非一时之作，共有五言诗八十二首，四言诗十三首。开了以组诗形式慷慨抒怀的风气。后世如陶渊明的《饮酒》二十首，庾信的《咏怀》二十七首，陈子昂的《感遇》三十八首，乃至李白的《古风》五十九首等，都承其绪发展而来。

此诗发端"夜中"两句，描写了诗人"不能寐"的神态。在夜深人静之时，人们都已寂然入睡，而诗人却面琴端坐。忧思万端，只能由琴声来倾诉。它凸现了一个异于常人的忧患者的形象。"薄帷"两句转为景物描写：朗朗的明月，透过窗棂垂照着薄薄的帷帐；微微的清风，也不时吹拂着诗人的衣襟。句中的明月、清风、帷帐、衣襟，都是身边的实景。诗人视线所至，触目都是忧愁与寂寥，因为他心中正腾涌着难言的孤独。这些景物的描写都熔铸了诗人的主观情感，和全诗的艺术氛围浑为一体。"孤鸿"两句由室内转至户外，写旷野丛林，鸿号鸟鸣的凄凉景象。"孤鸿"给人以失群无依之感，"翔鸟"即曹操《短歌行》"月明星稀，乌鹊南飞，绕树三匝，何枝可依"之意，令人顿生难以栖身之哀。其中一个"号"字，一个"鸣"字，充分传播出一种哀切的声情。旧注以为"孤鸿"指司马氏篡政时魏王室年幼的天子，"翔鸟"一作"朔鸟"，指那些决意夺取魏室的司马氏集团的成员，似过于牵强坐实，反失诗意。结句回应篇首，揭出"夜中不能寐"的情态和原因。诗人徘徊月下，忧思难已，黯然心伤。全诗自始至终没有直接明言其"忧思"所在，均以浅近景语出之，读后却觉得其意深长，有不尽的难言之隐。

此诗是阮籍《咏怀》五言八十二首中的第一首。清人方东树《昭昧詹言》说："此是八十一首发端，不过总言所以咏怀不能已于言之故。"这首诗确实起到了这种作用。

（张　兵）

嘉树下成蹊，东园桃与李。

秋风吹飞霍，零落从此始。

繁华有憔悴，堂上生荆杞。

驱马舍之去，去上西山趾。

一身不自保，何况恋妻子。

凝霜被野草，岁暮亦云已。

　　阮籍生活在魏晋易代之际，统治阶级内部的斗争日益激化。作为一个正直之士，他既不满于曹魏政权的腐朽无能，又极其憎恶司马氏集团的专横暴虐和阴险奸诈，内心时常萦绕着矛盾和痛苦。公元 249 年，司马懿上台，大开杀戒，镇压异己，一时朝野人人自危，噤若寒蝉。诗人也屡次受到政治迫害的威胁，几乎被杀。他有济世之志，但在如此险恶的社会环境中，却只能纵酒谈玄，不问政事。然而，国家前途和个人命运又难以忘怀。此诗即表现了他的这种极端痛苦而又不能宣泄的愤懑之情。诗人以时序的变换、草木的枯荣，暗喻封建政治变幻莫测、自己于乱世将临之际应及时隐退避祸的心态。

　　这首诗是组诗中的第三首。全诗可分为两个部分。前六句主要写世事有盛有衰，繁华不能久持，曲折地反映了当时社会环境的险恶和政治的黑暗。开头两句，由《史记·李将军列传》中"桃李不言，下自成蹊"变化而来，言桃李树繁叶茂的景象。"秋风"两句，描写包括桃李在内的一切草木，在瑟瑟的秋风中必然会零落衰亡。句中落叶飘摇翻飞的情景与桃李的枝繁叶茂相对，一衰一盛，一枯一荣，一亡一兴，形成强烈而鲜明的对照。"繁华"两句即由此触发，感慨一切繁盛的事物，都会有衰落之时；昔日显赫非凡的高堂，一旦冷落空旷，也会长出杂树野草。清人张玉谷说："首六（句）就植物春盛夏衰比起，说到堂生荆、杞，京师乱象隐然。"（《古诗赏析》）这就为下文抒发退隐避祸的情感，作了充分的铺垫。

后六句紧接前文，表现诗人在乱世中渴望避祸全身的思想。一个"驱"字，凸现其急迫。诗人欲追随历史上的伯夷和叔齐，到西山去隐居。以下两句，说明了诗人舍妻别家的坚决态度：为了避祸，他愿意抛弃一切。这也有力地反衬出当时统治者滥杀无辜的黑暗现实和诗人对此的强烈愤慨。最后，诗人又回到对自然景物的描写。岁暮之时，野草在严霜的摧残下凋零。这是在明显地暗示：如不及时避祸，结果也正如这野草一样。

此诗的佳处在借景抒情，诗人以"桃李"暗喻世事和人生的盛衰荣枯；"秋风""凝霜"象征当权者的淫威，这是诗人在严酷的政治高压下所采取的一种"曲笔"。全诗情危词切，余韵无穷。

（张　兵）

湛湛长江水，上有枫树林。

皋兰被径路，青骊逝骎骎。

远望令人悲，春气感我心。

三楚多秀士，朝云进荒淫。

　　朱华振芬芳，高蔡相追寻。

　　一为黄雀哀，涕下谁能禁。

　　公元 254 年，魏主曹芳在平乐观和倡优舞女嬉亵，为大将军司马师所知。他以荒淫无度为名，恃势废主为王，逼迫曹芳迁至河内。一时群臣震惊，送者皆为流涕。阮籍即感而作此诗。但慑于司马氏集团的淫威，他不敢直陈其事，而是藉歌咏楚国史事，寄托对时事的讽刺和感慨。

　　此诗原列第十一。前六句全衍用《楚辞·招魂》篇语，以楚地景物引起感慨。壮丽的长江奔腾向前，两岸长满了火红的枫林。兰草覆盖在小路上，黑马拉着车乘疾驰而过。春天绚丽的美景触动了深埋在诗人心中的忧伤，他极目远眺，顿生悲哀。作品极写山河春景之秀美，反衬诗人的悲哀痛切，并为全诗主题的表现作了很好的铺垫。

　　后六句是对楚国史事的歌咏。古称江陵为南楚，吴为东楚，彭城为西楚，统称"三楚"。诗中的"三楚"，显然是泛指，其中也包括了诗人的生活地区。可见诗中所咏的楚国史事，决非仅仅是对历史的缅怀，而是明显地蕴含了对现实的褒贬。这两句是说，朝廷中有许多俊杰，但他们根本不顾国家的安危，整日只是像宋玉那样，写些巫山神女之类的荒淫故事去娱乐君王，诱导君王沉湎于声色之中，从而把矛头直指魏主身边的宠臣。"朱华"两句描写宫中花锦簇拥，馨香迷人，君王寻欢逐乐，就像蔡灵侯在高蔡时那样荒淫无度。诗人于此引用《战国策·庄辛谏楚襄王》的故事，指斥魏主追求享乐,不知有人正在暗中窥测,寻隙加害,这种情况正如逍遥自在的黄雀,不知少年公子正持弹待发。最后两句直接点题,"哀"字是全篇的"诗眼"。诗人为魏主的被废而"哀",为宠臣的误国而"哀",也为自己的怀才不遇而"哀"。种种复杂的感情一齐涌来,禁不住涕泪滂沱,发出深深的感慨。

钟嵘评阮诗说:"言在耳目之内,情寄八荒之表","颇多感慨之词。厥旨渊放,归趣难求"。(《诗品》)此诗正具有这样的特点。其前半写景,中间咏史,结句抒情,衔接自然,融景、史、情为一体,讽刺力很强。鉴于诗人身处的特殊社会环境,诗中借史寓意,引经据典,而又不露痕迹,天然浑成,显示了高超的艺术造诣。

(张　兵)

> 昔年十四五,志尚好书诗。
>
> 被褐怀珠玉,颜闵相与期。
>
> 开轩临四野,登高望所思。
>
> 丘墓蔽山冈,万代同一时。
>
> 千秋万岁后,荣名安所之?
>
> 乃悟羡门子,噭噭今自嗤。

此诗是组诗中的第十五首,诗人自述从"好书诗"到重长生、慕颜闵、悟羡门的思想转变。

全诗可分三层。前四句为第一层，诗人回忆早年"好书诗"的情景和怀抱的人生理想。据史载，诗人曾"闭户视书，累日不出"（《晋书·阮籍传》），与诗中首二句所述相合。"被褐"两句写少年襟怀。"褐"，指粗布衣，言贫穷。"珠宝"，比喻才德，语出《老子》"圣人被褐怀玉"句。诗人在此表示自己身虽贫贱，但抱有济世之志，很想干一番轰轰烈烈的事业，成为像孔子的优秀弟子颜回和闵子骞那样的贤人。在曹魏政权中，阮籍曾随叔父担任过尚书郎、参军、从事中郎、散骑常侍等。但"天下多故"的严酷现实彻底轰毁了他的理想，诗人因此转向对人生更深沉的反思。

中间四句描写诗人思索人生的历程。"开轩"两句从字面上看，似乎只描述了诗人视野的拓展，但透过诗的意象，却可看到蕴含于其中的丰富内容，这就是严峻的社会现实使诗人开了眼界，使他认识到在政权更迭的"多事之秋"，要像儒家先贤那样去获取功名，是必然行不通的。刘宋颜延之说阮籍"识密鉴亦洞"（《五君咏》），是很有见地的。"丘墓"两句直接写出反思结果：古往今来，不管是圣哲贤人，还是草野小民；也不管是王公贵族，还是贫寒学士，最终都不免要被埋葬于山冈上的坟墓中。这当然是消极无为的人生哲学，但骨子里不也渗透着对那些趋炎附势于新朝的权贵和卑鄙小人的讽刺，乃至蔑视吗？诗人所吟唱的，不仅仅是个人生活的悲哀，而是从更广阔的视野上来揭示社会对人性的压抑以及要求反抗现实的强烈愿望。这种十分复杂的思想情感，构成了诗作的主旋律。

此诗最后四句，诗人直诉胸臆。"千秋万岁后，荣名安所之？"

由于使用了反诘语气，诗的气势大为增强。等到悟得人生真理，诗人才破涕为笑。他要像古代神话中的仙人羡门子那样轻荣名，重长生，逃避人生的烦恼，追求永生的幸福，从而透露出要求个性自由的思想曙光。

此诗语言质朴，明白如话，在阮诗中别具一格。在《咏怀》的总题下，诗人不拘泥于抒发感慨、吟唱失意，而注意赞扬人生道路的选择。因而无论思想内容还是艺术手法，此诗都有自己的独特之处。

（张　兵）

> 徘徊蓬池上，还顾望大梁。
> 绿水扬洪波，旷野莽茫茫。
> 走兽交横驰，飞鸟相追翔。
> 是时鹑火中，日月正相望。
> 朔风厉严寒，阴气下微霜。
> 羁旅无俦匹，俛仰怀哀伤。
> 小人计其功，君子道其常。
> 岂惜终憔悴，咏言著斯章。

此诗原列第十六，大约与第十一首作于同时，表现了诗人对时政混乱、士人无节的忧愤和哀伤。

这是阮籍诗中运用象征手法的杰作之一。前八句写国事衰败。对此诗人并不明言，而只是描写了一系列景象。首句叙述诗人告别魏都，尚依恋不舍，时时"徘徊""还顾"，但这不仅是诗人对旧政权的留恋，而更多的是诗人对故土和人民的眷念。以下四句全是自然景观的描写：绿水激起大浪，旷野荒草茫茫，野兽纵横奔逐，鸟儿成群飞翔。这些意境都烘托出深秋的寒肃。吴淇说："绿水句已明是秋水，旷野句已明是秋草，兽交驰，鸟随飞，已明是寒而呼群也。"（《古唐诗合解》）诗人当然不仅仅是写景，他在此运用了以伤秋寓哀亡的传统手法，隐约暗示了时事的混乱和时局的严峻。"是时"两句点明写作时间为夏历九、十月间，和朝廷中发生的司马氏废立事不谋而合。有人据此认为诗人的创作乃讥刺这一事件，使诗的象征意义变得十分明确。

后八句中的"朔风""阴气"等语，暗喻司马氏集团的高压政策，透出一片逼人的寒气。诗人在此借助自然景物的描写，较好地传达了心灵的情绪和感知。这时他一人孤独地踯躅于旅途，内忧外寒，一片哀伤。"小人"两句言"小人"往往计较利害得失，而君子则遵循常规行事。这是诗人心灵的"曝光"，他借用荀子的话，直接宣泄了心中的满腔幽愤，指斥了那些在新朝中趋炎附势、炙手可热的卑鄙之徒，表达了自己不愿与其为伍的凛然正气。尽管不得志，他也毫不婉惜。

采用象征手法表现主题，是此诗最鲜明的艺术特色。象征在文学创作中是一种表达思想和情感的艺术，其技巧不在直接描述，亦不藉助具体意象的公开比较来解说这些思想和情感，而是利用暗示的方法来展现这些思想与情感。诗人对封建统治者的腐朽本质有着较清醒的认识，但又无力公然违抗他们的意志，于是象征便成了诗人以诗来抗争的一种手段。前人评阮诗"文多隐避"，正指明了诗人创作中的这一特点。

（张　兵）

> 西方有佳人，皎若白日光。
>
> 被服纤罗衣，左右珮双璜。
>
> 修容耀姿美，顺风振微芳。
>
> 登高眺所思，举袂当朝阳。
>
> 寄颜云霄间，挥袖凌虚翔。
>
> 飘飖恍惚中，流盼顾我傍。
>
> 悦择未交接，晤言用感伤。

　　此诗原列第十九，前十二句极写"佳人"之美。首二句为总写，以下十句则分别从穿戴、容颜、姿态、飘逸和神情等方面落笔，末二句笔锋一转，直抒感慨，表现出诗人对所写佳人的热切企望。

　　这不是一首通常意义上的爱情诗，因为诗人描写的"佳人"，并非实指，而是生活在虚幻飘渺中的"西方"；且对"佳人"的情爱，也只是诗人单方面的。

　　有人说，"佳人"乃司马氏集团的象征。此诗"末言彼虽悦择，吾则未与交接也，然吾终有身世之感伤。盖兴亡之感，忧生之嗟，无时可忘耳"（吴汝纶《古诗钞》）。我以为，这也显得牵强。诗人对司马氏集团的愤慨，在其他诗作中屡有表现，众所皆知。而此诗描写"佳人"之美，几乎使用了一切美好的字眼。因此把她和为诗人憎恶的司马氏集团联系在一起，显然是违背诗人的一贯政治态度，于情理上难说通的。

　　我认为诗中的"佳人"是诗人理想的化身。诗人出身名门，世代为官，"容貌瑰杰，志气宏放，傲然独得，任性不羁"，加之博学多才，"咸共称异"（《晋书·阮籍传》）。家庭和传统儒学的熏陶，使他素有建功立业的凌云之志。但"天下多故"的严酷现实，又彻底改变了诗人早年确定的人生道路。社会的黑暗对自由人性追求的压抑所造成的"伤感"，是阮籍《咏怀》诗的主调。诗中对"佳人"的百般美化，暗喻着诗人心目中美好的人生理想。全诗描写诗人和"佳人"的相悦无由，实际上寄托着诗人追求理想而不能实现的忧伤。

　　此诗运用比兴手法。以"佳人"比喻人生理想，以唤起读者愉悦的审美体验。这是我国古代文学传统的艺术表现方法，如《楚辞·橘颂》以橘的高洁形象，来比喻正直之士"浊而不流"的品格；孔子的"岁寒然后知松柏之后凋也"等，都是以自然景物来寄托人的理想。在本诗中，诗人把"佳人"描绘得越美，说明对理想的钟爱越强烈，一旦这种苦苦追求不能实现时，其失落感就尤为沉重，饱含着凄楚的感伤之情。正是在这种巨大的"反差"中，此诗

的审美力量才得以充分的体现。　　　　　　　　　　（张　兵）

　　　　　　　驾言发魏都，南向望吹台。

　　　　　　　箫管有遗音，梁王安在哉！

　　　　　　　战士食糟糠，贤者处蒿莱。

　　　　　　　歌舞曲未终，秦兵已复来。

　　　　　　　夹林非我有，朱宫出尘埃。

　　　　　　　军败华阳下，身竟为土灰。

　　此诗在组诗中原列第三十一。

　　魏明帝末年，朝廷昏庸，歌舞荒淫，国事松弛，险象环生。阮籍目睹这种江河日下的局面，不觉感慨万端，此诗正是这种心绪的抒发。诗人以战国时的梁王比喻当时的魏君，借古事讽谏时政，表现了一个正直之士的赤子之心。

　　全诗共十二句。首句点题，言诗人驾车从大梁（今河南开封）出发，往南去探望当年梁王所筑的吹台。诗人伫立台前，睹物伤旧，往事历历；风景依在，人事昨非。"箫管"两句用了强烈的反诘语气，以凸现诗人起伏难平的心潮：当日梁王在此淫乐无度之声依稀可闻，可他的统治宝座早被历史埋葬。原因就在于他只知行乐，荒怠兵事，使战士食糟糠，贤士落草野，梁国遂在歌舞声中为秦军所灭。夹林失陷，吹台荒芜，一切都已化为灰烬。在诗人心头掠过的这一幕幕历史画面，无不寄托着他对时政的深切感慨。陈沆说"此借古以寓今也"（《诗比兴笺》），确是知人之论。

借物抒情是我国古诗创作的传统。钟嵘《诗品》说："气之动物，物之动人，故摇荡性情，形诸舞咏。"刘勰《文心雕龙·明诗》篇也说："人禀七情，因物斯感，感物吟志，莫作自然。"都是说客观外界的自然景物对诗人情感的交感作用。此诗借吹台以忆旧事，暗指时政，感情强烈，引人深思。"安在""竟"等富有情感色彩词汇的运用，把诗人的感慨表露无遗，给人留下了深刻的印象。

（张　兵）

> 一日复一夕，一夕复一朝。
>
> 颜色改平常，精神自损消。
>
> 胸中怀汤火，变化故相招。
>
> 万事无穷极，知谋苦不饶。
>
> 但恐须臾间，魂气随风飘。
>
> 终身履薄冰，谁知我心焦。

此诗是组诗中的第三十二首，抒写诗人在险恶的社会环境下的极端苦闷和压抑的思想情绪。

开头两句，诗人描述了时间的推移。排比和反复句式的运用，强调这种推移的缓慢，明显暗示着个性被压抑的痛苦。因为人在欢乐和幸福之时，只会觉得时光的宝贵，"一寸光阴一寸金，寸金难买寸光阴"，这句俗语形象地说明了这种感情。相反，人在痛苦和不幸之时，才会觉得时间推移得太慢，产生一种讨厌乃至憎恶的情绪。在诗人以前，我国古诗中较多描写时光无限、人生短促的悲哀之作。《古诗十九首》和建安诗作中，不乏这样的先例。不少诗人已意识到随着时间的推移，幸福将要丧失。而阮籍反复强调这种厌恶时间的观念，无疑比前人有着更为丰富和深刻的思想内容。以下两句，具体描绘了这种痛苦给肉体造成的"损消"，有力地照应着开头。诗人的笔触接着向深层延伸，揭示了他的痛苦和压抑是因为"胸中怀汤火"的缘由。这里的"汤火"，是诗人内心理想与现实矛盾的象征。他曾有一腔报国热忱，但在险恶的现实环境下难以实现，内心煎煮难熬，痛苦万分。次六句承接前文，言世事变化无穷，诗人囿于智谋，无法应付，担心一不小心，立刻会招来生命之虞。故一生都如同在薄冰上行走，此种"焦虑"，有谁能知道呢？从表面上看，诗人似乎只在抒怀，但字里行间却渗透着对险恶环境的愤懑，尤其是"万事"句，暗示着社会环境的严酷，个人很难抗衡。这就在客观上揭露了封建统治阶级摧残人的个性的罪恶。我国古代文学在儒家思想影响下，一向重视政、教，虽也有对于人生的感慨，但很少有尊重个性的要求。阮籍此诗尽情地宣泄了"我"——也即个性——遭到压抑的痛苦，在一定程度上显示了对于个性的追求和尊重。

总观全诗，其结构层层迭进，环环相扣，又运用反复、排比、

反诘等手法，使感情得到充分的抒发。而语言凝炼、质朴、形象，
也很富于表现力。

（张　兵）

> 炎光延万里，洪川荡湍濑。
>
> 弯弓挂扶桑，长剑倚天外。
>
> 泰山成砥砺，黄河为裳带。
>
> 视彼庄周子，荣枯何足赖？
>
> 捐身弃中野，乌鸢作患害。
>
> 岂若雄杰士，功名从此大。

　　此诗原列第三十八，写高举出世的愿望。

　　首二句，诗人描述"炎光""洪川"的壮丽景观，出手不凡。
"延万里"和"荡湍濑"相对并举，极言自然的巨大力量。次四句，
诗人用一系列的形象化比喻，抒写雄杰之士的远大怀抱。挂弓扶
桑，剑倚天外，系借用宋玉《大言赋》的成语，为诗人志存高远的
真实写照。在"本有济世志"的诗人看来，高耸入云的泰山只可作
为磨刀石，而气势磅礴的黄河，则是一条飘动的带子。这两句源出
《史记·高祖功臣年表序》："使黄河如带，泰山若厉。"诗人于此借
用之，以如此自然景观反显得十分渺小来映衬怀抱的远大，仍紧扣
前文。这是诗人从正面着墨；下面四句，诗人从反面入手，说庄周

虽然达观、豁朗，但"荣枯"总不能长存，结果只是身死野外，为乌鸢所啮。诗人化用《庄子·列御寇》中庄子和弟子的对话，说明如庄周这样的人物，功名尚且枯槁，更不要说一般凡人俗子，他们的功名最多只是昙花一现罢了。诗人在正、反两方面的对照中，已凸现了主题。故结句说，唯有"雄杰士"的功名是远大的，它和世俗人的功名迥然不同，显得十分有力。顺便提一句，诗人是服膺老、庄哲学的，这在他的散文《大人先生传》和《达庄论》中，均有明白的记载。但此诗却对庄周颇示不恭，明显地表现了思想上的矛盾。这种有趣的现象说明，诗人在十分复杂的社会现实面前曾有过的徬徨和犹豫。

为表现主题，诗人开篇先描写"炎光""洪川"等自然的壮观，以映现"雄杰士"志趣的远大。这种手法在《诗经》中屡见不鲜，如《采薇》通过春、冬自然景物的对比描写，表现出征战士长途行军的艰辛；《出车》借春日融融、生机盎然的阳春景象，表达将帅们胜利归来时的欢欣愉悦之情等。很显然，阮籍是深谙此中的真谛的。另外，这首诗的结构缜密，运用比喻、反诘等，增加了艺术形象的生动性和感染力。

（张　兵）

洪生资制度，被服正有常。
尊卑设次序，事物齐纪纲。
容饰整颜色，磬折执珪璋。
堂上置玄酒，室中盛稻粱。

外厉贞素谈，户内灭芬芳。

放口从衷出，复说道义方。

委曲周全仪，姿态愁我肠。

　　这是组诗中的第六十七首。作为一首讽刺诗，它对当时世俗儒生的种种丑恶表现作了形象的勾勒。他们盛容饰，矫礼法，言行不一，欺世邀俗，令人作呕。诗人在揭示伪善的同时，也隐伏着对高洁品格的企慕。

　　此诗开头，诗人就把笔锋指向"洪生"，也即鸿儒，儒生中的名流。先总写他们尊崇封建礼乐制度，为读者勾勒出一副卫道士的嘴脸。他们表面遵循封建统治阶级的种种规范，甚至穿衣服也有"尊卑"，处事接物更讲符合"纪纲"。接着诗人从仪态、祭祀、德行和说话等各个方面，描绘了他们的伪善面目。在结构上，诗人采用并列式，犹如一幅幅生动的电影画面的叠现，在读者的审美视觉上，产生了强烈的艺术效果。最后两句，是全诗的总结，直接抒发了诗人对儒生丑态的厌恶。"委曲"句透视了他们的双重人格，入木三分，与诗人在《大人先生传》一文中所描写的儒生"动静有节，趋步商羽，进退周旋，咸有规矩"，有异曲同工之妙。

　　诗对儒生的伪善作了尖辛的讽刺，这在以前的文学作品中十分罕见，在这方面，诗人是有开创之功的，但在《咏怀》其六十中，诗人对儒者也作了热情的赞扬："儒者通六艺，立志不可干"，这说明他的讽刺对象并不包括"真诚"的"儒者",而只是那些伪善的鸿儒。此种褒贬,是诗人的真实感受。它昭示于后人的,是诗人爱憎分明的秉性和刚正不阿的骨气。也正因如此,此诗才向为读者所重。

(张　兵)

大人先生歌

天地解兮六合开，

星辰陨兮日月颓。

我腾而上将何怀？

　　"大人"和"先生"本为对人的尊称，诗人合二为一，表示对其无比崇敬。阮籍的这首《大人先生传》生动地描绘了"大人先生"的形象，而诗中的"大人先生"，有诗人"自我"意识在内。

　　诗的前两句描写大千世界的巨大裂变。"天地解"，"六合开"，"星辰陨"，"日月颓"，这一连串主谓词组的连用，先声夺人，犹如耀眼的光球，激发了强大的审美涟漪。中间两个"兮"字略作停顿，加重了此诗的感情色彩。诗极力渲染自然界的衰变，暗喻了人类社会的剧烈动荡。

　　结句反问，凸现了诗人欲腾飞向上，避离崩溃的心志。其中一个"我"字是全篇的"诗眼"，诗人将现实和"我"对举，表现了"自我"的觉醒，肯定了个人在世界剧变中的力量，这在魏晋以前的诗作中是罕见的。

（张　兵）

傅 玄

傅玄（217—278），字休奕，泥阳（今陕西铜川东南）人。少孤贫，博学善属文。解钟律，性刚劲亮直，不能容人之短。州举秀才，除郎中，选入著作，后参安东、卫军军事，转温令，再迁弘农太守，领典农校尉。封鹑觚男。晋武帝泰始四年，为御史中丞。五年，迁太仆，转司隶校尉。以事免官，寻卒于家，时年六十二，谥曰刚。追封清泉侯。撰《傅子》。沈德潜《古诗源》曰："休奕诗，聪颖处时带累句。大约长于乐府，而短于古诗。"　　　　（王钟陵）

苦 相 篇

苦相身为女，卑陋难再陈。

男儿当门户，堕地自生神。

雄心志四海，万里望风尘。

女育无欣爱，不为家所珍。

长大逃深室，藏头羞见人。

垂泪适他乡，忽如雨绝云。

低头和颜色，素齿结朱唇。

跪拜无复数，婢妾如严宾。

情合同云汉，葵藿仰阳春。

心乖甚水火，百恶集其身。

玉颜随年变，丈夫多好新。

昔为形与影，今为胡与秦。

胡秦时相见，一绝逾参辰。

　　此诗开头两句，先为妇女命运之苦叹息，以"苦相"二字总起全诗。接着四句，先写"男儿"的状况作为下面的反衬。然后展开正题，历写女儿从小在家、出嫁远离、在夫家恪守规矩，以及夫妇感情变化等种种浮生"苦相"。

　　妇女的被压迫，是阶级社会中的一个十分重要的现象，是阶级社会所由建立的基础之一。在封建社会中，道德伦理的鼓吹声愈高，妇女受到的钳制就愈多，妇女的地位就愈低下。妇女被视为属于丈夫的私人财产，女孩子长大了不过是别人家的人，自然是"女育无欣爱，不为家所珍"了。女子为男子所私有，当然便不允许其随便抛头露面，她们也就只好逃藏于深室了。但是男儿则不仅能"当门户"，而且还能企望在社会上干一番事业："雄心志四海，万里望风尘。"同妇女只能忠实于一个丈夫相反，他们可以多妻。"玉颜随年变，丈夫多好新"二句，说尽了不平等的家庭关系中女人的悲哀。"心乖甚水火，百恶集其身"之所以成为封建社会中妇女的常见遭遇，正是女性作为男性之家庭奴隶的必然结果。

　　妇女的命运虽如此，然而在数目浩瀚的中国诗歌中，反映男女不平等待遇、并为妇女鸣不平的作品，却实在寥若晨星。因而傅玄的这一首诗，便格外令人感到珍贵了。虽然傅玄不可能认识到形成男女不平等的社会和历史的根源，他没有也不会谴责这个社会，他仅仅是平实地记录了他所见到的当日妇女的生活道路，而且是十分平常的、司空见惯的生活道路。然而，这对于一个封建文人来说，已经是难能可贵了。因为他在别人见惯不惊的生活中看到了并且反映了这种普遍的不平，他把自己满腔的同情给予了当时社会中几无人视及的命定的弱者。在今天读来，正因为傅玄所写乃是当时妇女十分平常的、司空见惯的生活道路，所以这首诗就具有其普遍的概括意义。使得我们得以认识当时妇女的生活状况。

这首诗继承了汉乐府的现实主义创作手法，深刻地揭露了一个社会问题。诗中写了女子从未嫁到婚后被弃的过程。但也不乏形象的描写，如"长大逃深室，藏头羞见人"，"低头和颜色，素齿结朱唇"等句即将女子未嫁时的羞涩和嫁时的温顺美貌刻画出来，显然继承了乐府诗的叙事传统。诗中大量运用比喻，如"忽如雨绝云"、"情合同云汉，葵藿仰阳春"、"昔为形与影，今为胡与秦"等，都具有强烈的感情色彩，增添了全诗的感染力，也体现了乐府民歌善用比兴、想象活泼等创作手法的影响。

（王钟陵）

西长安行

所思兮何在？乃在西长安。

何用存问妾？香橙双珠环。

何用重存问？羽爵翠琅玕。

今我兮闻君，更有兮异心。

香亦不可烧，环亦不可沉。

香烧日有歇，环沉日自深。

本诗是一首乐府古题诗，在《乐府诗集》中属杂曲歌辞。《通典》曰："汉高帝自栎阳徙都长安，至惠帝，方发人徒筑城，即长安西北古城是也。""西长安"即指此。《乐府解题》曰："《西长安行》，晋傅休奕云：'所思兮何在？乃在西长安。'其下因叙别离之意也。"

傅玄此诗为模拟汉《铙歌·有所思》而作。诗的开头二句"所思兮何在？乃在西长安"，正是将《有所思》的开头二句"有所思，乃在大海南"化为问答句。诗的三、四句"何用存问妾，香橙双珠环"，则又移用《有所思》的三、四句"何用问遗君，双珠玳瑁簪"，而在字面上稍加改动。傅玄在这种摹仿的基础上又加上了一组问答句，使开头六句成为三组问答叠次而下，以表达相思之情。

从"今我兮闻君，更有兮异心"以下，诗人笔锋一转，写对方变心，这同《有所思》的构思也是相同的。下面的思路似乎也该像《有所思》所说的"拉杂摧烧之"了，但是傅玄所写的女主人公却是旧情难忘，因而觉得男方所送的香橙不能烧，双珠环也不能沉到水里去。因为香橙会烧光，双珠环则会愈沉愈深，而那样一来，就连一点可足引人思念旧情的东西也没有了。写到这儿，一个痴情女子的形象便站立在我们面前了。她虽知男方变了心，却不忍心丢抛男方所赠之物，真是一点芳心，斩不断，旧情缕！

两相比较，傅玄此诗虽没有《有所思》在表达决裂态度中所体现出来的那股强烈回荡的文气，但总体而言，全诗风格还是比较逼近汉乐府民歌的，并在女性的犹豫中写出了一段回环缠绵的情思。

人世间最美好的东西莫过于一种纯情，人正因为有了这种纯情，才使两性关系从动物性本能的自然范畴，上升而为人的社会范畴，人类之爱由此闪现了动物求偶所没有的绚丽光泽。但是，欢乐之所由起，就是痛苦之所自生：因思念而来的惆怅，因变心而来的痛楚，等等。于是，文学史上便留下了一曲又一曲美丽而动人的歌吟。傅玄这首《西长安行》，正是一个痴情女子的深情的恋歌。

（王钟陵）

嵇 康

嵇康（223—262），字叔夜，谯郡铚（今安徽宿县西）人。曹魏宗室之婿，曾官中散大夫。他爱好老、庄，崇高"自然"，厌恶虚伪的礼教，为人正直。魏晋易代之际，不肯曲附司马氏集团，还公开发表离经叛道的言论，菲薄儒家的"圣人"，以此讥刺利用礼教谋图篡夺的司马昭，终于被陷害处死。鲁迅称其"思想新颖，往往与古时旧说相反对"。诗长于四言，风格清峻，但有时议论过多。有《嵇中散集》。

（骆玉明）

四言赠秀才从军

（十八首选二）

良马既闲，丽服有晖。

左揽繁弱，右接忘归。

风驰电逝，蹑景追飞。

凌厉中原，顾盼生姿。

息徒兰圃，秣马华山。

流磻平皋，垂纶长川。

目送归鸿，手挥五弦。

俯仰自得，游心太玄。

嘉彼钓叟，得鱼忘筌。

郢人逝矣，谁与尽言。

　　嵇康之兄嵇喜曾举秀才（汉魏时荐举科目之一，地位比明清所谓秀才高得多）。他去从军，嵇康写了一组诗赠别。但这些诗，尤其是这里所选的二首，除了称赞嵇喜之外，在想象的描绘中，还寄托了自己对某种人生境界的追求。所以诗中的人物形象，也可以理解为印有作者自身痕迹的虚构。下面主要从后一种意义上作些分析。

　　前一首表层的意义，是想象嵇喜从军以后的戎马骑射生活，同时借此写出一种纵横驰骋、自由无羁的境界。前四句是静态笔法，从几个侧面勾出主人公的特征：他骑一匹训练有素的骏马，穿一身鲜丽流彩的衣服，左手持弓，右手搭箭（繁弱、忘归，古代有名的弓、箭）。这四句虽未直接写人，却已经衬托出人物身份的高贵和气度的不凡。马在本诗中是完成人物形象塑造的主要凭藉。首句写马"良"而"闲"（本义是熟练），表明这是一匹骏马，却并非暴烈而难以羁勒，也就暗示了主人的意志可以充分实现。

　　后四句转入动态：主人公纵情奔驰，如迅风，如闪电，追日影，逐飞鸟（景同"影"；飞，指飞鸟），奋行在平旷的原野上。而且，他虽纵马如飞，却并不紧张，而是轻松闲逸，一路左顾右盼，风姿佳美。这一节描写，既给人以快感——任意驰骋、超越限制的快感，又给人以稳定感——绝不会失去控制、毫不用紧张的稳定感。这二者的结合，令人感受在如此美妙的骑射生活中，人的生命达到了如意舒展、毫无滞塞的状态。这样来体会，写骑射的意义也就不止于骑射本身了。

　　后一首的表层意义，是想象嵇喜行军休息时的情景，同时借此写出自己所向往的游乐于天地自然之道而忘怀人世的境界。开头二句，写军队憩息于长着兰草的野地，放马于开着花的山坡（华，同"花"）。而后写主人公的各种活动：他时而射鸟于草泽（皋，草泽；磻，在箭尾系小绳、绳端系一小石以射鸟），时而在长河边垂钓，时而又弹起五弦琴，同时目光追随天际的鸿雁而投向远方。但无论射、钓、弹、望，目的都不在其本身，而是由此领略山水之趣，体悟天地之道。五、六二句非常著名，它通过二个同时进行的动作，描绘出本来很难表现的物我两忘的精神状态。弹琴并不专注于音乐，只是随意拨弄（所以叫做"挥"）；望鸿也无意于鸿，只是放目于天地之间。二事同时进行，心思却不在其中，由此显出人心的自然恬淡、虚静澄明。

　　而后就游目骋怀所得进行议论。一俯一仰，皆有所会，心思漫然游乐于大道（太玄）。但所领悟的道理，却难以说，也无须言说。——"嘉彼钓叟，得鱼忘筌"是用《庄子》中典故：筌（鱼笼）用以捕鱼，得鱼则忘筌；言用以表意，得意则忘言。而且，即使有意表述，也没有够格的对手。——"郢人逝矣，谁与尽言"，也是《庄子》中的典故：有个叫做匠石的人，能挥斧如风，削尽涂于他人鼻尖上的白粉，但只有郢地一人敢于让他用斧；郢人一死，匠石之技便再无用武之地。结末四句，真正要说的，是人物独得于心而超然世外的妙悟，并不是无人对谈的遗憾。

　　要更深的理解这两首诗，必须懂得"魏晋风度"是怎么一回事。魏晋士人推崇老庄，追求个人精神自由。在他们看来，现实社会中的一切，都是短暂而变幻不定的现象，如果陷落在这些现象（如功名荣利、道德礼义）之中，人便失去真性，委琐、局促、可笑。唯有参悟大道，方能获得人生真谛。由此出发，他们追求自然无拘的生活态度，重视潇洒脱俗的言行举止，以及漂亮的外貌。嵇康本人是魏晋风度的代表人物，是当代人称誉和仿效的对象。他的诗歌，当然反映了他的哲学思想、人生态度。只是嵇康的诗一般说来多有议论太多的毛病，唯有这二首形象十分鲜明生动。前一首中的人物凌厉奔飞而闲逸自如，后一首中的人物恬淡洒脱而情思旷远，都有言外之深味，那就是表现自由人生的高蹈境界。所以这两首诗，是很难得的生动显现魏晋风度的作品。倘若仅仅视之为一般的赠别之作，那是太可惜了。

（骆玉明）

孙 楚

孙楚（？—293），字子荆，太原中都（今山西平遥西南）人。才藻卓绝，爽迈不群，多所陵傲，缺乡曲之誉。年四十余，始参镇东军事。后迁佐著作郎，复参石苞骠骑军事。为扶风王骏参军，转梁令，迁卫将军司马。惠帝初，为冯翊太守。元康三年卒。

（王钟陵）

征西官属送于陟阳侯作

晨风飘歧路，零雨被秋草。

倾城远追送，饯我千里道。

三命皆有极，咄嗟安可保？

莫大于殇子，彭聃犹为夭。

吉凶如纠缰，忧喜相纷绕。

天地为我炉，万物一何小！

达人垂大观，诚此苦不早。

乖离即长衢，惆怅盈怀抱。

孰能察其心，鉴之以苍昊。

齐契在今朝，守之与偕老。

这首诗受到钟嵘和沈约的称赞。沈约在《宋书·谢灵运传论》

中，将"子建函京之作，仲宣霸岸之篇，子荆零雨之章，正长朔风之句"专门提出来，许之为"并直举胸情，非傍诗史，正以音律调韵，取高前式"。"子建函京之作"，指曹植的《赠丁仪王粲诗》；"仲宣霸岸之篇"，指王粲的《七哀诗》；"子荆零雨之章"，即指此诗；"正长朔风之句"，则指王赞的《杂诗》。钟嵘在《诗品》中说："平叔鸿鹄之篇，风规见矣。子荆零雨之外，正长朔风之后，虽有累札，良亦无闻。""平叔鸿鹄之篇"，是指何晏的《拟古诗》。可见前人对这首诗的评价甚高。

诗自"三命皆有极"以下十句叙写玄理。"三命"指人寿长短的三个等级。《养生经》中假托黄帝言曰，上寿百二十，中寿百，下寿八十。"咄嗟"形容时间短暂。二句说人寿皆短暂有尽，不能长久。

"莫大"二句出自《庄子·齐物论》："天下莫大于秋毫之末，而太山为小；莫寿于殇子，而彭祖为夭"一语。从字面上看，这是说年幼而死的人可谓最有寿命，而活到八百的彭祖则可以说是夭折，表达了一种抹杀客观区别的相对主义思想。但值得注意的是这二句紧跟"三命"二句而来，则诗人所注目的意旨乃在说明人寿有限，无法延长，问题在于如何看待。

"纠缠"一词，出自《史记·屈原贾生列传》"夫祸之与福兮，何异纠缠"一语。裴骃《集解》云："瓒曰：纠，绞也；缠，索也。""吉凶如纠缠，忧喜相纷绕"，乃述《老子·五十八章》"祸，福之所倚；福，祸之所伏"之旨。"天地"二句，出自《庄子·大宗师》："今一以天地为大炉，以造化为大冶，恶乎往而不可哉！"以上四句进一步申足必须采取自足其性的人生态度的理由。

"大观"，通达自然之道的大眼光，亦即悟透了人生的哲理，也就是上面所分析的自足其性论。反之，如不能自得其性，而是物役其身，则身非我有，纵有彭祖之寿，亦短若夭子。诗中"诚此"二字，即谓要以此为戒。

以上十句可分为四层，层层递进：从生命的有限，讲到对生命长短的相对看待，再用人生之变幻来映衬前意，然后结出警戒之意。

"乖离"二句，又勾回送别上来。乖离即分离。分手上道之时，惆怅之情盈满怀抱。"其心"正指上文所说对人生哲理的彻悟，而"鉴之以苍昊"者，则云上述彻悟当以天地自然为鉴镜。"齐契"指两人或多人心心相契。人生虽有别离，但心中可存相知。诗人希望友人与自己共同将这种相契之心，亦即对人生的彻悟，一直守护到终老。

全诗在送别的题材中，抒写了自己对玄理的体悟，阐发了一种人生哲学，并以此与朋友相勉，从而使送别留别诗脱离了仅述说友情交谊的圈子，而具有一种别样的气格，这大概正是钟嵘以此为"风规见矣"的原因吧。

（王钟陵）

张 华

张华（232—300），字茂先，范阳方城（今河北霸县）人。少孤贫，自牧羊。仕魏为太常博士，除佐著作郎，顷迁长史，兼中书郎。晋受禅，拜黄门侍郎，封关内侯，拜中书令，后加散骑常侍。为度支尚书，因平吴功，进封广武县侯，出督幽州诸军事，领护乌桓校尉、安北将军。征为太常。惠帝即位，为太子少傅。以平楚王玮功，拜右光禄大夫、侍中、中书监。贾后倚以朝纲，进封壮武郡公，为司空，领著作。性好人物，诱进不倦，博学多识，著有《博物志》。钟嵘《诗品》评其诗云："其体华艳，兴托不奇，巧用文字，务为妍冶。虽名高曩代，而疏亮之士，犹恨其儿女情多，风云气少。"　　　　　　　　（王钟陵）

情 诗

（五首选一）

游目四野外，逍遥独延伫。

兰蕙缘清渠，繁华荫绿渚。

佳人不在兹，取此欲谁与？

巢居知风寒，穴处识阴雨。

不曾远离别，安知慕俦侣？

　　张华的《情诗》五首是夫妇相互赠答之词，这是第五首，叙写游子思妻之情。

　　这首诗十分明显地受到《古诗十九首》中"涉江采芙蓉"一首的影响。古诗云："涉江采芙蓉，兰泽多芳草。采之欲遗谁？所思在远道。还顾望旧乡，长路漫浩浩。同心而离居，忧伤以终老。"以芳草送人是结好的表示，这是一种可以追溯到《诗经》时代的风俗，而《楚辞》中则多用芳草、芙蓉以象征高洁美好的品质。张华此诗正是承袭了古诗以芳草送所思之人而不得的构思，并且承袭了其所表达的一种忧伤的情调。

　　张华此诗的前六句，即直接取古诗"涉江采芙蓉"前四句，略加衍化而成："取此"句明显套用"采之欲遗谁"句；"兰蕙"二句系演化"兰泽多芳草"，表现了比古诗较多铺陈的特征。

　　此诗后四句以巢居之鸟深悉风寒、穴处之虫谙识阴雨，说明非经远别分离之人无由知思慕之情深。这是一种侧面的表达法，诗人并不正面述说思慕之深，而只是说它非不曾远别之人所能体会，语耐含咀。这种侧面的抒怀，同前面"逍遥独延伫"的企跂之望，以及"佳人不在兹，取此欲谁与"的惆怅之想相配合，使全诗形成了一种婉转低回的情韵。钟嵘评张华诗"儿女情多"，或正有见于此。

（王钟陵）

潘 岳

潘岳（247—300），字安仁，荥阳中牟（今河南中牟）人。武帝时，举秀才为郎。出为河阳令，转怀令，调补尚书度支郎，廷尉评。杨骏辅政，引为太傅主簿。选为长安令。补著作郎，转散骑常侍。赵王伦辅政，孙秀诬岳及石崇、欧阳建谋奉淮南王允、齐王同为乱，诛之，夷三族。史称其"辞藻绝丽，尤善为哀诔之文"（《晋书·潘岳传》）。　　　　　　　　　　　　　　（王钟陵）

悼亡诗

（三首选二）

荏苒冬春谢，寒暑忽流易。

之子归穷泉，重壤永幽隔。

私怀谁克从？淹留亦何益。

僶俛恭朝命，回心反初役。

望庐思其人，入室想所历。

帏屏无仿佛，翰墨有余迹。

流芳未及歇，遗挂犹在壁。

怅恍如或存，回遑忡惊惕。

如彼翰林鸟，双栖一朝只。

如彼游川鱼，比目中路析。

春风缘隙来，晨霤承檐滴。

寝息何时忘，沉忧日盈积。

庶几有时衰，庄缶犹可击。

　　《悼亡诗》是潘岳的代表作。《悼亡诗》一共三首，这是其一，写妻亡已葬、诗人返回官任时的心情。

　　诗从时光之流逝写起。"荏苒"，展转之意。"冬春谢"，以二季代谢言四时流转。"寒暑"句意同前。与刘琨《重赠卢谌》中"宣尼悲获麟，西狩涕孔丘"二句相仿，被刘勰指责为"对句之骈枝"（《文心雕龙·丽辞》）。这种情况到永明体兴起以后就减少了。但在潘岳的时候，这种造语还未受到批评。

　　"之子"，那人，指亡妻。"穷泉"，地下；"重壤"，深厚的土层。这二句说亡妻已入葬地下，重重土块永远隔断了幽、明二界。"私怀"指个人情怀。"克"，能。诗人眷恋亡妻的情怀既无人理解，一直淹留家中又有什么益处？于是，诗人决定勉力恭奉朝廷的命令，返回任所。以上为全诗的第一层，陈述了诗人离家时的矛盾心情。

　　正是这种欲留无益，欲去不能的矛盾心情，使诗人"望庐思其人，入室想所历"，陷入了一种更深沉的痛苦。"帏屏"句用汉武帝欲见李夫人事。《汉书·外戚传》："李夫人早卒，方士齐少翁言能致其神，乃夜张灯烛，设帏帐，令帝居他帐中，遥望见好女如李夫人之状，不得就视。"潘岳以此为反衬，言己在妻亡后思见其影亦无法办到。"翰墨"以下三句则换了一个角度，说亡妻笔墨遗迹尚存。

在此，人之不可见与物之历历在目，形成了鲜明的对照，这在诗人心中又激起了一阵恍惚似存、惊觉知亡的强烈震荡。

接着，诗人以林鸟双栖而一朝孤单，比目游川而中路分离的生动比喻，抒写了亡妻后的孤凄心情。"春风"二句写春风从墙隙中吹入，晨露从屋檐上滴下，意颇曲折。历来注本于此均无解释。其实，如果联系下面"寝息何时忘，沉忧日盈积"二句来看，"春风缘隟来"是说思念随处而生，犹如有隟则有风之来，即"寝息何时忘"之意；"晨霤承檐滴"是说忧愁不断，犹如檐滴之聚于霤槽，亦即"沉忧日盈积"之意。

忧思过甚，便要设法消解："庶几有时衰，庄缶犹可击。"庄子妻死，惠施往吊，见庄子正鼓盆而歌。潘岳用这一典故表示希望自己能节哀，像庄周那样达观一些。

全诗感情真实，抒写细腻，文气厚重，在中国古代诗歌中，确是一首突出的好诗。

（王钟陵）

曜灵运天机，四节代迁逝。

凄凄朝露凝，烈烈夕风厉。

奈何悼淑俪，仪容永潜翳。

念此如昨日，谁知已卒岁。

改服从朝政，哀心寄私制。

茵帱张故房，朔望临尔祭。

　　　　尔祭讵几时？朔望忽复尽。

　　　　衾裳一毁撤，千载不复引。

　　　　叠叠期月周，戚戚弥相愍。

　　　　悲怀感物来，泣涕应情陨。

　　　　驾言陟东阜，望坟思纡轸。

　　　　徘徊墟墓间，欲去复不忍。

　　　　徘徊不忍去，徙倚步踟蹰。

　　　　落叶委埏侧，枯荄带坟隅。

　　　　孤魂独茕茕，安知灵与无？

　　　　投心遵朝命，挥涕强就车。

　　　　谁谓帝宫远，路极悲有余。

　　这是潘岳《悼亡诗》的第三首，写服丧满一年时的悲痛心情，以及离家时徘徊墓侧的情景。

　　诗的开头从时间之流逝写起。"曜"，光。《诗经·桧风·羔裘》云："日出有曜。""灵"，神灵。"曜灵"，指太阳神，《广雅》云："曜灵，日也。""运天机"一语，出自陈琳《柳赋》："天机之运旋，夫何逝之速也。"二句谓太阳神驱动着日月运旋，于是春夏秋冬四季代相流逝。"凄凄"二句以朝夕交替写时间迁易，"凄凄""烈烈"二词则透出作者的悲伤情绪。"奈何"二句，便交代了这种悲伤的原因。"奈何"二字表达了一种无可如何的态度。"俪"，配偶；

"淑",美好。"仪容永潜翳",是说亡妻入葬幽暗的地下。"此",指妻子之死。二句写想到妻子之死,仿佛就在昨天,谁知道已经过去了整整一年。

"制",依礼守丧之称,一般指居亲丧。现在作者要返回原官任所去了,不能再穿丧服,谓之"改服"。改服表明制期已满。据《仪礼·丧服》篇,丈夫为妻子服丧,志哀一年。通行的制期满了以后,仍然伤悼死者,此潘岳"私制"之意,所谓哀心不易,私存其礼。"茵帱张故房"是说床帐茵褥仍铺设于亡妻过去住的房中。"朔望",阴历每月初一称"朔",阴历每月十五称"望"。此句云每月初一、十五来哭祭亡妻。下二句中的所谓"尽",是指一年中的朔望之日已尽,亦即一年过去了。"衾",被子;"裳",下衣、裙子。二句谓衣被等物一旦毁撤,则永远不会再陈列了。"亹亹",行进貌;"期月周",谓一年已满。《论语·子路》篇云:"子曰:'苟有用我者,期月而已可也,三年有成。'"邢昺疏曰:"期月,周月也,谓周一年之十二月也。"此"期月周"三字正应作此解。"戚戚",心情悲伤的样子。这二句说,随着一年中的日子一天天过去,自己心中的悲切愈益深重。下文"悲怀感物来,泣涕应情陨",正是这种悲切之情的具体表现。

以上为第一段,写自己在服丧期年时的痛苦心情。

"驾言"二字为语首助词。"轸",车箱底部四面的横木,亦用作"车"的代称。纡,曲。这二句说作者驱车出发,登上东边的山冈,遥见亡妻之墓,于是重又驱车绕路来到墓地。下面即写徘徊难去之状:"徘徊墟墓间,欲去复不忍。徘徊不忍去,徙倚步踟蹰。"

又是"徘徊",又是"踟蹰",诗人对亡妻,真是一往情深!"落叶委埏侧,枯荄带坟隅"二句,描写墓地的凄凉景色,以衬托自己心中的悲凉:落叶委弃在墓道之旁,墓的四角则连接着一片片枯黄的草根。面对这种荒冷的景色,诗人不禁想到了孤魂的茕独无依。但是究竟有没有灵魂呢?诗人无法作出判断。"投心"二句谓不得不丢弃心中的哀绪,遵奉朝廷的命令,挥泪登车,返回任所。"谁谓帝宫远,路极悲有余"二句,又以帝宫的遥远映衬悲痛的漫长不尽。

以上为第二段,写诗人踟蹰墟墓的感想。

全诗感情色调浓烈,心理描写细微,特别是第二段景色凄绝,怆情无限,具有强烈的艺术感染力。

（王钟陵）

左 思

左思（250? —305?），字太冲。临淄（今山东临淄）人。出身寒门，仕途失意。容貌丑陋，口才拙涩，不好交游。但博学多识，兼善阴阳之术。作《三都赋》，构思十年，自以所见不博，求为秘书郎。及赋成，张华叹为班、张之流。豪富之家竞相传抄，洛阳为之纸贵。《诗品》评其诗："文典以怨，颇为精切，得讽谕之致。"有《左太冲集》。

（孙安邦）

咏史八首

弱冠弄柔翰，卓荦观群书。

著论准《过秦》，作赋拟《子虚》。

边城苦鸣镝，羽檄飞京都。

虽非甲胄士，畴昔览《穰苴》。

长啸激清风，志若无东吴。

铅刀贵一割，梦想骋良图。

左眄澄江湘，右盼定羌胡。

功成不受爵，长揖归田庐。

　　左思是西晋太康时代最有才华的文学大家。由于出身寒微，虽才高志雄，却抑郁不得意。表现在诗歌创作中，他能超拔时俗，独树一帜，摆脱太康文坛的艳丽诗风，反映社会现实和表现强烈的感情色彩。

在他今存的十四首诗作中，以《咏史》八首最为著名。刘勰《文心雕龙·才略》:"左思奇才，业深覃思，尽锐于《三都》，拔萃于《咏史》，无遗力矣。"其诗托古讽今，常有讽谕而绝少雕饰，不求专咏古人古事，完全是抒发个人的怀抱与愤郁。这是《咏史》的第一首，以西晋与东吴、羌胡的争战为背景，写他渴望立功报国而功成身退的理想与情操。

全诗分两层意思：前八句叙述自己具有非凡的才略；后八句抒写其报国靖边的壮志。"弱冠"四句，先写文才。他说自己二十岁时已能赋诗为文，卓荦不群，以《过秦论》《子虚赋》为典范。的确，诗人赋《齐都》一年乃成，赋《三都》，十年构思，均传为佳话，可与贾谊、司马相如比美。"边城"四句，复写武略。其先陈孙皓犯境，夷虏（即羌胡）扰边的战争形势，再言自己披览《司马穰苴兵法》，精通韬略。"边城苦鸣镝"二句，则将前后两部分紧密地联成一体。

正因为自己有文韬武略，才华出众，所以在边陲发生战争、朝廷用人之际，他跃跃欲试，一心想"长啸激清风"，南夷句吴，北威戎狄。诗人奋激长啸，豪气干云，完全不把东吴放在眼里。他誓效班超上书请兵，冀立铅刀一割之用，施展才略，驰骋"良图"。"左眄"四句正是他要实现的抱负：在左顾右盼之中，澄清江湘灭东吴，平定边患服羌胡。功成之后，又不愿受封领赏，而只求归隐田园。这是何等磊落的胸怀、高贵的品格！

语言精炼，简洁有力，直抒胸臆，立意刚劲，是这首诗的显著特色，也代表了《咏史》八首的艺术风格。陈祚明谓左思"其雄在才，而其高在志。有其才而无其志，语必虚矫；有其志而无其才，音难顿挫"（《采菽堂古诗选》），是对这首诗的确论。诗人自叙才志，"造语奇伟，创格新特，错综震荡，逸气干云，遂为古今绝唱"（胡应麟《诗薮》）。

（孙安邦）

> 郁郁涧底松，离离山上苗，
>
> 以彼径寸茎，荫此百尺条。
>
> 世胄蹑高位，英俊沉下僚。
>
> 地势使之然，由来非一朝。
>
> 金张藉旧业，七叶珥汉貂。
>
> 冯公岂不伟，白首不见招。

诗人以松、草取譬，愤怒抨击了由曹丕始作俑、到西晋形成的上品无寒门，下品无世族的门阀制度。诚如何焯《义门读书记》所说："左太冲咏史，'郁郁'首，良图莫骋，职由困于贫地。托前代以自鸣所不平也。"

前四句咏史而以比兴起，一以高达百尺、郁郁葱葱的涧底松比喻才高位卑的寒士；一以不盈径寸、柔弱低垂的山上苗比喻才拙位尊的世族。在强烈的对比之中形成两个意象，发人深思，从而引出下文的正面议论。

"世胄"四句承前。何以如山顶低矮的小苗一样，出身世族的庸才能够蹑足高位？而似涧底高大的青松一样，生于寒门的贫士反倒沉抑下僚？诗人直率尖刻地指出："地势使之然。"而所谓地势，决非一朝一夕之事，其由来已久。结论十分明确。

"由来非一朝"既收结上文，又启示下文，自然引出比魏晋门阀制度更远的历史。诗人以汉代的史实为证，进一步说明问题。"金张"二句先举占据高位的世胄；"冯公"二句再举沉抑下僚的英俊。二者形成鲜明的比照。"金"指金日磾（mì dī）家，自汉武帝至汉平帝七代为内侍。《汉书》本传称金日磾"七世内侍，何其盛也"。"张"指张汤家，《汉书》本传载："安世（张汤之子）子孙相继，自宣、元以来为侍中、中常侍者凡十余人。功臣之世唯有金氏、张氏亲近贵宠，比于外戚。"戴逵《释疑论》说："张汤酷吏，七世珥貂。"在汉代凡侍中、中常侍等，冠旁均插貂鼠尾作装饰，以示荣耀。"七叶"，即七代；"珥"，插；"珥汉貂"，意即在朝做大官。这两句是说金、张两家子孙凭藉祖先的功业，七代在朝做大官。"冯公"即冯唐，有才识，为中郎署长，曾向汉文帝提出许多切中时弊的建议，非但未被采纳，而且直至白头也未受到重用。正如李善注引荀悦《汉纪》所说："冯唐白首，屈于郎署。"最后四句在强烈的对比中，不仅用史实证明"世胄蹑高位，英俊沉下僚"的现实由来既久，同时也抨击了门阀制度的不合理。

这首诗在艺术上有独到之处，运用形象的比喻、强烈的对照。

"不必专咏一人，专咏一事，咏古人而已之性情俱见。此千秋绝唱也"（《古诗源》），沈德潜的评论恰到好处。诗人为沉抑下僚的寒素士子鸣不平，感情诚挚，读来感人至深。

（孙安邦）

> 吾希段干木，偃息藩魏君；
>
> 吾慕鲁仲连，谈笑却秦军。
>
> 当世贵不羁，遭难能解纷。
>
> 功成耻受赏，高节卓不群。
>
> 临组不肯绁，对珪宁肯分？
>
> 连玺曜前庭，比之犹浮云。

　　左思的《咏史》诗八首，都是托古讽今，借古人古事以抒写自己的怀抱和不平的作品。它们共成一组，在形式和表现手法上颇为相近，而从具体的思想内容来看，每篇又各有侧重。如果说首篇是以概括自述为主的序诗，其二是着重于揭示社会不平现象的引子，那么，其三则是进一步申明个人志向的正文开端。在这第三首诗中，诗人热情歌咏了古时豪杰有功于国而轻视禄位的高尚节操，并借此作了清楚的自我表白。

　　诗的开头四句首先点明诗人所仰慕的对象。段干木能在退隐高卧的情况下保卫魏国的安全，鲁仲连能以谈笑舌辩使虎狼之秦从赵国撤围退兵，他们都不愧为才能卓越、品格高尚的智者贤人。诗人之所以由衷地敬仰这两位历史人物，不仅因为他们在关键时刻能担当重任，为国家创建了功业，而且还有着更深一层的理由。接下去四句先阐述了鲁仲连立功之后的表现。据《史记·鲁仲连列传》载，鲁仲连却秦军后，平原君要给他高封厚赏，他再三辞让说："所谓贵于天下之士者，为人排患释难解纷乱而无取也。"诗人在这里用鲁仲连语之原意，并进而加以评价指出，世人所推崇的是那些不羁之士，他们能够为人排难解纷，功成而不受赏，高尚的节操实在与众不同。由此可见，诗人所衷心钦佩的，乃是那些重义轻利、无私欲的君子。他们怀着满腔的热情，凭着非凡的才干，一心想建功立业，报效国家，却丝毫不为个人打算。正如诗的末四句所说，面对高官厚禄不动心，把富贵看得像浮云一样轻。这既是对鲁仲连等人的高度赞扬，也是诗人内心情怀的直接表露。

纵观全诗，大致可分三个层次：第一层四句引起，第二层四句过渡，第三层四句归结。层层衔接，逐步深入。在内容上则以咏古入手，以评价承转，最终落笔于个人的抒情述志。这样便使作品不同于一般的咏史诗，而注入了更加浓烈的感情色彩，把主观和客观更加紧密地融合为一体。清人沈德潜谓其"咏古人而己之性情俱见"（《古诗源》），此诗即一显例。

（卢 渝）

济济京城内，赫赫王侯居。

冠盖荫四术，朱轮竟长衢。

朝集金张馆，暮宿许史庐。

南邻击钟磬，北里吹笙竽。

寂寂杨子宅，门无卿相舆。

寥寥空宇中，所讲在玄虚。

言论准宣尼，辞赋拟相如。

悠悠百世后，英名擅八区。

　　这首诗是写豪门与寒门两个不同阶层的生活方式，在强烈的对比中，让人去体认何者为贵，哪种生活才是真正的有意义、有价值。

　　全诗分三个层次，前八句为一层，写豪门贵族的烜赫气势与征歌逐酒、纸醉金迷的奢侈生活。在繁华的京城内，住着那些显赫神气的王侯贵族，他们穿戴华贵，车乘富丽，奔逐于大街通巷。他们白天聚集在豪门家里，晚上欢宴在贵族府中。这边敲钟击磬，那边吹竹弹丝，真是豪华竞逐，热闹非凡。济济，众多繁盛。赫赫，显耀的。冠盖，官僚贵族的礼服和车盖。术，道路。金、张，指汉宣帝时的大贵族金日磾与张安世。许、史，指汉宣帝时的外戚许伯与史高。后世以金张、许史代表豪门贵族。

　　"寂寂杨子宅"以下六句为一层，写寒门之士恬静、清贫的学术生活。在偏僻冷落的杨子家，大门口没有达官贵人们的车子来到。在空荡荡的屋里，所探讨的是深奥的哲理，立论则以孔子的观点为准则，辞赋则学习司马相如的风格。杨子，杨雄，西汉末的大文学家、哲学家。杨，一作扬。这里以杨雄代表寒门之士，也是作者自况。

末两句为一层。以上两种截然不同的人生观与生活方式究竟哪一种有意义、有价值呢？诗人对此作了肯定的总结："悠悠百世后，英名擅八区。"经过漫长的历史考验，只有那些在学术上文化上有贡献的人们，才能永远扬名于天下。八区，四面八方。

此诗的特点一是采用鲜明的对比手法，通过喧嚣与冷落的对比，讽刺和否定了豪门贵族的醉生梦死的腐朽生活，揭示这种表面的荣华富贵不过是云烟过眼而已，同时也宣泄了诗人对当时门阀势力的强烈不满；二是运用借代手法，以金张、许史代表豪门贵族，以杨雄代表寒门之士；三是层次分明，先写豪门，继写寒门，最后总结；四是大量采用宽式对句，这是晋诗有别于魏诗的特点之一。

（潘　慎）

皓天舒白日，灵景耀神州。

列宅紫宫里，飞宇若云浮。

峨峨高门内，蔼蔼皆王侯。

自非攀龙客，何为欻来游？

被褐出阊阖，高步追许由。

振衣千仞冈，濯足万里流。

这是《咏史》第五首。也是八首中情感最为激扬的一首。诗人挥洒巨笔，宣泄抑郁之气，表现了对世族把持政权的强烈不满和誓与专重门第的社会决裂的态度。

"皓天舒白日，灵景耀神州"，起调不凡。诗一发端，就给人以广阔雄浑的意象，并以一种高亢的情调和特定的气氛笼括全篇。紧接四句写皇宫的华丽和贵族的生活。"列宅"二句描摹京都皇宫建筑，华屋鳞毗，飞檐如云；"峨峨"二句则写崇楼高门之中，熙熙攘攘，居住着王公贵戚。两句的字里行间暗含鄙夷之意。诗人居高临下，恰似俯视蚁群，表现了高傲的人生态度。

后六句首先回笔倒叙："自非攀龙客，何为欻来游?"扬雄《法言·渊骞》："攀龙鳞，附凤翼，巽以扬之。"在这里"攀龙客"指那些追随帝王求取功名仕进的人。这两句表白自己并非攀龙附凤、追名逐利之辈，为何忽然来到京都这种地方呢？既有匡时救世的壮志，又觉得壮志难酬，从而流露出一种矛盾而又痛苦的心情。理想破灭，只有离开这喧嚣污浊的尘网，身着粗布衣服，追随许由隐居山野，安贫守节，高蹈遁世，洁身自好。结尾二句"振衣千仞冈，濯足万里流"，为千古所传颂。诗人要在千仞的高冈上抖衣，万里的长河里洗脚，以除去世俗的污垢。这种"濯身乎沧浪，振衣乎高岳"（李善注引王粲《七释》）举动，正是要像帝尧时的高士许由那样远行隐遁。这是诗人对过去生活反躬自省后得出的结论。

诗人在挫折困顿面前没有屈服，反而面对扼杀人才的门阀制度发出强烈的谴责。诗在艺术上刚健明朗、雄浑开阔，体现了为钟嵘所称许的"左思风力"（《诗品》）。

　　另外，很值得一提的是在题材方面，以诗"咏史"虽肇始于东汉班固，并在魏晋之际也时有出现，但不外是对历史人物或事件加以客观的叙述，略寓褒贬。到了左思，他巧妙地将史事同自己的感情融为一体，独辟借史咏怀的蹊径，赋予咏史诗以极强的生命力。咏史诗到唐代蔚为大观，实有左思的开拓之功。　　（孙安邦　陈九如）

荆轲饮燕市，酒酣气益震。

哀歌和渐离，谓若傍无人。

虽无壮士节，与世亦殊伦。

高眄邈四海，豪右何足陈！

贵者虽自贵，视之若埃尘。

贱者虽自贱，重之若千钧。

　　此诗与《咏史》诗中的其他几首相比，侧重于表达对权贵的蔑视。作品从描述战国时为燕太子丹刺秦王的荆轲的行为举止开始。荆轲在燕国时，和燕国的狗屠及高渐离是好朋友，经常一起在市中喝酒，喝至畅快淋漓，高渐离击筑，荆轲哀歌相和，已而相对泣，旁若无人。针对这种豪放不羁的表现，诗人对荆轲作出了自己的评价。他认为，荆轲身为一个粗鄙之人，虽然还缺少壮士的操行，却显然与众不同。此人雄心傲骨，高视不凡，全不把豪门望族放在眼里。接下去诗人又由此及彼，表示了自己对"贵"与"贱"的看法。那些达官贵人虽然自恃尊贵，但却像尘埃一样不值钱；那些寒微之士虽然出身卑贱，但他们的行为品格却重若千钧，永远受到后人的尊崇。末四句采取明暗结合的手法，明里与上文相接，表达了对荆轲的赞誉，暗中却抒写了诗人自己的意态。因为他本属"贱者"，地位卑微，但才高志大，持有操节，远非那些贪图爵禄、饱食终日的权贵所能比。这种把主观抒怀和客观评价糅合在一起的表述，含蓄蕴藉，一箭双雕，在篇章结构和深化内容等方面都具有重要的作用。

　　在艺术上此诗将叙事、议论、抒情有机地结合起来，增加了内容的力度和深度。其开篇即以荆轲燕市豪饮的生动形象凸现了古代壮士睥睨四海、蔑视权贵的精神风貌，从而突破了一般咏史的泛泛格调，为全诗注入了一种生动有力的气势，并为下面的评论和抒怀提供了充足的准备。其次，诗中大量运用了对比的手法，给人以强烈鲜明的印象。如中间四句，每两句一组，前者以荆轲与平庸之徒作比较，肯定他并非寻常之辈；后者又以"四海"与"豪右"相对，说明荆轲连整个天下都不放在眼里，更何况于那些权贵了。诗的末尾排比整齐，"贵"与"贱"、"埃尘"与"千钧"等词反义对比，抑扬相间，褒贬分明，强调和突出了诗的主题。　　　　（卢　渝）

主父宦不达，骨肉还相薄。
买臣困樵采，伉俪不安宅。

陈平无产业，归来翳负郭。

长卿还成都，壁立何寥廓。

四贤岂不伟，遗烈光篇籍。

当其未遇时，忧在填沟壑。

英雄有迍邅，由来自古昔。

何世无奇才，遗之在草泽。

　　左思《咏史》诗八首，除第一首属"序论"，表达自己的远大抱负外，其他七首大多以蔑视门阀王侯、颂扬寒门达士为旨归。此诗首八句，即列叙了西汉时期四位出身微贱、但成功了一番业绩的贤达之士——主父偃、朱买臣、陈平、司马相如。主父偃，西汉临淄人，官郎中，为齐相。初学长短纵横术，晚学《易》、《春秋》、百家之言。家贫，假贷无所得，困于燕赵、中山。后上书言世务，被汉武帝重用。其游学未遇时，"亲不以为子，昆弟不收"（《史记·平津侯主父列传》），"骨肉还相薄"说的就是这种情况。朱买臣，吴人。官会稽太守，主爵都尉。初家贫，好读书，不治产业，卖薪自给。"担束薪，行且诵书，其妻数止之，买臣愈益疾歌，妻羞之，求去"（《汉书·朱买臣传》）。"伉俪不安宅"即指此。陈平，阳武户牖人，封曲逆侯，官左丞相。少时家贫，好读书，户牖富人张负至陈平家，其家"乃负郭穷巷，以席为门。然门外多长者车辙"（《汉书·张陈王周传》）。"归来翳负郭"即用此典。司马相如，字长卿，成都人，官中郎将，孝文园令。早年曾客游梁归，家贫无以自业。至临邛，以琴心挑卓王孙女卓文君，"文君夜亡奔相如，相如与驰归成都，家徒四壁立"（《史记·司马相如列传》）。"壁立何寥廓"即言此事。

　　诗人不嫌其烦地罗列这四位贤士的穷达经历，目的在于说明一个人无所谓贫困与富贵，得意和失意，原来贫困之人，不一定永远贫困；自古以来的英雄豪杰大多有其困顿失意之时，都有被贫困吞噬（填沟壑）的可能。同样，自古以来的一些帝王将相、豪门贵族，都不是生来就高贵的，他们之所以如此，只是得到了好的机会而已。因之，现在的尊贵门阀并没有什么了不起。再说，这四位贤才如果没有卫青、严助、魏无知、杨得意的推荐，恐怕也难以建功立业，即使不"填沟壑"，也只有"遗之在草泽"了。

　　最后两句流露了诗人怀才不遇的无穷感慨，他借四贤的酒杯，浇自己的块垒。四贤都是出身寒微，却能够得到知遇；自己也出身寒微，却一直郁郁不得志。"何世无奇才，遗之在草泽"，实在是本诗的"点睛"之笔。

（潘　慎）

习习笼中鸟，举翮触四隅。
落落穷巷士，抱影守空庐。
出门无通路，枳棘塞中涂。
计策弃不收，块若枯池鱼。
外望无寸禄，内顾无斗储。

亲戚还相蔑，朋友日夜疏。

苏秦北游说，李斯西上书。

俯仰生荣华，咄嗟复凋枯。

饮河期满腹，贵足不愿余。

巢林栖一枝，可为达士模。

　　这是一首牢骚诗，诗人把在前七首中蕴积起来的愤慨，以及在现实生活中的遭遇与感受，在此作了一个总爆发、总倾诉。他在诗中表达了自己从"梦想骋良图"建功立业的积极入世思想，到"贵足不愿余"，只求"巢林栖一枝"的转变，这实在是壮志严重受挫后所产生的一种无可奈何心情。诗人通过各种比喻，向读者控诉了自己被压抑的不幸遭遇，发出了近乎绝望的哀叹。

　　诗篇一开头就把门阀制度比作鸟笼，自己则是笼中的小鸟，要想展翅飞翔——建功立业，却到处碰壁。关于"鸟笼"之所以是门阀制度，而不是当时的最高统治权，是因为门阀制度乃是一股时代逆流，不是由皇帝钦定的。传说宋武帝刘裕想挤进世族行列，欲与王谢通婚，也遭到拒绝。否则，左思之妹左芬为贵嫔，他是外戚，凭裙带关系也可以腾达一番，可是他只做了个小小的秘书郎。左思为人正直，家中少有资财，做官既无经济实力，也无任何政治资本。"出门"两句喻示其要向外发展，干一番事业，可是中途障碍重重，难以逾越。他的意见、建议都不被采纳，孤零零的好像干枯了的池鱼，不仅不能动弹，而且简直快要渴死了。在这种被束缚得快要窒息的处境中，诗人必然会落到窘迫可悲的境地。他对外没有获得一官半职，家里又少有积余。亲戚瞧不起，朋友一天天疏远。他在这种内外交困的境遇中挣扎，当然要对现实社会牢骚满腹了。

"苏秦北游说"以下四句，流露出诗人对建功立业感到心灰意冷的情绪。他引用苏秦和李斯在事业上成功与失败的典故，来阐明轻易取得的荣华富贵必然会很容易丧失的常理，从而也表白了自己决不投机取巧、捞取荣华的高尚品格。这两个典故正关"咏史"，避免了因议论而离题的毛病。

最后四句是诗人对人生追求的失意哀叹和最低的企求。《庄子·逍遥游》说："鹪鹩巢于深林，不过一枝；偃鼠饮河，不过满腹。"小动物的这种知足行为，正可作为明达之士的榜样。诗人在此暗示也要像偃鼠和鹪鹩那样，对事业不抱什么奢望，只求小小的满足就够了。他早就表示过"功成不受爵，长揖归田庐"的想法，可惜连这种最起码的满足都达不到，难怪他要一而再、再而三地借古人古事来抒写自己的愤懑了。

（潘　慎）

招　隐

（二首选一）

杜策招隐士，荒涂横古今。

岩穴无结构，丘中有鸣琴。

白云停阴冈，丹葩曜阳林。

石泉漱琼瑶，纤鳞或浮沉。

非必丝与竹，山水有清音。

何事待啸歌？灌木自悲吟。

秋菊兼餱粮，幽兰间重襟。

踌躇足力烦，聊欲投吾簪。

　　这是左思《招隐二首》的第一首。招，犹招寻。题作《招隐》，但同辞赋中的《招隐士》（淮南小山）命题相异。此诗写入山寻访隐士，却因羡慕隐士的清高生活，而决意同隐，表现了不与世俗同流合污的情操。

　　"杜策"二句点题，交代了此行的初衷。诗人持杖招寻隐士，所经小径荒芜。人迹罕至，给人一种茫然幽静的感觉。在一片山岩洞穴间不见房舍，却传出阵阵悠扬的琴声。隐者为何能在如此荒凉寂寥的环境中，怡然自得、超然物外、不以为苦呢？

"白云"四句承上而答：白云悠悠驻足山北，红花艳艳耀彩南林；清泉潺潺在晶莹如玉的山石间激荡，游鱼纤纤在清澈见底的小溪中沉浮。诗人在此描绘了一个十分优美的自然环境，画面上既有"白云""丹葩"的明丽色彩，又有"阴冈""阳林"的光线对比，"石泉""纤鳞"的生动姿态，这种静谧恬美的景色连寻访者都为之心怡神驰、乐而忘返，难怪隐居者要怡然自得，沉溺其间了。"非必"四句进一步描写水石风木皆有天韵。在诗人看来，山水自有清美的乐声，风吹灌木自成悲叹，又何必再鸣琴、吟唱呢？诗人笔下的大自然不仅有天然的姿色可以入画，而且有天然的情韵可以入乐，使人感到甚至连隐居者的"鸣琴"，也成了多余。"山水有清音""灌木自悲吟"是自然的人格化，也是人情的物化，人与自然在这里已是物我不分、融为一体了。

隐居之所以如此优美，已足使寻访者流连陶醉。而"秋菊兼餱粮，幽兰间重襟"，化用屈原《离骚》中"夕餐秋菊之落英""纫秋兰以为佩"句意，言隐居者将菊花作食粮以延年益寿，在衣襟上佩着幽兰以洁身清心。一种不食人间烟火、超然脱俗之气溢诸楮墨。这时，寻访者的思想感情已完全和隐居者融合，他要留居山中与隐居者同隐，再也不愿返回污浊的尘世了。

末二句正表达了诗人的这种愿望。招隐者最终反要投簪归隐，个中意蕴发人深省。这说明招隐者所目睹身历的社会昏暗，同隐居者所处环境的天然秀丽恰成鲜明的对照，诗人在对比之下选择了后者，表示宁愿弃官也不愿复归尘寰，与世同流合污了。

这首诗艺术上的特色是写招隐，却未见被招者的影子。诗人以细腻隽秀的笔触，描绘了优美的自然景观；又以婉转含蓄的笔调，抒写了深沉的人生感慨。两者结合紧密，渗透交融，给人以回味的余地。

（孙安邦）

娇 女 诗

吾家有娇女，皎皎颇白皙。
小字为纨素，口齿自清历。
鬓发覆广额，双耳似连璧。
明朝弄梳台，黛眉类扫迹。
浓朱衍丹唇，黄吻烂漫赤。
娇语若连琐，忿速乃明懂。
握笔利彤管，篆刻未期益。
执书爱绨素，诵习矜所获。
其姊字惠芳，面目灿如画。
轻妆喜楼边，临镜忘纺绩。
举觯拟京兆，立的成复易。
玩弄眉颊间，剧兼机杼役。
从容好赵舞，延袖像飞翮。
上下弦柱际，文史辄卷襞。
顾眄屏风画，如见已指摘。
丹青日尘暗，明义为隐赜。
驰骛翔园林，果下皆生摘。
红葩掇紫蒂，萍实骤抵掷。

贪华风雨中，倏忽数百适。

务蹑霜雪戏，重綦常累积。

并心注肴馔，端坐理盘核。

翰墨戢闲案，相与数离逖。

动为垆钲屈，屣履任之适。

止为茶荈据，吹嘘对鼎𬭕。

脂腻漫白袖，烟熏染阿缌。

衣被皆重地，难与沉水碧。

任其孺子意，羞受长者责。

瞥闻当与杖，掩泪俱向壁。

　　左思此诗写他两个小女儿的种种娇憨情态。据诗中描叙推测，大女儿惠芳约十岁上下，小女儿纨素不过六七岁。内容都是日常琐事，无非说她们好吃、贪玩、爱打扮，但读起来，却令人十分喜欢。因为诗中充满慈爱的描写，其实是成人对儿童的纯真人性之美的赞颂与回味。在文学史上，这是第一篇细致描绘儿童形象的作品，反映了魏晋时期文学摆脱作为政治、教化之工具的地位以后，题材不断扩大，越来越切近人们的日常生活和真实感情。

　　诗开头是二句平稳的交代，语气中带着宠爱，奠定了全诗轻松愉快的基调。而后各以一小节分别写纨素、惠芳二人，非常传神地写出她们的相似与不同。说小的化妆打扮，大半是顽皮胡闹，称之为"明朝（早晨）弄梳台"。结果是眉毛画得像扫帚扫地的痕迹，小嘴涂得一片通红。那模样真叫人绝倒！"衍"字本有延展、满溢的意思，在这里表示胡涂乱抹，下句再以"烂漫赤"的效果相应，给人以鲜明的印象。接着两句写小孩说话的模样。"连琐"本指相衔不绝的花纹，形容小女孩撒娇时唧唧喳喳、一气不停的腔调，联想十分巧妙。不过，要是急恼（"忿速"）起来，顿时又变作"明懂"之态。"懂"有乖张之意，"明懂"当是指声调响亮而尖锐。这是受宠的小女孩所特有的情态。最后再写纨素如何读书。她"握笔"只是因为喜爱好看的笔（"彤管"原指红漆笔杆），要说正经写字（"篆刻"指小孩习字），那是没有指望的。翻弄书卷，也只是因为喜爱抄书所用的绨素（丝织品）。但虽不用功，稍微识得几字，却要到处卖弄。几个细节一写，纨素的模样便活了起来，好像就在我们面前。

姐姐大了几岁，跟妹妹自有不同。她的打扮，就不是为了好玩，态度认真得很。一坐到楼边对着铜镜施妆，便忘了女孩家最要紧的学业——纺绩。"举觯拟京兆"，"觯"字疑是"觚"（一种木笔）之误，"京兆"系用西汉宣帝时京兆尹张敞为妻画眉的典故，这里指打扮得仔细。"立的成复易"，是说点成了"的"（脸上的朱红点）嫌不好，又擦掉重来。这不过是一例，所以下面又概括说：她在小脸蛋上花掉的功夫，远远甚于纺织之类的事情。这确是一个刚晓得要美、却未晓得羞涩的女孩。惠芳还喜欢音乐舞蹈，一会儿挥动长袖，如鸟儿飞动的翅膀；一会儿抚弄琴弦，双手上下不停，文史之类的书籍早被她卷起来扔到一边去了。不过，她到底读过一些书，看到屏风上的画，才"如见"——看了隐约仿佛，就指指点点，谈论起画的内容。其实，这些画因年代久远而变得黯淡，其"明义"（明白的内容）早已"隐赜"（隐晦难晓）了！小孩子自作聪明，哪里管它呢！这也是卖弄，但跟妹妹不一样，已经在借题发挥，做出一点学问气了。

"驰骛翔园林"以下，将两姐妹合在一起写。这一大一小，贪玩是一样的。她们像一对小鸟，飞向园林，把未成熟的果子生摘下来，连着花带着蒂，相互掷来掷去（"萍实"系用典，此处泛指佳果）。贪恋花儿，哪管什么风雨！倏忽之间，不知去了多少次。就是凝霜积雪，也不肯罢休，在鞋子上扎上一条又一条带子（"綦"，鞋带），照样出去。直到菜肴端出来，她们才静了下来，端坐在那里，帮着摆弄干果（"核"）。要她们读书，她们总把笔墨闲扔在书案上，结着伴跑个没踪没影（"遄"，远）。街上鑢钲（乐器，这里约指街上玩杂耍、卖小吃者敲击的乐声）一响，她们就被征服（"为……屈"）了，寻声而去，连鞋子都顾不上穿好，拖着（"屣履"）就跑。每当家里煮着好吃东西（"菽"，豆类，这里泛指食物）的时候，她们就会安坐下来，而且耐不住嘴馋，一个劲向炉子里吹气。弄得油腻染上了白袖，烟气熏脏了衣衫（"阿缎"，原指细缯和细布），衣服的底子（"地"）上积着一层又一层的颜色，沉到碧水里也难以洗净。整个这一节，写得非常活泼。

最后四句，来了一个转折：她们任着自己的小孩脾气胡来，却又怕受到大人的指责。知道要挨打了，两个人一齐面向墙壁，流泪不住，煞是可怜。但气氛的改变并不严重，绝不会破坏全诗轻松愉快的调子。甚至，这个结尾还颇有些滑稽，令人忍俊不禁，哑然失笑。

这是一首叙事诗，结构单纯，也没有多少特别的技巧。然而，非常可贵的是，作者能够选择一个个富有代表性的细节，使用准确的语汇，娓娓叙来，绘声绘色，活灵活现，极为清晰生动地描绘出两个女孩的神情姿态，充满生活情趣。这不仅需要才华，更需要对孩子的理解和深挚的爱。诗中并没有写到作者自己，我们却可以从孩子身上、从诗歌叙事的语气中，知道左思是一个怎样的父亲。

（骆玉明）

陆 机

陆机（261—303），字士衡，吴郡吴县（治今江苏苏州）人。祖逊、父抗均为东吴名臣。吴亡，与弟云退居华亭读书，晋太康末应诏入洛阳。曾为太子洗马、著作郎、中书郎等职。锐意进取，后在统治集团内部纷争中被杀。其诗情感强烈，辞藻富丽，注重字句的锤炼和排偶，代表了当时诗歌发展的新趋向。现存作品以乐府诗居多，成就也较高，寄托其渴望建功立业、感叹人生艰难、怀念故国家园的情感。晋代和南北朝时其诗声誉很高，钟嵘《诗品》称为"才高词赡，举体华美"，列于上品。明清时对之贬抑者较多，但其大家地位仍为一些论者所承认。

（杨　明）

挽 歌

（三首选一）

重阜何崔嵬，玄庐窜其间。

旁薄立四极，穹隆放苍天。

侧听阴沟涌，卧观天井悬。

广宵何寥廓，大暮安可晨！

人往有返岁，我行无归年。

昔居四民宅，今托万鬼邻。

昔为七尺躯，今成灰与尘。

金玉素所佩，鸿毛今不振。

丰肌飨蝼蚁，妍姿永夷泯。

寿堂延魑魅，虚无自相宾。

蝼蚁尔何怨？魑魅我何亲？

拊心痛荼毒，永叹莫为陈。

　　挽歌，即送葬之歌。由牵挽灵柩的人所唱，故称挽歌。其起源颇早。魏晋文人喜以挽歌为题作诗。陆机作有多首，这里所选即其中之一，系假托死者的口气以诉说死之悲哀。

　　诗的开头四句描绘墓穴的地位、形状。玄庐指墓舍。玄有黑暗深隐意，死后的景况幽暗而不可测，故以"玄"字形容。墓在重峦之间，用一"窅"字，写出远离人迹、荒凉冷落之状。"旁薄立四极，穹隆放苍天"是说墓中地有四边，有如大地之东西南北四极；墓穴空而大，依仿苍天四垂。旁薄为地之形，穹隆为天之形。死者卧于墓中的天地之间，耳闻身边水泉流淌，如生前居处的沟水腾涌；目观头上墓顶严闭，如生前宫室的天井高悬。屋顶梁栋间架木为方形，其状如井，故称天井。

　　"广宵何寥廓"以下，死者从各个方面诉说其心情的痛苦。先说人一死不能复生。广宵、大暮，都是长夜之意。地下如漫漫长夜，无边无际，永无天明之时。人死犹如远行，而永无返归之日。接着将往昔之生与今日之死加以对比：昔与士农工商四民共居，今则与万鬼为邻；昔为堂堂男子，魁梧高大，今则骨消肉化，成一棺之土；昔日身佩金玉，既富且贵，颐指气使，今日则气尽力索，连一根鸿毛也举不起、动不了。其对比之鲜明，充分体现了死者痛苦的强烈。下面更画出一幅凄凉可怖的图画：死者身躯为蝼蚁所咬啮，而鬼魅则公然登堂入室，旁若无人地互相酬酢，行宾主之礼。寿堂，指死者起居之处，实即墓室。虚无指鬼魅，因其无形质，故称虚无。死者不禁悲伤地呼喊：蝼蚁啊，你们与我有何仇怨，为何如此作践于我？鬼魅啊，我与你们是何亲戚，为何入我居室而不去？最后两句，写死者痛苦不堪，捶胸长叹，但又无人可与倾诉。

　　这首诗的特点，在于以死者口吻进行陈述。这种写法陆机之前已有，如汉末阮瑀《七哀》诗倾吐生命消逝之痛，有句云："出圹望故乡，但见蒿与莱。"便是假托死者口气。而陆机则将此种口气扩展至全篇，且言之凿凿，所以给人一种似幻似真之感，读来颇觉生动、新鲜。后来陶渊明的《挽歌》便也采取此种写法。其又一特点，是具体生动地描绘出墓穴中的种种情景。其中关于蝼蚁、魑魅的描写，境界阴森，情调凄凉，更使人感到惊心动魄。南朝宋代诗人鲍照的《挽歌》中有"生时芳兰体，小虫今为灾。玄鬓无复根，枯髅依青苔"的描写，当即受此影响。而唐代李贺"秋坟鬼唱鲍家诗，恨血千年土中碧"（《秋来》）一类境界，亦似与此有一脉相承的关系。

　　挽歌原只用于丧葬，但因它唱出了人们留恋生命、厌惧死亡的普遍心理，有着强烈的抒情色彩，所以后来成了具有独立欣赏价值的艺术作品。史载汉晋时有不少人爱听挽歌，甚至于婚嫁宴会酒酣之后唱挽歌助兴，大家听得涕泗滂沱，反以为乐。这种现象反映出人们以悲为美、爱好强烈情感的审美心理。陆机此诗极力渲染死之苦痛，也正是此种心理的表现。

（杨　明）

长 歌 行

逝矣经天日，悲哉带地川。

寸阴无停晷，尺波岂徒旋？

年往迅劲矢，时来亮急弦。

远期鲜克及，盈数固希全。

容华夙夜零，体泽坐自捐。

兹物苟难停，吾寿安得延？

俯仰逝将过，倏忽几何间。

慷慨亦焉诉，天道良自然。

但恨功名薄，竹帛无所宣。

迨及岁未暮，长歌承我闲。

　　《长歌行》是汉代乐府旧题。乐府又有"短歌"，长、短均指歌者行声而言。《长歌行》古辞以"青青园中葵"起兴，说荣华不能长久；又以"百川东到海"为喻，说时光不能倒流；从而得出"少壮不努力，老大徒伤悲"的结论。陆机此诗即沿用古辞主旨而寄托自身的感慨。

　　开头六句为第一层，说岁月飞逝，一去不返。"逝矣经天日，悲哉带地川"，以白日西下、江河东注的形象比喻时光流逝。《论

语·子罕》:"子（孔子）在川上曰：逝者如斯夫！不舍昼夜。"后来
文士往往从逝川的形象联想及岁月不居。此二句劈空而起，气势磅
礴，一下子震撼读者，使其感到时光飞驰决难阻挡，而诗人之悲慨
亦广大深沉，不可收拾。李白《将进酒》的发端"君不见黄河之水
天上来，奔流到海不复回"，有似于此。接下来"寸阴无停晷，尺
波岂徒旋"二句分别承"经天日""带地川"而言。寸阴、尺波，
极言其微。即使一寸光阴也不能停留，即使一尺永波也不能倒流，
更显出无可奈何的情绪。晷（guǐ），日光。徒，白白地。"岂徒旋"
是说岂肯白白回转，有时光于我决无情义的意味。"年往"二句说：
以往的岁月已疾驰而去，未来的岁月又飞奔而至，比那缯紧的弓弦
射出劲挺的箭更为迅疾。诗人在此用了博喻的手法，反复强调时光
流逝之速，以加强情感表现力量。

　　中间八句为第二层，叹人生短促。远期，指长寿。鲜（xiǎn）
克及，少有能达到者。盈数，指百年。希，通"稀"。能全其百年
之寿者，本来极为稀罕。但见少年容颜之华采，日日夜夜地凋落；
其肌肤之润泽，无缘无故而消失。坐，无故、自然之意。兹物，此
物，指时光。如果说"岁月苟难停"，语气似不够突出；以"兹物"
代替，"这样东西若难以令其停留，那我们的生命怎得延长"！其感
慨便表达得更有力度。

　　最后六句为第三层，诗人进一步申说其复杂的心情。前两层的
情感为直线式，如江河直泻，只管倾诉其说不尽的岁月难留、人命
迫促之悲。这最后一层则跌宕回旋，感情奔腾的速度变得稍慢，力
度稍弱，但却蓄积得非常深厚。"慷慨亦焉诉，天道良自然"是第

一个曲折:"慷慨"句收束上文,说激动如此而终于无可告诉;因为向天倾诉吧,天本无情。宇宙法则实在是自然而然;时光的奔逝,万物的推移,人生的由少壮而衰老以迄死亡,都得服从这自然规律。这真是无可奈何!然而也正因为如此,便产生该想开一些,不要再徒然哀痛的念头。"但恨功名薄,竹帛无所宣"为第二个曲折:虽说天道自然,不须过分悲哀,只是尚未能建立赫赫功名、流芳后世,仍使人不能不有虚度此生的忧恐。"迨及岁未暮,长歌承我闲"为第三个曲折:虽然功名之念耿耿于怀,但忧恐亦复无用;还是及此岁犹未晚,趁我闲暇之时,放声长歌,以消愁散忧吧。处于痛苦中的人们,若能将其苦痛尽情宣泄,则可暂时获得解脱,取得心理平衡。歌唱、写作,均是宣泄的手段。陆机作此《长歌行》的目的,或也正在于此吧。

此诗虽沿袭古辞主旨,但其中亦自有诗人个人的情怀。诗末的功名竹帛之慨,便是其真实情感的发露。陆机出自江南大族,父、祖均为东吴名臣,功名煊赫。陆机本人建功立业、光宗耀祖之想亦非常强烈。正是此种观念驱使他于吴亡十年之后,克服深挚的故国之恋,北上入洛,进入仕途。也正是此种观念使他在西晋王室大乱之时,虽曾受囹圄之灾,仍不肯急流勇退,终于成为司马氏自相残杀的牺牲品。由立功不朽的渴望、积极用世的人生态度,而最终竟导致杀身之祸,实在是一场悲剧。

情感表现强烈有力,是这首《长歌行》的明显特点。诗中许多对句上下一意,这本易显得呆板重复。但在强烈情感气势的驱遣运转之下,却并不使人觉得累赘滞缓,相反感到正是由于诗人的情感太激烈、太深厚，故不能不这样反复申说。此诗也颇见出诗人熔铸语言的本领。开头两句，用东汉田邑《报冯衍书》中"日月经天，河海带地"之语，但其原意是比喻事理之昭然确凿，这里则喻岁月奔驰，且铸成感叹句式，极富表现力。又如以急弦劲矢喻年往时来，在当时可谓戛戛独造。晚唐诗人韦庄《兰河道中》云"但见时光流似箭"，宋代苏轼《行香子·秋兴》云"光阴如箭"，或许即从此诗出，今日则"光阴似箭"已成为常用成语。陆机自铸伟辞之功，对于文学语言的发展是有所贡献的。

（杨　明）

饮马长城窟行

驱马陟阴山，山高马不前。

往问阴山候，劲虏在燕然。

戎车无停轨，旌旆屡徂迁。

仰凭积雪岩，俯涉坚冰川。

冬来秋未反，去家邈以绵。

猃狁亮未夷，征人岂徒旋？

末德争先鸣，凶器无两全。

师克薄赏行，军没微躯捐。

将遵甘陈迹，收功单于旃。

振旅劳归士，受爵槀街传。

《饮马长城窟行》为汉代乐府旧题。陆机以前的作者多用此题写妇人思念丈夫之情，或述健儿修筑长城之苦。陆机这首则写将士北征。后来南朝、隋唐作者多以此题写边塞征战之事，显然是受陆机的影响。

诗的开头四句画出将士驱马挥鞭奔赴前线的形象。他策马登陟阴山（在今内蒙古自治区境内、河套以北），山高路险，骏马亦畏缩不前。向阴山候骑（候，有侦察、伺望之意，这里作名词用，指侦察兵）探问，答道敌人正在燕然山一带。燕然山即今蒙古国境内的杭爱山，离阴山还很遥远。这个开头写得富有动态，传达出战争的气氛，并交代了地点、途程，暗示出行军的艰苦，笔墨可谓劲拔简炼。

接着写军旅生活的艰辛。又分三层："戎车"以下四句写飞速行军，无稍稍安定之时。一路上雪山冰河，艰险异常。旌旆（pèi），指军中的旗帜。徂，往。屡徂迁，言频频迁营。"冬来"以下四句写离家久远。猃狁（xiǎn yǔn），古代北方民族，周宣王时曾数次出兵与其作战，抵御其南侵。亮，实在，确实。夷，平定。徒，白白地。旋，归返。"猃狁亮未夷，征人岂徒旋"，含蕴颇为丰富：一方面感叹敌情尚未平定，因此将士兵卒虽已离家一年，但还不能归返；另一方面也含有不获全胜决不收兵的豪气。唐人王昌龄《从军行》云："黄沙百战穿金甲，不破楼兰终不还。"其意蕴正与此同。"末德"以下四句为将士的献身精神而慨叹，可以体会成是诗人的口气，也可理解为将士为自身而感慨。末德，指征战之事，语出《庄子·天道》："三军五兵之运，德之末也。"凶器，兵器。古人认为兵乃不祥之器，《韩非子·存韩》云："兵者，凶器也，不可不审用也。""末德"二句是说：尽管战争是残酷的，战场上你死我活，断无两全之理，但战士们争先恐后，英勇杀敌。这与"猃狁"两句一样，悲慨与豪放结合在一起。"师克"二句则颇为悲凉：如果克敌受赏，那赏赐也很微薄；如果不幸战败，那就落得个暴尸沙场的结局。这一番议论、感慨，充满了对于将士的同情。

诗的最后却又陡然健举，写战胜立功的向往和豪情。甘、陈指西汉甘延寿、陈汤，他们出使西域，斩匈奴郅支单于之首，使汉王朝西部边境得到安定；二人都获封侯之赏。单于，匈奴首领之称。旃（zhān），旌旗。古时作战，胜者拔取对方旗帜。振旅，整顿军队，指班师。劳（lào），慰劳。槀（gǎo）街，汉代长安街名，招待少数族君长、使者的馆舍皆在此街。"受爵槀街传"，是说将军凯旋接受封爵，其英名传布于诸使馆间，有威镇四海之意。

陆机少时曾有统兵的经历，入晋后亦曾执掌兵事，于军旅生活有所体验。不过此诗中阴山、燕然都不是实写，只是虚用古代战争中的地名而已。（东汉窦宪追击匈奴，曾于燕然山勒铭记功。）诗中想象的成分居多。但所反映的思想感情具有普遍性：行军作战本是既艰辛又豪迈；既有战死的危险，又有立功的希望。这就使军旅生活带有一种既悲凉又雄壮的情调。此诗正体现了这种矛盾复杂的情感。描写征战戎旅生涯，《诗经》中已经有了，但要到南朝才渐渐成为一种常见的题材。陆机此诗在为数不多的早期作品中，洵属优秀之作。

这首诗在具体的意象、构思方面对后人也有影响。刘宋鲍照《白马篇》一开头就说："白马骍角弓，鸣鞭乘北风。要途问边急，杂虏入云中。"也从将士奔赴前方、探询敌情写起，该是受此诗启发。唐人王维《使至塞上》诗中的"单车欲问边，属国过居延"和"萧关逢候骑，都护在燕然"，从构想、用语都可看出此诗的影响。又如韩愈《左迁至蓝关示侄孙湘》写行程艰险道："雪拥蓝关马不前。"或许也有意无意地从此诗"山高马不前"化出。由此也可知后代诗人对这首《饮马长城窟行》是颇为熟悉和赞赏的。　　（杨　明）

门有车马客行

门有车马客，驾言发故乡。

念君久不归，濡迹涉江湘。

投袂赴门垌，揽衣不及裳。

抚膺携客泣，掩泪叙温凉。

借问邦族间，恻怆论存亡。

亲友多零落，旧齿皆凋丧。

市朝互迁易，城阙或丘荒。

坟垅日月多，松柏郁芒芒。

天道信崇替，人生安得长！

慷慨惟平生，俯仰独悲伤。

陆机这首《门有车马客行》属相和歌瑟调曲。宋朝郭茂倩编的《乐府诗集》收录《门有车马客行》歌辞凡六首，此首为其中的第一首。看来陆机之前不曾有人用这个题目作过歌辞。曹植有一首《门有万里客》，对一位颠沛流离的"万里客"表示同情，诗意与陆机此首不同，但其诗云："门有万里客，问君何乡人。褰裳起从之，果得心所亲。挽衣对我泣，太息前自陈。……"似为陆机此首前半部分的构思、用语所本。

开头四句写有客自故乡来。"驾言"即驾车,"言"是助词,无义。"念君"二句是来客的话,他说:"念你久久不归,故渡江涉水,不避辛苦,前来探望。""濡迹"犹言"濡足",即沾湿双脚之意。"江湘"可看得活一些,泛指南方的江河。"投袂"以下四句描绘主人迎客的情景。袂(mèi),衣袖。投袂,即挥袖。这个动作表示其行动之急速。塗,即"途"。古代居处堂下有路通向大门。主人听说故乡客来,便挥袖而起,奔向大门。他急急忙忙拿起衣服披上,却来不及着裙裳。裳即裙子,古代男子亦着裙。这两句生动地写出主人的迫不及待。抚膺即拍胸。膺(yīng),胸。"掩泪",掩面而泣。温凉,寒暖,指日常起居。主人拉住客人的手,一边流泪,一边和客人互相询问、叙说日常景况。这些描写将一位久客异乡的游子初见故乡人时那种激动的感情表现得淋漓尽致。以上是诗的前半部分。

自"借问邦族间"至"松柏郁芒芒"八句,是来客所述故乡的情况。邦,邦国,古代诸侯皆封国;后来贵族虽不再有相对独立的封国,但世家大族既有封爵,又在地方上具有世代相传的权势、地位,故此处以"邦族"称之,乃指陆氏家族。旧耆,有名望的耆旧。市朝,市为交易之处,朝为官府办公处,均在都邑之中,故以代指都邑。"市朝"二句是说都邑变了样,城阙有的也倾圮为荒丘。"坟垄"二句承"亲友多零落,旧耆皆凋丧"而言,说坟墓丘垄历时已久,只见松柏已长得郁郁葱葱,茫茫无际。古时墓地多植松柏,所以这样说。以上是诗的中间部分,由客人口中说出故乡亲旧凋零、城邑衰败的情况,不胜沧桑哀痛之感。

最后四句是主人的感慨哀叹。"天道"指自然规律。信，确实。崇替，犹言盛衰、兴废。按照自然规律，万物都有发生、兴盛、衰亡的过程，决不可能一直兴旺，那么人又岂能永生不死？这真是无可奈何！主人这一感慨当然是因听了客人叙述故乡变化而产生的。他激动地回顾此生，不禁暗自悲伤。惟，想。俯仰，俯首仰面，描写其伤感时的动作。由伤悼故旧而联想到自己，诗意深入一层。

此诗所写游子之情具有普遍性，又与诗人自身经历有密切关系。他出身望族，继承祖德、光耀门楣的观念十分强烈。而早岁丧父、二兄战死、家国沦亡，种种忧患倒更激发起他重振家风的热烈期望。他怀着远大的抱负和坚强的自信，远离故土，应诏北上。可是浓烈的乡思又使他常感苦痛，而且西晋王室的腐朽、政局的险恶使他的抱负难以实现，因此生命短促、日暮途远等低沉压抑之感便常常涌上心头。他的许多诗文都抒发了此种复杂深沉的悲哀，"感瑰姿之晚就"（《思亲赋》），"惨此世之无乐"（《叹逝赋》）。明乎此，便可知"慷慨惟平生，俯仰独悲伤"两句诗中蕴蓄着多么丰富的内容和情感。

这首诗语言朴实，不加雕饰，纯以其情感力量打动读者。向故乡来客询问家园情况这一构想，抓住了生活中常见而又富于感染力的一个片断加以表现，颇能引起共鸣，因此对后世诗人很有启发。某些袭用"门有车马客"为题的乐府诗自不必说，即从唐代王维的《杂诗》"君自故乡来，应知故乡事。来日绮窗前，寒梅着花未"中，也可看出其影响。

（杨　明）

班 婕 妤

婕妤去辞宠，淹留终不见。
寄情在玉阶，托意唯团扇。
春苔暗阶除，秋草芜高殿。
黄昏履綦绝，愁来空雨面。

这首诗一题"婕妤怨"。婕妤（jié yú），皇宫中女官名，汉武帝时始制其名，是皇帝诸妾中爵位最高者。班婕妤即著名史学家班固的太姑母。她少年被选入宫，美丽而有才学，颇为汉成帝所宠幸。但帝王用情不专，成帝后又移爱于赵飞燕姊妹。班婕妤不但失宠，而且为赵飞燕所诬陷。她便主动要求退居长信宫，侍奉太后。陆机此诗即咏其事。现代有的学者认为其体制不似晋代作品，疑非陆机所作，但并无确据。

开头两句点出婕妤失宠。"终不见"，指不再与皇帝见面。原来千般恩宠，一旦弃之，便如同敝屣，终生不复相见。可知帝王之冷酷，妇女之痛苦。三、四句说婕妤只能将其悲苦心情寄托于笔墨。《汉书·外戚传》载班姬所作《自悼赋》，有"华殿尘兮玉阶苔"之句，"寄情在玉阶"即指此而言。又乐府古辞有《怨歌行》一首，以秋日团扇废弃不用喻女子被遗弃，相传也是班婕妤所作。"托意唯团扇"指此。诗中"唯"字写出其满腹幽怨、无处告诉、只能自伤自悼之苦。这两句也使读者联想到婕妤伫立玉阶、执扇低徊的形象。"春苔暗阶除，秋草芜高殿"，写婕妤居处人迹罕至，冷落荒凉，暗示其心情之寂寞悲苦。其意象构思受《自悼赋》"华殿尘兮玉阶苔，中庭萋兮绿草生"的启发。不过点出"春""秋"二字，便令人想到时光流逝，想到班姬日复一日度过难熬的岁月，凋尽红颜。"除"也是台阶之意。"暗"字写出了光与色，那是年复一年逐层堆积的苍苔，烘托了晦暗低沉的气氛。若用"绿"字，情调便有所不合；用"满"字，又缺少形象性。"黄昏履綦绝，愁来空雨面"，暮色降临时最易惹人愁思，班姬此时思君而君不至，不禁泪如雨下。履綦此指君王的行迹。履，鞋；綦（qí），鞋带。这两句从《自悼赋》"俯视兮丹墀，思君兮履綦；仰视兮云屋，双涕兮横流"化出。

后世写宫廷妇女哀怨的诗歌颇多，形成一个宫怨诗系列。陆机此诗具有开创意义。

（杨　明）

猛 虎 行

渴不饮盗泉水，热不息恶木阴。

恶木岂无枝？志士多苦心。

整驾肃时命，杖策将远寻。

饥食猛虎窟，寒栖野雀林。

日归功未建，时往岁载阴。

崇云临岸骇，鸣条随风吟。

静言幽谷底，长啸高山岑。

急弦无懦响，亮节难为音。

人生诚未易，曷云开此襟？

眷我耿介怀，俯仰愧古今。

《猛虎行》是乐府旧题。古辞云："饥不从猛虎食，暮不从野雀栖。野雀安无巢？游子为谁骄？"是说旅人虽然辛苦，却不肯苟且。陆机此诗是抒发自己胸怀耿介，但又不得不从俗浮沉的苦闷。

开头四句套用古辞的句式，赞美高洁之士守节不移。盗泉，泉水名。传说孔子（一说曾子）经过此泉，虽然口渴，但嫌恶其名，不肯取饮。恶木，形质丑恶的树木。恶木虽也有枝条树阴，但志士由其形质之恶联想起恶人，既不肯与恶人同处，便也不愿在恶木下休息。这都是形容高尚之士洁身自好，丝毫不肯苟且。

自"整驾肃时命"至"长啸高山岑"，写一旅人的所见所感，其实也就是诗人自我抒怀。时命，朝廷的命令。策，马鞭。杖策，犹挥鞭。旅人乃为王命而奔走。"饥食"二句写野食露宿之苦；同时亦反古辞之意而用之，感慨自己未能做到守节不移。既不能高尚其志，不事王侯，则受此辛苦也正是咎由自取。而当此岁寒日暮之时，旅人又兴起伤时叹逝之意，深为生命流逝而功业无成感伤。"岁载阴"即岁暮。载，助词，无义。阴，春夏曰阳，秋冬曰阴。"崇云"二句即描写岁暮黄昏时景象。崇，高。骇，起。崇云句应是写旅人在涧谷中仰望时所见。因是仰望，两岸涧壁上的云便显得很高。"骇"字用得好，使人想见飙起云飞之状。"鸣条"，在风中鸣响的枝条。此种景象给人以动荡萧瑟之感，衬托出行人心绪之凄凉、骚动。"静言"二句言行人深入谷底，攀陟高山。上句幽静冷寂，想见其忧心悄悄；下句激昂高亢，传达出慷慨的情怀。啸，蹙口发声。魏晋人多喜为之，以舒泄愤懑，其声美妙动人。竹林七贤之一的阮籍，即以善啸著称。以上十句写出游子奔走王命的复杂心情：他感慨旅途的艰辛，为功名难就而悲哀，隐隐透露出厌倦仕宦的情绪。诗写得情景交融，含蓄蕴藉。

最后六句则直接抒怀。"急弦无懦响"，琴瑟之弦绷得紧，则其音高。"亮节难为音"，节是一种乐器，蒙以皮革，歌唱时敲击之以为节奏。亮节，指击节声高亢响亮。节声响亮，则歌者发声亦须高亢，始能与之相配，故云"难为音"。这二句比喻节操高尚者必落落寡合，难以为众人所理解。其构思颇为佳妙：《猛虎行》属相和歌曲，相和歌曲表演时"丝竹更相和，执节者歌"（《宋书·乐志》），故"急弦""亮节"正与之相关合。若此诗由执节者歌唱，便正是即事取喻。又上一层"长啸高山岑"情调慷慨，这两句也颇激昂；且啸与歌唱都是音乐艺术，故给人上下衔接、浑成一气之感。（一说：亮节指高尚的节操。高节者言必慷慨，慷慨直言易为人主所不喜，故云"难为音"。）"人生"二句言人生实难，我实难以开怀畅神。曷（hé），岂。二句承上而言，感慨遥深。末二句言我本有高尚之志，惜乎未能坚持不苟；每一顾念，深感愧怍！耿介，高尚不合流俗之意。

东吴与晋本为仇雠敌战之国，陆机的两位兄长陆晏、陆景均为晋军所杀。吴亡后陆机隐居十年，或亦有不愿觍颜事仇的想法。但终为立功扬名的愿望所驱使，应诏北上，步入仕途。其性格本来清厉慷慨，又自负其出身与才气，故虽入战胜之国，仍气宇轩昂，时时注意维护其自尊。如初入洛时，北土大族范阳卢志于众人中直呼其父、祖之名，他便加以反击，毫不示弱。（见《世说新语·方正》）但既欲求进，终究不能不在污浊而危机四伏的官场中小心翼翼，屈己下人。这必然使其心中充满痛苦与矛盾。这首《猛虎行》，也正是此种心情的表现。

（杨　明）

赴洛道中

（二首选一）

> 远游越山川，山川修且广。
>
> 振策陟崇丘，按辔遵平莽。
>
> 夕息抱影寐，朝徂衔思往。
>
> 顿辔倚嵩岩，侧听悲风响。
>
> 清露坠素辉，明月一何朗。
>
> 抚几不能寐，振衣独长想。

　　《赴洛道中》是陆机应诏赴洛阳途中的抒发羁旅愁思之作，凡两首，这里选其第二首。写作年代为西晋太康十年（289），陆机年二十九岁。

　　前六句概括叙述道路悠远和客子忧伤。"山川修且广"，犹言山长水阔。修，长。"振策"二句意为挥鞭策马，登上高山；按辔缓步，行于平野。辔（pèi），马嚼子和缰绳。按辔，扣紧马缰，使其行缓。莽，草。"夕息抱影寐"，言夜夜独宿，惟有身影相伴。抱影一语构想奇巧，但亦有本，语出西汉严忌《哀时命》："廓抱影而独倚兮，超永思乎故乡。""朝徂衔思往"，言朝朝含悲登程。以朝、夕对举，此种句式出于《楚辞》，如《离骚》："朝饮木兰之坠露兮，夕餐秋菊之落英","夕归次于穷石兮,朝濯发乎洧盘"等。陆机此处用之,则有概括作用,见出诗人无日无夜不处于孤独悲哀之中。

后六句描写旅途中一个具体场景。顿辔,犹停驾、驻马。嵩,高。诗人夜宿之处背靠高山,耳边传来阵阵凄厉的风声。此时但见明月升空,点点露珠闪耀着银光。月明夜静,本易引发游子的孤寂之感,何况在此荒郊野外,更觉凄清悲凉。他手拍几案,思潮翻涌,振衣而起,独自长想。几,一种小桌子,设于座旁,倦时可以凭倚。抚几,拍案。振衣,抖动衣服。这六句情景交融,语言也颇自然流畅。

陆机还作有《赴洛》诗,也是羁旅抒怀之作。这类抒写行旅艰辛、思乡倦仕之情是他诗中的重要内容。南齐诗人江淹曾作《杂体诗》三十首,模拟历代著名诗人。拟陆机的一首即题为"羁宦",其中也有辞家登程的描写。可知南朝人对陆机这类诗作是颇为注意的。

(杨　明)

为顾彦先赠妇

（二首选一）

辞家远行游，悠悠三千里。

京洛多风尘，素衣化为缁。

循身悼忧苦，感念同怀子。

隆思乱心曲，沉欢滞不起。

欢沉难克兴，心乱谁为理？

愿假归鸿翼，翻飞游江汜。

　　这是一首代友人顾彦先所作的赠妇诗，诗人同时还作有代顾妻答夫诗一首。陆机之弟陆云也有代顾彦先赠妇和代顾妻赠夫诗共四首，看来均是游戏之作，带有与友人开玩笑的性质。不过陆机此诗也反映出自己离家远宦的感慨。顾彦先名荣，也出身于东吴世族。吴亡后与陆机、陆云一同入洛，号为"三俊"。西晋末年政局动乱，遂还江南。永嘉六年（312）卒。又据《文选》李善注，此篇题目一云"为全彦先作"，全彦先生平不详。

　　开头四句写辞家远宦之慨。京洛，指西晋首都洛阳。素衣，白色衣服。缁（zī），黑色。"京洛"二句以衣服为京都尘土所污为比兴，流露了厌倦仕途的情感。东晋时王导与庾亮有嫌隙，一次大风扬尘，王便以扇拂尘道："元规（庾亮字）尘污人！"（《世说新语·轻诋》）将所憎者喻为尘土。陆机此处当也有表示嫌恶之意。二陆与顾荣等入北，虽为有识之士如张华等所看重，但也受到某些人的轻忽、嘲弄。且西晋王室骨肉相残，政局动荡，陆机、顾荣都曾受牵累被囚絷。这些必在他们心中投下暗影，而使他们思乡之情更切。顾荣曾对同乡说自己"恒虑祸及，见刀与绳，每欲自杀，但人不知耳"（《晋书·顾荣传》）；又曾对吴人张翰说："吾亦与子采南山蕨，饮三江水尔！"（《世说新语·识鉴》注引《文士传》）他这种心情陆机当然知晓。总之这二句所体现的厌倦心理不仅仅由于离家已久，而且包含更深刻的内容。

"循身悼忧苦，感念同怀子"二句承上启下。循身是顾念平生之意。悼忧苦，为忧患、辛苦的生涯而自我伤悼；家国沦亡之悲，仕途险巇之慨，均在其中。在此种悲苦心情之中，自然更思念远方亲人。同怀子指其妻。周旋于官场，屏息重足，不敢随意吐露心曲，便更觉其妻乃同怀知己之人。"隆思乱心曲"四句写其思念之苦。隆思，强烈的思念。"沉欢滞不起"造语颇见匠心：忧思太甚，不堪其苦，亦欲勉力寻欢以自宽解。无奈欢娱之情终难浮上心头，有如重物沉入水底，滞而不起。"欢沉难克兴"承"沉欢"句，"心乱谁为理"承"隆思"句。四句似嫌重复，但真实地写出了忧思难忘、不可收拾的心绪。最后两句是无可奈何中的幻想。假，借。汜（sì），通"涘"，水边。此处江汜指江南。

此诗风格朴实，情感真挚。"京洛"二句颇为后人所喜。南朝刘铄《拟行行重行行》有"坐见轻纨缟"之句，以思妇衣衫陈旧衬托其久别伤悲，构思即受其影响。谢朓《酬王晋安》"谁能久京洛，缁尘染素衣"，更直接用其语。至南宋时陆游《临安春雨初霁》"素衣莫起风尘叹，犹及清明可到家"有厌憎京城之意，尤与陆机原意相近。

(杨　明)

拟明月何皎皎

安寝北堂上，明月入我牖。

照之有余辉，揽之不盈手。

凉风绕曲房，寒蝉鸣高柳。

踟蹰感节物，我行永已久。

游宦会无成，离思难常守。

产生于汉代的无名氏《古诗》，对后世作者影响很大。陆机首先对它们逐首加以模拟。他所拟者共十二首，载于昭明《文选》。这首《拟明月何皎皎》即其中之一。古诗原辞可作两种理解：或视为客子思乡之作，或视为思妇怀人之辞。陆机是按前一种理解拟作的。

前四句为第一层，写游子夜寝玩月。安寝，表明其心境安宁，尚未兴起乡愁。北堂，据古代房舍形制，其东北部有房，房的北半部为北堂。牖（yǒu），窗。"照之"二句，言月光洒满堂上，但用手揽持，却什么也抓不住。其构想颇奇，但恐也受前人启发。《淮南子·原道训》："夫光可见而不可握。"《览冥训》也说手"不能揽其光"。又曹操《短歌行》有句云："明明如月，何时可掇？"不过《淮南子》乃设譬喻以发挥哲理；曹操诗乃兴起下文"忧从中来，不可断绝"，言忧思如月光不可收拾；而陆机这里则是表现玩赏月色时一种天真的意趣。

后六句为第二层，写游子的离愁。正当他安寝玩月之时，凉风乍起，一阵阵吹入房中，又听得屋外柳树上寒蝉鸣将起来，于是油然而生怀土之念。曲房，曲有深隐意。既是深隐处，凉风自不是径直吹入，故"绕"字用得确切。夜中蝉本已安静，但为凉风所吹拂，故又发出鸣声。风起蝉鸣，搅动了夜的静谧，游子心境亦由静而动。"我行永已久"，这里"永"指空间距离远，"久"指时间长久。已，通"以"，连词。陆机对于季节风物的变化十分敏感。所谓"矧余情之含瘁，恒睹物而增酸。历四时之迭感，悲此岁之已寒"（《感时赋》），其心中郁积的情思，每因节物转换而触发。"踟蹰感节物"即此意。踟蹰（chí chú），来回走动。游子原安寝北堂之上，此时则忧从中来，独自徘徊。凉风寒蝉乃秋日景象，触发了他的岁暮之感。他原为仕宦而离家，但仕途坎坷，看来亦难有成就。失望之情又使离愁更浓，实在是难以忍受！

若以此诗与古诗原辞相比，可知其同中有异。思乡的主题、游子夜不能寐的构思是相同的，不同之处则有三点：一、古诗开头便说"忧愁不能寐"，其愁思贯穿全诗；此诗则由安寝玩月到感物生思，其情绪有一自静而动的过程。二、古诗写景只"明月何皎皎，照我罗床帏"两句；此诗则除月色外，还写秋风寒蝉，突出节物变化对游子心理的影响。三、古诗中游子为何离家，未曾点明；此诗不但点明"游宦"，且突出游宦无成。二、三两点，实与陆机本人切身感受有关。明、清人常批评陆机模拟古人，缺少创造和个性，对其《拟古诗》尤多微词。其实亦难一概而论。王夫之《古诗评选》云:"平原《拟古》,步趋如一。然当其一致顺成,便尔独舒高调。一致则净,净则文。不问创守,皆成独构也。"方为公允。

"照之"二句,推陈出新,天真可喜。唐代杨濬《送刘散员赋得陈思王诗明月照高楼》云:"余辉揽讵盈。"即用其语。张九龄《望月怀远》:"不堪盈手赠。"言独自赏月,不能揽此清光以赠远人。情致绵邈,亦自此出。苏轼《渔家傲·七夕》:"明月多情来照户。但揽取,清光长送人归去。"又是反张九龄之意而用之了。(杨　明)

张 协

张协（？—307），字景阳，安平（今河北安平）人。曾任华阴令、中书侍郎、河间内史等职，在郡清简寡欲。见天下已乱，即屏居草泽，以吟咏自娱。与兄张载、弟张亢并称"三张"。其诗形象生动，语言清警，有较高的艺术性。钟嵘《诗品》把他的诗列为上品。明人辑有《张景阳集》。

（张亚新）

杂 诗

（十首选三）

秋夜凉风起，清气荡暄浊。
蜻蛚吟阶下，飞蛾拂明烛。
君子从远役，佳人守茕独。
离居几何时，钻燧忽改木。
房栊无行迹，庭草萋以绿。
青苔依空墙，蜘蛛网四屋。
感物多所怀，沉忧结心曲。

　　这首诗写一个女子秋夜思夫的情怀。首四句点明时令，渲染气氛。初秋的夜晚，阵阵凉风袭来，吹散了闷热，洗涤了混浊。四周一片宁静，只有蟋蟀在室外台阶下不停地低吟；室内烛光闪烁，一只只飞蛾迎着烛光不断扑来。初秋的白天，日光往往还很灼热，但到了夜晚，凉风一吹，灼热顿失，只觉通体松爽，宁静宜人。但思妇孤身一人，越是神清气爽、冷清宁静，她越感到孤单寂寞，越怀念远出不归的丈夫。蟋蟀低吟，是其所闻；飞蛾拂烛，是其所见。这些细微的声音、动作，一般人是不会特别留意的，但思妇寂寞无聊，故感觉得十分真切。

次四句，正面推出思妇形象。丈夫因服役而远离家园，思妇只得从此独守空闺。"离居几何时"这一设问触及了人物最敏感的神经。"钻燧忽改木"既贴切形象、又浅近通俗地作了回答。"钻燧"，钻木取火。古代钻木取火，所用之木，四季更换。据《文选》李善注引《邹子》，春用榆柳，夏用枣杏，季夏用桑柘，秋用柞楢，冬用槐檀。取火之木是思妇身边的常用之物，此句就近取譬，仿佛出自思妇自己的口吻。一个"忽"字，突出季节更换之快、时间过去之久，思妇日复一日守"茕独"的苦楚，全在不言之中了。

再次四句，写思妇眼中的凄凉索寞。室内，早已看不到丈夫的足迹，而以前他哪天不在这里走来走去！室外，庭院中青草茂盛碧绿，青苔正沿着空墙滋生蔓延。当目光重新回到室内，又只见房屋四角都结满了蛛网。墙本无所谓空与不空，这里着一"空"字，令人顿生人去屋空之感；屋有四面，而面面都有蛛网，又足见萧条之甚。

最后两句，以"感物"二字收结，点明思妇所感之多、所感之深。一个"结"字，写出忧思的郁结难解，揭示出思妇内心巨大而深沉的痛苦，激起了读者的深深同情。

诗篇并不描写思妇的外在形貌，除最后两句外，也并不直说思妇内心如何愁苦，而是通过对节候推移、景物变换以及这种推移、变换所造成的凄凉索寞，来揭示思妇复杂的内心世界和无限悲凉的心绪，情致婉转，笔调细致，使一个哀婉凄绝的思妇形象跃然纸上。重视精工细致的景物描写，这是张协诗歌的一大特点，对后来写景诗和抒情诗的写作都有一定影响。

（张亚新）

金风扇素节，丹霞启阴期。

腾云似涌烟，密雨如散丝。

寒花发黄采，秋草含绿滋。

闲居玩万物，离群恋所思。

案无萧氏牍，庭无贡公綦。

高尚遗王侯，道积自成基。

至人不婴物，余风足染时。

诗人少有才名，入仕后为官清简寡欲。后见天下已乱，"遂弃绝人事，屏居草泽，守道不竞，以属咏自娱"（《晋书·张协传》）。这首诗（原列《杂诗》十首之三）即典型地反映了这一情形。

诗一开始，便以明快的笔触描绘出一幅形象生动、色彩绚丽的秋雨图：凉爽的秋风应时而起，送走了末暑的最后一丝余热；清晨朝霞呈现出一片红色，预示着不久将有一场秋雨降临。果然一时间云气升腾，如烟涌起；细密的雨丝随即由空中飘来，四下散去。一阵轻雨之后，扑入诗人眼帘的菊花显得格外鲜丽，绿草变得更加青润。金风即秋风，因其来自主金的西方而名，素节指秋天，又特指重阳节。这六句写景，分别由风、霞、云、雨、花、草层层推进，完整地再现了一场秋雨来前、来时和过后的发展过程。其中以涌烟喻腾云、以散丝拟密雨尤见神肖，后代诗人以丝状雨，如萧纲《赋得入阶雨》"倘令斜日照，并欲似游丝"、杨凭《春情》"暮雨朝云几日归，如丝如雾湿人衣"等，都由此而来。

从以上对自然景物的生动摹写中，人们已能体味出蕴含其间的作者的闲适情怀；而"闲居"两句即将此点破，进而由景及意，抒写"弃绝人事，屏居草泽，守道不竞"的胸襟。其中"闲居""离群"是诗眼，立一篇主旨；"玩万物"总前而言，谓以悠闲的态度欣赏自然万物；"恋所思"则启后而言，指不慕世间利禄的古人余风。"案无"两句用《汉书·萧望之传》典："育（望之子）……少与陈咸、朱博为友，著闻当世。往者有王阳、贡公，故长安语曰：'萧、朱结绶，王、贡弹冠'，言其相荐达也。"诗人在这里说自己的案头没有萧氏的书简，庭中没有贡公的足迹，表明他无意与社会名流往来，不想得到他们的举荐。"高尚"两句又分别化用《周易》"不事王侯，高尚其事"和《庄子》"无为无治，谓之道基"语意，剖陈不为世俗利禄所动、专心于自我修养的心迹。"至人"指品行脱俗、有很高的精神境界的人，《庄子》："不离于真，谓之至人。""不婴物"谓不为眼前的事物所羁绊。"余风"则指上述古人提倡和留存的尚真适性、不为物拘的道德风范。

全诗写景抒意,看似漫不经心、随意写来,细读慢品之余,却可于浑然中感受其运思结构之妙。诗共十四句,前六句状景,两句一层,款款而进,既是即景入目所见,又为心中所感先伏一笔;中二句承上启下,前句就景语作结,后句即情语发轫,而以"闲居""离群"四字点醒主旨,为全诗由景及意的转折关捩;后六句先言不求荐达,次陈不慕爵禄,末谓承古遗风,两句一意,历转而下,真可谓诗思流转、匠心独运。因此无论从表现诗人的思想,还是体现他"词彩葱倩,音韵铿锵"和多"巧构形似之言"(《诗品》)的艺术特色来看,这首诗在他的《杂诗》十首中都是不应忽视的。

(曹明纲)

> 朝霞迎白日,丹气临汤谷。
> 翳翳结繁云,森森散雨足。
> 轻风摧劲草,凝霜竦高木。
> 密叶日夜疏,丛林森如束。
> 畴昔叹时迟,晚节悲年促。
> 岁暮怀百忧,将从季主卜。

《晋书·张协传》:"时天下已乱,所在寇盗,协遂弃绝人事,屏居草泽，守道不竞，以属咏自娱。……永嘉初，复征为黄门侍郎，托疾不就，终于家。"诗人生活在司马氏黑暗统治的年代，为了全身远祸，只得远离政治；但内心并不甘于年华的虚度，"屏居草泽"实乃不得已而为之的选择。这首诗便抒写了这种叹老嗟时、百愁莫解的情怀。

前八句写景，以四组富于特征性的景物，分别象征春夏秋冬四季。首二句以旭日初升的绚丽景象象征春天。"丹气"，即朝霞。"汤（yáng）谷"，亦作"旸谷"，传说中的日出之处。按理说是先有日出后有朝霞，但人们通常总是先见朝霞后见日出，故这里说"朝霞迎白日"。一个"迎"字，把朝霞与白日之间的关系表现得既生动又亲切。首二句意境阔大，景象壮美，构思立意，精警新颖，是工于起调者。夏季多雨，三四句即描绘了一幅人们所熟悉的乌云顷刻聚合、遮天蔽日，不一会便大雨倾盆，天空只见一片雨帘密布的景象；秋季草枯霜降，五六句便描绘挺立的小草被秋风吹折、高木因凝霜而惊悚的景象；冬天更是一派肃杀，七八句便以繁密的树叶日渐稀落、树枝干枯上指其状如束来象征冬天。八句迭用动词和形容词，富于形象和动感，并以音调短促的古入声字押韵，读来紧锣密鼓，一气直下，迅疾转换的四季如在目前，给人以强烈的"人生天地之间，若白驹之过隙，忽然而已"（《庄子·知北游》）的亦惊亦惧的心理感觉，从而逼出了后面的抒怀。

后四句抒怀，先以"畴昔"与"晚节"对比，写年轻时和现在对时间快慢的不同感受。年轻时觉得时光过得太慢，大约因日子过得实在无聊；现在觉得时光过得太快，大约因年华虚度太多，仍思有所作为。但在那样一个世道中，又能有什么作为呢？看来还是只能一如既往，我行我素。这种内心的搏斗异常激烈、痛苦，故最后说："岁暮怀百忧，将从季主卜。""岁暮"，岁末，这里也指暮年，即"晚节"。"季主"，司马季主，汉初长安著名的卖卜者，常卜于东市。一次宋忠和贾谊问他："今何居之卑，何行之污？"他回答说："骐骥不能与罢（疲）驴为驷，凤凰不与燕雀为群，而贤者亦不与不肖者同列。故君子处卑隐以避众，自匿以避伦。"这里诗人表示要像司马季主那样，继续避世隐居，以此聊遣"百忧"。

　　抓住不同季节自然景物的细微变化，创造出各具内涵的意象，以此来表示四季的更替变化，这比起直说"四时更变化，岁暮一何速"（《古诗·东城高且长》）更觉生动，也更加感人。诗篇逐字逐句锻炼，以精工新巧的语言摹写物状，达到了很高的审美境界。如以"翳翳"写浓云密布之状，"森森"写雨丝长密之形，特别以"竦"字表现霜降叶落后高木肃立的姿态，以"束"字绘状叶落后树枝上举如束，都十分新颖形象，传递出景物在瞬间给予人的奇妙感受。注重修辞是当时文坛的风气，诗人自然也不例外。不过他在炼字炼句的同时，也还比较注重炼意，注重通篇意脉的贯通和完整，故不见有句无篇之弊，也不觉繁芜堆砌，风格朴素明净，这是诗人与同时代的潘、陆及后来的颜、谢等人不同之处。

（张亚新）

王 赞

王赞，字正长，义阳（今河南新野县南）人，太康中为太子舍人，惠帝时拜侍中，永嘉中为陈留内史，加散骑侍郎。有集五卷，今存诗四首。 　　　（王钟陵）

杂 诗

朔风动秋草，边马有归心。

胡宁久分析，靡靡忽至今。

王事离我志，殊隔过商参。

昔往鸧鹒鸣，今来蟋蟀吟。

人情怀旧乡，客鸟思故林。

师涓久不奏，谁能宣我心？

　　游子思归，是一个被诗人们吟唱了千百年的题材，其间曾涌现了许多意味深永的篇章。王赞的《杂诗》，便是其中突出的一首。这首诗在南朝就为《诗品》的作者钟嵘和《宋书》的作者沈约所称赞。

　　王赞此诗写因久役而引起的思乡情切。开头二句从季候入手。朔风，北风。北风吹动秋草，已是深秋季节了。"边马有归心"，写连边马都有了归心，则人之乡思尽在不言中了，这是一种侧面着笔的表达方法。

　　"胡宁"二字意为怎么、为什么。"分析",分离。"靡靡",犹迟迟。这三、四二句说分离怎么这么长久,迟迟拖延至今。

　　"商""参",二星名,此二星此出则彼没,互相不见,古诗中常用以比喻离别。曹植在《与吴季重书》中就说过:"面有逸景之速,别有参商之阔。"这一比喻唐人也爱用,杜甫的名诗《赠卫八处士》亦云:"人生不相见,动如参与商"。王赞此诗用此,谓王事系我之心,因而与家人分隔如同"商""参"二星之不能相见。此叹怨行役之久。

　　"鸧鹒鸣""蟋蟀吟",以动物鸣声的交替反映了季候的流转。《诗经·豳风·七月》"有鸣仓庚",王子渊《圣主得贤臣颂》"蟋蟀俟秋吟"。此即王赞以鸧鹒鸣为春,蟋蟀吟为秋所本。

　　"人情怀旧乡,客鸟思故林"二句则直抒思乡之情,前句写人,后句以客鸟相衬。"师涓",春秋时卫人,乐师,《韩非子·十过》云:"卫灵公将之晋,至淮水之上,税车而放马,设舍以宿,夜分而闻鼓新声者而说之,使人问左右,尽报弗闻,召师涓而告之曰:'有鼓新声者,使人问左右,尽报弗闻。其状似鬼神。子为听而写之。'师涓曰:'诺。'因静坐抚琴而写之。师涓明日报曰:'臣得之矣。'"王赞用这个典故,意思是说人皆弗闻而师涓独能写音于无声,我虽不言,若有师涓在,当能知我怀归之心。

　　　　　　　　　　　　　　　　　　　　　　　　(王钟陵)

刘 琨

刘琨（271—318），字越石，中山魏昌（今河北无极），年二十六为司隶从事，辟为太尉掾，频迁著作郎、太学博士、尚书郎。赵王伦执政，以为记室督，转从事中郎。光熙初，以勋封广武侯。永嘉元年，为并州刺史、加振威将军、领匈奴中郎将。愍帝即位，拜大将军、都督并州诸军事，加散骑常侍、假节。建兴三年，都督并、冀、幽三州诸军事。四年，为石勒所败，走依幽州太守段匹磾。建武元年，元帝称制江左，遣长史温峤劝进。转侍中、太尉。大兴元年五月，为段匹磾所害。钟嵘称其诗"善为凄戾之词，自有清拔之气"，"善叙丧乱，多感恨之词"。

（王钟陵）

扶 风 歌

朝发广莫门，莫宿丹水山。

左手弯繁弱，右手挥龙渊。

顾瞻望宫阙，俯仰御飞轩。

据鞍长叹息，泪下如流泉。

系马长松下，发鞍高岳头。

烈烈悲风起，泠泠涧水流。

挥手长相谢，哽咽不能言。

浮云为我结，归鸟为我旋。

去家日已远，安知存与亡？

慷慨穷林中，抱膝独摧藏。

麋鹿游我前，猿猴戏我侧。

资粮既乏尽，薇蕨安可食？

揽辔命徒侣，吟啸绝岩中。

君子道微矣，夫子故有穷。

惟昔李骞期，寄在匈奴庭，

忠信反获罪，汉武不见明。

我欲竟此曲，此曲悲且长。

弃置勿重陈，重陈令心伤。

　　这首诗是刘琨从洛阳出发赴并州刺史仕途中所作，时当晋怀帝永嘉元年（307）。并州，治所在晋阳，即今山西太原。扶风，郡名，治所在今陕西泾阳。当时匈奴族刘渊在左国城（今山西离石）称王，五胡乱起，威胁着西晋王朝的生存，刘琨此去既负戡定少数民族叛乱的重任，但深感乱势已成，且朝廷对于抗敌并不热心，他难得后援，因此心情是沉重的。诗便写了他途中所感与忧危忠愤之情。

　　此诗首句即点明出发地点：洛阳广莫门。汉代洛阳城北面有二门：东称谷门，西名夏门。魏晋以来谓谷门为广莫门。并州在洛阳北，故由洛阳北门出发。次句述途中止宿地点，"丹水山"，即丹朱岭，为丹水发源之地，在今山西省高平县北。所谓"朝发广莫门，暮止丹水山"，并非实指朝暮间事，而是写行旅中随着日夜之交替旅途地点之变易。此种句型《木兰诗》中也有："旦辞爷娘去，暮宿黄河边"，"旦辞黄河去，暮至黑山头"。三、四句写戎装在身。"繁弱"，古代良弓名。"龙渊"，古代宝剑名。这二句明显从嵇康《赠秀才入军诗十九首》"左揽繁弱，右接忘归"句中化出。五、六二句，一写离洛时之眷恋，一写旅途之向前。这六句总写离洛赴任的情景，在叙述了自己豪迈意气的同时，也逗出慷慨悲凉的意绪，引出下文的"叹息"。

"据鞍息长叹"以下二十句，写途中景色及其悲怆的心理：悲风烈烈，涧水泠泠，归鸟盘旋，麋鹿猿猴游戏于眼前，而囊中资粮乏尽。这是一幅色彩悲烈的山中行旅图。

自"君子道微矣"以下十句，抒发自己惧于获罪的忧怀。刘琨出任并州刺史，还"领匈奴中郎将"（《晋书·刘琨传》），他自然想起了李陵的遭遇。"李骞期"，"骞"通愆。李陵祖父李广曾行军错过约定期限。《史记·李将军列传》云，元狩四年（前119），李广从"大将军青击匈奴，既出塞，青捕房知单于所居，乃自以精兵走之，而令广并于右将军军，出东道。……军亡导，或失道……"即愆期之事。刘琨此诗误为李陵。李陵武帝天汉二年战败被俘，汉武帝诛其母、妻、子。司马迁以为李陵常奋不顾身以殉国家之急，其降匈奴乃"欲得其当而报于汉"（《报任安书》），刘琨诗中"忠信"二字本此。诗人借李陵事以抒发自己忠信反获罪的深深忧虑。

钟嵘《诗品》中说刘琨："善为凄戾之词，自有清拔之气。琨既体良才，又罹厄运，故善叙丧乱，多感恨之词。"这首诗就典型地表现了他的"感恨"，全诗将个人辞京赴任的离愁与对国事的忧患结合起来，慷慨悲歌，一气直达，随笔倾吐，而情溢于言。（王钟陵）

重赠卢谌

握中有悬璧，本自荆山璆。

惟彼太公望，昔在渭滨叟。

邓生何感激，千里来相求。

白登幸曲逆，鸿门赖留侯。

重耳任五贤，小白相射钩。

苟能隆二伯，安问党与雠！

中夜抚枕叹，想与数子游。

吾衰久矣夫，何其不梦周？

谁云圣达节，知命故无忧。

宣尼悲获麟，西狩泣孔丘。

功业未及建，夕阳忽西流。

时哉不我与，去矣知云浮。

朱实陨劲风，繁英落素秋。

狭路倾华盖，骇驷摧双辀。

何意百炼刚，化为绕指柔！

公元 318 年，刘琨为石勒所败，“一军皆没，并土震骇。寻又炎旱，琨穷蹙不能复守"（《晋书·刘琨传》），于是只得率众依幽州刺史鲜卑段匹磾了。刘琨依段匹磾后，其世子刘群因末波之请，谋夺幽州，赍书"请琨为内应，而为匹磾逻骑所得"（同上），刘琨因而为段匹磾所拘，"自知必死，神色怡如也。为五言诗赠其别驾卢谌"（同上）。以上所述，是这首《重赠卢谌》诗的写作背景。

诗的开头二句，以璧玉称美卢谌。"悬璧"，以美玉悬黎所制成的璧。"荆山璆"，指和氏璧，春秋时楚人卞和曾在荆山（今湖北南漳西）得璞玉，世称和氏璧。

"惟彼太公望"以下十二句，用典故述怀。"太公望"指姜尚，姜尚年老垂钓渭滨，刘琨诗中称其渭滨叟者，指此。周文王出猎相遇姜尚，接谈之下，十分契合，曰："吾太公望子久矣"，因号"太公望"（《史记·齐太公世家》）。"邓生"，指邓禹。邓禹听说刘秀安抚河北，即由南阳新野北渡黄河，至邺城而投奔之，此即诗中"千里来相求"之意。"白登幸曲逆"，用陈平事。陈平封曲逆侯。"白登"，山名，在山西大同市东，汉高祖刘邦曾被匈奴围困于此，幸赖陈平妙计得以脱险。"鸿门赖留侯"，用张良事。张良封留侯。"鸿门"，地名，在今陕西临潼东，项羽曾于此宴刘邦，即"鸿门宴"。项庄于鸿门宴上舞剑意在沛公，而张良素善项伯，项伯亦舞剑遮蔽刘邦，而使刘邦免遭刺杀，故曰"赖留侯"。重耳即晋文公，五贤指五位追随重耳逃亡在外而帮助其复国的贤臣。《史记·晋世家》云："晋文公重耳，晋献公之子也。自少好士，年十七，有贤士五人：曰赵衰；狐偃咎犯，文公舅也；贾佗；先轸；魏武子。"小白即齐桓公。管仲原来辅佐小白之兄齐公子纠，小白与纠争为君，管仲助公子纠射中小白带钩，但齐桓公即位仍用管仲任政。五贤为晋文之党，而管仲则可谓齐桓之雠，然而他们都隆兴了二伯。"苟能隆二伯，安问党与雠"即指此。刘琨在历数六典以后，以"中夜抚枕叹，想与数子游"二句，将之关锁，表达了自己和卢谌都能仿效前人的意愿。

自"吾衰久矣夫"以下十六句，抒发自己悲凉的心绪。《论语·述而》"子曰：'甚矣吾衰也，久矣，吾不复梦见周公。'"诗中"何其不梦周"即用此典，意在表达"吾衰久矣"之意。"圣达节"为成语，出自《左传·成公十五年》，意即通达事理。"知命"二字，出自《周易·系辞上》"乐天知命故不忧"一语。此二句用反诘句式说明圣人亦有忧愁。以下"宣尼悲获麟，西狩涕孔丘"二句，便承上举例证之。宣尼即孔丘，汉平帝追谥孔丘为褒成宣尼公。《春秋》记鲁哀公十四年"西狩获麟"事，麒麟被目为瑞兽，非时而出乃遭获，孔子听到此事，即"反袂拭面，涕沾袍，曰：'吾道穷矣'"。圣人有悲如此，则我辈凡人当更有深忧。于是，"功业未及建"以下便进写己情：时日已经流逝，遭遇复多艰险。"朱实"之于"劲风"，"繁英"之于"素秋"，"华盖"之于"狭路"，"双轮"之于"骇驷"，均相克，故诗人以"陨""落""倾""摧"四字表明此种关系。这一连串的比喻正寓写了自己频遭挫折以至败亡的经历，其中一股十分沉痛的气韵，令人不能卒读。

石勒继314年计杀王浚以后，318年又击走刘琨，自此西晋在北方的残余势力全部被消灭。刘琨此诗对自己命运的悲叹，正是苦难时代的深重投影。刘琨诗具有真实而严肃的历史内容，同时又充满了个人的深切感受，因此其内在意蕴十分深厚。虽然他的诗有些地方不免写得较实，也有的地方不够精炼，"宣尼悲获麟，西狩泣孔丘"二句，就曾被刘勰指责为"对句之骈枝也"(《文心雕龙·丽辞》)，但十分可贵的是他的诗中有股丰沛充涌的感情。沈德潜说得对："越石（刘琨字）英雄失路，万绪悲凉，故其诗随笔倾吐，哀音无次，读者乌得于语句间求之。"(《古诗源》卷八)　　　（王钟陵）

郭　璞

郭璞（276—324），字景纯，河东闻喜（今山西闻喜）人。他博学多闻，注释过《尔雅》《山海经》《方言》《楚辞》等书。西晋亡，随王室南渡，后因反对王敦谋反，被杀。诗以十四首《游仙诗》为代表，寄托对现实不满和高蹈遗世的思想，构思险怪，文采斐然，在当时平淡寡味的玄言诗流行的诗坛上，无异于一股醒人耳目的清风。有辑本《郭弘农集》。　　　　　　　　　　　　（王镇远）

游 仙 诗
（十九首选三）

京华游侠窟，山林隐遁栖。

朱门何足荣？未若托蓬莱。

临源挹清波，陵冈掇丹荑。

灵谿可潜盘，安事登云梯？

漆园有傲吏，莱氏有逸妻。

进则保龙见，退为触藩羝。

高蹈风尘外，长揖谢夷齐。

　　在晋代平淡寡味的玄言诗充斥的诗坛上，出现了一位文采华茂、慷慨多气的诗人郭璞，他的十四首《游仙诗》给这沉寂的诗坛注入了生气，这里选的是第一首。

这首诗名义上是游仙，其实是歌咏隐逸的乐趣，否定了以仕宦求取富贵荣华的生活途径，表现了自己高蹈遗世的志向。

首二句用了所谓的"双起"格，作者意在写山林隐逸的生活，却以京城游侠为陪衬。全诗也正是以荣华的官宦生涯与自由的隐居之乐相对比。"朱门"句即承"京华"句而来，"未若"句则接"山林"句而出，进一步表明了作者的祈尚所在。他以为豪门贵宅未足荣耀，养尊处优不如托身蓬莱仙境，隐居不仕。"托蓬莱"三字固然是应合"游仙"的题面，然也泛指遁迹山林，故其真正的意蕴并非求仙，而是归隐。

"临源挹清波"以下四句具体描写隐居生活的乐趣：隐士们在清澈的水源边上掬饮清波，攀上高高的山冈去采食初生的赤芝。"灵溪"是一条河流，李善注引庾仲雍的《荆州记》说："大城西九里有灵溪水"，同时"灵"字又与神仙的主旨相通。"云梯"即传说中升天成仙的道路，故这两句的意思是说灵溪足可以隐居盘桓，何必一定要升天求仙呢？至此我们更可明了他歌颂的对象即在于盘桓于山巅水涯，而不必拘于服食求仙。当然，在晋人的眼里，放浪山水的本身也是一种归真返璞、长生久视的途径，故隐逸和求仙在某种程度上说是二而一的。

"漆园"以下诗人以古代贤哲为楷模，说明避世高蹈远胜仕宦取荣，并再次表明自己的志向。"漆园吏"指庄子，据《史记》上说，庄子曾做过漆园地方的小官，楚威王派人送了聘礼请他出来为相，庄子却笑着对来使说："你赶快走远点，别玷污了我的清白。"

因而这里称之为"傲吏"。"莱氏"指老莱子，据《列女传》载，老莱子避世隐遁，楚王请他出仕，他答应了，而妻子却嘲笑他说："你今天吃了别人的酒和肉，受了别人的官和禄，就要听别人的指挥、难免祸患了。"老莱子听了妻子的话便绝意仕进，遁迹山林了。郭璞以此说明人贵在自由自在，而富贵荣华则不妨弃之如敝屣。"进则保龙见"二句用了《周易》中的话说，庄子和老莱子这样的人，如进而出仕的话则可如潜龙的出现，深得君王之重，然一旦陷入困境，再想抽身退避，就像触在篱笆上的壮羊，因角被卡住而进退两难了。最后两句直言自己的志向，意欲抗志尘表，告别以气节著称的伯夷、叔齐，而去追求那绝对超脱和自由的境界。

《游仙诗》是玄言诗的一种表现形式，但郭璞的作品并非单纯描绘超尘绝俗、羽化登仙的幻境，或宣扬玄淡虚寂的人生哲学，而是有感于现实的。如此诗中诗人虽极言隐逸高蹈的乐趣，但同时也可见对汲汲于功名富贵之徒的诋諆，他本人因反对王敦谋反而被杀，就足以证明他未忘情于人世。故钟嵘评曰："《游仙》之作，词多慷慨，乖远玄宗。其云'奈何虎豹姿'，又云'戢翼栖榛梗'，乃是坎壈咏怀，非列仙之趣也。"（《诗品》中）指出了郭璞在这组诗中表现了个人感时伤世之怀的特点，是为后人解开此诗涵意的钥匙。

玄言诗在诗歌发展中的一个重要贡献便是开启了用典的风气。刘勰称其"诗必柱下之旨归，赋乃漆园之义疏"（《文心雕龙·时序》）。可见玄言诗以阐述老庄哲学思想为主，故这些作品大量引用了《周易》《老子》《庄子》中的话，使用典成了诗歌创作的普遍手段。郭璞的诗也体现了这种时代的祈尚，如本诗中的"漆园有傲吏"诸句便是，其造语精炼，起到了含蓄不露及言简意赅的作用。

（王镇远）

> 青溪千余仞，中有一道士。
>
> 云生梁栋间，风出窗户里。
>
> 借问此何谁，云是鬼谷子。
>
> 翘迹企颍阳，临河思洗耳。
>
> 阊阖西南来，潜波涣鳞起。
>
> 灵妃顾我笑，粲然启玉齿。
>
> 蹇修时不存，要之将谁使？

本篇原列第二。虽与第一首一样，此诗的主旨也是歌颂隐逸之乐，但却用了另一种表现手法。诗人想象出一个山中的隐士，极言其清高绝俗的生活，从而表示了自己寄心高远、向往出世的怀抱。

"青溪"是山的名称，庾仲雍的《荆州记》说："临沮县有青溪山，山东有泉，泉侧有道士的精舍。郭景纯尝作临沮县，故《游仙诗》嗟青溪之美。"如果此说可信，那么此诗所描写的隐逸之趣，正有诗人自己的亲身感受在内了。那高耸入云、拔地千仞的青溪山中有一得道之士，白云在他的梁栋间出没，山风在他的窗户里徘徊，可知他居处的环境超脱尘寰；他嘘吸于风云之间，自然不食人间烟火，则又与仙相近了。前四句通过气氛的渲染，一个飘飘欲仙的隐者形象已呼之欲出了。"借问"两句略作一顿挫，用问答的形式说明这"道士"俨然是鬼谷子一流的人物。鬼谷子相传是战国时楚人，本名王诩，曾隐居鬼谷，故世称鬼谷先生，他既是战国纵横家之祖，也是隐居山林的高士，所以诗人隐然自比，表明了他对隐逸生涯的企慕。于是下文便驰骋想象，去写这理想中的隐士。他那高尚的行迹以上古的隐士许由为榜样。相传许由唐尧时隐居在颍川之阳，尧要以帝位让给他，他以为这是十分不好的话，因此到河边去洗耳朵，"翘迹"两句就是说道士欲效法许由，保持清高。古人称西方之风为"闾阖风"，山风一起，漾起溪中的波纹，"闾阖"两句写景，不仅表现了山间清幽的景象，而且一种风行水上、自然天成之趣于此可见。"灵妃"指洛水女神宓妃，她是一个美貌的女神，可望而不可即，曹植的《洛神赋》就是歌咏她的丰姿，感叹人神相隔、未能接交的惆怅。因为山风吹动水面，像是惊动了灵妃，于是她向隐士莞尔一笑，露出了洁白的牙齿，这里用了"我"来代替"道士"和"鬼谷子"，正说明诗人真正的意图在表现自我心中的理想典型。灵妃是那样地令人神往，但人神乖隔，无缘交往，于是诗人感叹没有媒人（蹇修）为他传递讯信。这最后四句原本屈原《离骚》："吾令丰隆乘云兮，求宓妃之所在。解佩纕以结言兮，吾令蹇修以为理。"并暗示自己有意学仙，但茫茫难求，故欲遁世离俗，然身系尘网的苦闷。

　　全诗由想象落笔，但又将自身超然远举的希冀融汇其中，"道士""鬼谷子"和"我"是浑然一体的，无怪乎《晋书·郭璞传》

中几乎把他描绘成了一个简直是能知过去未来之事的方士，颇有几分仙气。但他毕竟不忘时事，甚至以卜筮来劝阻王敦的谋反，因此被害，故他深感自己地位的岌岌可危，时有远身避祸、遁世高蹈的思想，如此诗中隐然以鬼谷子、许由自比，则分明表现了对超脱时世羁绊的企慕。然"蹇修时不存，要之将谁使"又可见其毕竟无法摆脱尘鞅，一种无可奈何之情溢于言表，因此有人以为这组《游仙诗》便是他这种晚年心理的反映。清代的陈沆说："景纯劝处仲（王敦）以勿反，知寿命之不长，《游仙》之作，殆是时乎？青溪之地，正在荆州，斯明证也。"（《诗比兴笺》卷二）不失为颇有见地的论述。

这首诗结构比较简单，语言比较平易，但通过一个形象的人物来表达自己的理想，便令诗意显豁而生动，后来陶渊明的"东方有一士"（《拟古九首》之五）一诗，显然受其启迪。　　　　（王镇远）

　　　　翡翠戏兰苕，容色更相鲜。

　　　　绿萝结高林，蒙笼盖一山。

　　　　中有冥寂士，静啸抚清弦。

　　　　放情凌霄外，嚼蕊挹飞泉。

　　　　赤松临上游，驾鸿乘紫烟。

　　　　左挹浮丘袖，右拍洪崖肩。

　　　　借问蜉蝣辈，宁知龟鹤年。

　　前四句写景，勾勒出一幅非常明快鲜丽的画面：小小的翡翠鸟在兰花的茎上嬉戏，其姿态颜色格外绚丽，惹人喜爱。后来杜甫在《戏为云绝句》中以"翡翠兰苕"为诗歌色泽鲜明、意象玲珑的代表，即说明了"翡翠"二句描述的成功。如果说这两句偏于小巧，那么"绿萝"二句则气势较为阔大。绿色的蔓藤爬满了林中松柏，郁郁葱葱，像是将整座山岭盖上一层青翠。这开头四句不仅是山林景色的真实写照，而且通过珍禽芳草的交相辉映，绿萝青松的相互攀附，象征高士的栖息山中，与自然冥然契合。

　　"中有冥寂士"便由景而写到了人。那些遁迹山林、离群索居的人们心境淡泊，超然于尘世的追名逐利之外，所以被称为"冥寂士"。他们在幽寂的山中或放声长啸，声振林樾；或抚琴操曲，志在高山流水；或放情山水，游心天外；或饥而掇食花蕊；或渴而斟饮飞泉：如此逍遥自在，岂不同神仙一般了？故"赤松临上游"以下四句直写游仙之事。据《神仙传》说，赤松子是神农氏时的雨师，服食水玉，入火不化，常出入昆仑山西王母的石室。浮丘子也是传说中的仙人，他曾接王子乔上嵩山学仙。洪崖先生据说在上古尧的时代已有三千岁。诗人以为那些抗志尘表、心怀冥寂的人就能与赤松子、浮丘子及洪崖先生为伍，出入仙乡，神游四海。这里写与众仙一起乘云驾鹤、挹袖拍肩，不仅极度夸张了隐逸之乐，而且紧扣了"游仙"的题目。最后两句从漫游仙界回复到人间，诗人试问那些如蜉蝣般的朝生暮死之徒，他们能了解龟鹤的千年之寿吗？这里郭璞显然以蜉蝣比那些目光短浅、追名逐利的人，而以龟鹤比隐逸山林、淡泊人生的高士，诗人的祈尚于此已显然可见。他对蜉蝼辈的讥嘲正体现了自己未能忘情于时事，故刘熙载在《艺概》中说:"《游仙诗》假栖遁之言，而激烈悲愤，自在言外。"正看出了《游仙诗》背后所隐藏的愤世嫉俗之情，其见解颇切中肯綮。

陈绎曾说:"郭璞构思险怪而造语精圆，三谢皆出于此，杜、李精奇处皆取此，本自淮南小山。"(《诗谱》)以构思的诡异奇怪和遣词造语的精到圆熟为郭诗的特点，此诗即是如此。开头四句写景，极力刻画出一片幽寂而鲜丽的景象；中间写隐遁之士的种种活动；续而又说他们升天入地与仙人遨游；最后感叹尘世的凡夫俗子不知隐者之乐：驰骋想象而条理井然。故有人以为:"景纯之《游仙》，即屈子之《远游》也。"(何焯《义门读书记》)以郭璞的《游仙》与屈原的《远游》相比，不仅说明它们都有深刻的现实意义，而且想象的奇诡、构思的精巧也不无相似之处。本诗写景状物的语言色泽秾艳，锤炼精密，如"翡翠"四句对山中景物的描绘极形象而工巧，刻画隐士的生活也造语奇杰，如"嚼蕊挹飞泉"一句本脱胎于曹丕《典论》"饥飡琼蕊，渴饮飞泉"二句，并与他自己《游仙诗》的第一首中"临源挹清波，陵冈掇丹荑"之句的意境相类，然将两句诗意合而为一，重铸新词，袭其意而变其词，表现了诗人驾驭语言的功力。又如"左挹浮丘袖，右拍洪崖肩"，也以极大的气魄描绘了隐者与仙同游的豪情，"挹袖""拍肩"本为常语，然在这里令人如目睹隐者的自由自在，可谓化陈腐为新奇。这种构思和造语的作风对后世的影响很大，如稍后的谢灵运，及唐代的诗人都曾受其沾溉。

(王镇远)

孙 绰

孙绰（314—371），字兴公。太原中都（今山西平遥西北）人，居会稽（今浙江绍兴）。孙楚之孙。少爱隐居，浪迹山水。同许询友善。初为著作佐郎，后入为散骑常侍。大司马桓温迁洛阳，上疏谏阻。官至廷尉卿，领著作。博学善文，名冠江表，是东晋著名玄言诗人。明人辑有《孙廷尉集》。 　　（孙安邦）

秋　日

萧瑟仲秋日，飙戾风云高。

山居感时变，远客兴长谣。

疏林积凉风，虚岫结凝霄。

湛露洒庭林，密叶辞荣条。

抚茵悲先落，攀松羡后凋。

垂纶在林野，交情远市朝。

澹然古怀心，濠上岂伊遥。

　　这首诗有感于秋天万木零落，独青松后凋，抒发了个人逍遥林野、纵情山水的淡泊静穆情怀和积极乐观态度。同古人有如车载斗量的咏秋之作比较，其感秋而不悲秋，别具情趣。

　　开篇二句照应题目，总写一笔。时值八月中秋，秋风劲疾、云飞天高，渲染了强烈的秋的气息和氛围，突出了秋风的"飘戾"之猛。"山居"二句点明作者正过着"山居""远客"的隐居生活。"感时变""兴长谣"，言其面对季节的变化交替，自然而然地生发出种种感慨。

"疏林"四句紧扣"变"字而发：疏林里积满凉风，空谷中集结着浓云；重露洒湿了庭林，树叶纷纷从枝条上脱落。诗连用"积""结""洒""辞"四个字，赋予"疏林""虚岫""湛露""密叶"以生机。诗人的所见所感，由远及近，由高而低，或由整体到局部，视野不断收缩，描绘出了物象的流动、季节的变化。这里的"时变"，不也暗喻着晋王朝内讧叠起、外患横生的多变时局吗？身处此境，作者心情如何呢？最后四句就是回答。

"抚茵"二句承上启下，既是千古名句，又是全篇诗眼。一"悲"一"羡"，收束上文，引出下文，使"感"字有了着落；一"抚"一"攀"，感从心生，情与景浑然一体。同时在先前所描摹的萧瑟秋景图上又平添了一笔：郁郁青松顶天立地。"先落"固属可悲，"后凋"倍加可敬。正因为敬慕苍松直面惨淡风霜的不屈不挠精神，才使"垂纶在林野"四句落到了实处。

结尾四句写自己林野垂钓、乐在其中，交友山野、远离市朝，不禁动了怀古之情。庄子、惠子曾游于濠梁之上，庄子说："鲦鱼出游从容，是鱼之乐也。"惠子问："子非鱼，安知鱼之乐？"庄子答："子非我，安知我不知鱼之乐？"作者眼下所处的环境，同庄子、惠子濠上之游已无多大距离了。隐遁终生，这大概就是作者的处世答案了。

作为五言歌行，这首诗以写景起首，以述怀收尾。托物述志，借景抒情，布局井然，层次分明。作者以"茵""松"两个对比鲜明的形象，寄托个人的志向和追求。乍看似觉作者超凡脱俗，隐醉于山野林泉；仔细分析，却并非如此。作者由钦敬青松的坚毅高洁而乐于隐居，然而"感时变""兴长谣"，悲茵之先落、羡松之后凋，分明是不能忘怀时世，字里行间无不充溢着远离市朝却又心系朝廷的复杂心态。

（孙安邦　李　丽）

情人碧玉歌

碧玉破瓜时，相为情颠倒。
感郎不羞郎，回身就郎抱。

《碧玉歌》为乐府《吴声歌曲》名。宋代郭茂倩编选的《乐府诗集》引《乐苑》说："《碧玉歌》者，宋汝南王所作也。碧玉，汝南王妾名。以宠爱之甚，所以歌之。"南朝陈徐陵的《玉台新咏》中则谓晋孙绰作，题为《情人碧玉歌》，共收入二首，此其一。

这首诗描写了一个初恋中的少女。她正处于破瓜之年（约十六岁左右），充满了青春的活力和对美好生活的向往。而当她有了自己的意中人，初步尝到爱情甜蜜时，更是如痴如狂，简直到了难以自持的地步。在情人面前，她一扫平日里少女的矜持与娇羞，表现得那样热烈和大胆。听到情郎呼唤自己，便转身投入对方的怀抱，把满腔的爱恋奉献给心上人。全诗篇幅虽短，却比较集中地从一个侧面反映了古代女子对爱情的热烈追求。诗侧重于客观描写，在最大程度上突出了人物。前两句概括介绍了女主人公的年龄以及对爱情生活的态度。后两句转入细节刻画，上联写心理活动，人物的神情仿佛可以揣摩得出；下联写动作，一个"就"字便非常生动地突出了少女对情人火一般炽烈的爱恋。

（卢 渝）